Navegando por la
tentación

LORRAINE HEATH

Editado por Harlequin Ibérica.
Una división de HarperCollins Ibérica, S.A.
Núñez de Balboa, 56
28001 Madrid

© 2012 Jan Nowasky
© 2016 Harlequin Ibérica, una división de HarperCollins Ibérica, S.A.

Navegando por la tentación, n.º 212
Título original: Lord of Temptation
Publicado originalmente por HarperCollins Publishers LLC, New York, U.S.A.

Todos los derechos están reservados, incluidos los de reproducción total o parcial en cualquier formato o soporte.
Esta edición ha sido publicada con autorización de HarperCollins Publishers LLC, New York, U.S.A.
Esta es una obra de ficción. Nombres, caracteres, lugares, y situaciones son producto de la imaginación del autor o son utilizados ficticiamente, y cualquier parecido con persona, vivas o muertas, establecimientos de negocios (comerciales), hechos o situaciones son pura coincidencia.

® Harlequin, TOP NOVEL y logotipo Harlequin son marcas registradas por Harlequin Enterprises Limited.
® y ™ son marcas registradas por Harlequin Enterprises Limited y sus filiales, utilizadas con licencia. Las marcas que lleven ® están registradas en la Oficina Española de Patentes y Marcas y en otros países.

Traductor: Amparo Sánchez Hoyos
Imagen de cubierta: Chris Cocozza

I.S.B.N.: 978-84-687-8465-6
Depósito legal: M-19690-2016

PRÓLOGO

Yorkshire, invierno de 1844

Huían para salvar sus vidas.

Con apenas catorce años, Tristan Easton ya era muy consciente de este hecho mientras corría detrás de su hermano gemelo por los muelles. No permanecerían juntos por mucho más tiempo. Era demasiado peligroso. Eran como dos gotas de agua y sus ojos, de un color azul claro, los delataban. «Ojos de fantasma», los había llamado aquella gitana, que los identificaba como lores de Pembrook. Estando juntos se convertían en un blanco fácil para quien quisiera hacerles daño.

A través de la bruma de la medianoche, apenas iluminados por una farola ocasional, Sebastian los guiaba, porque era el mayor por veintidós minutos. Y por tanto se había convertido en el legítimo duque de Keswick tras la muerte, asesinato, de su padre, sin duda a manos de su malvado tío que aspiraba a poseer los títulos y propiedades de la familia. Y los tres muchachos se interponían en su camino. Pero no sería Tristan quien se apartara de ese camino.

Aunque su corazón galopaba salvajemente ante la visión del enorme navío que se alzaba frente a ellos, meciéndose en las aguas, envuelto en la niebla, la amarga bilis ascendió por su garganta al percibir el olor a salmuera mezclado con peces podridos.

Sebastian se detuvo y se volvió. Los negros cabellos le taparon los ojos mientras agarraba a Tristan por los hombros.

—Entiende que no tengo otra opción. Debemos hacerlo.

Eran las mismas palabras que había repetido a su hermano pequeño, Rafe, antes de entregarlo a un hospicio. Pero Rafe no lo había comprendido, no exactamente. Tenía cuatro años menos que ellos y había reaccionado como solía hacer siempre que los gemelos ideaban un plan que no le incluía a él: lloriqueaba, balbuceaba y suplicaba que no lo dejaran atrás. ¡Enano llorica!

Tristan no iba a comportarse del mismo modo, aunque el miedo ante lo que el futuro le depararía casi le impedía respirar, aunque tenía que apretar los dientes con fuerza para que el castañeteo no delatara que temblaba de miedo. Los pequeños escalofríos habían demostrado ser peores que una fuerte sacudida de miedo, pero no estaba dispuesto a agravar las preocupaciones de Sebastian. Se comportaría como un hombre, demostraría su valía.

Deseó que Sebastian no se hubiera detenido, que no le hubiera proporcionado tiempo para pensar en lo que estaba sucediendo. Su tío, Lord David Easton, los había encerrado en la oscura y fría torre de Pembrook en cuanto habían concluido los funerales por su padre. Su madre hacía años que había fallecido. Por tanto habían pasado a estar al cuidado de su tío, y, al parecer, sus intenciones eran las de deshacerse de ellos.

Aún seguirían temblando de frío en esa celda si Mary, la hija del vecino, no les hubiera ayudado a escapar. Tristan había propuesto aprovechar la oportunidad para liquidar a su tío, deshacerse del molesto bastardo, pero Sebastian prefería esperar hasta que fueran hombres, adultos capaces de dominar la situación. Desgraciadamente, el plan implicaba esconderse. ¿Y dónde mejor que lejos de las costas inglesas?

Tristan asintió a modo de respuesta a las palabras de su hermano y cerró los puños con fuerza para no agarrar la camisa de Sebastian en un último y vano intento por evitar la inminente separación.

—No lo olvides —los dedos de Sebastian se hundieron dolorosamente en los hombros de Tristan—, dentro de diez años, el día del aniversario de nuestra huida, nos encontraremos en las ruinas de la abadía. Conseguiremos nuestra venganza, te lo juro sobre las tumbas de padre y madre.

Tristan volvió a asentir.

—De acuerdo entonces.

El duque reanudó su camino por el muelle hasta alcanzar el descomunal barco que crujía en la oscuridad de la noche. Un hombre corpulento estaba de pie junto a la pasarela. La brisa proveniente del mar apenas movía el gabán que portaba. Una cicatriz que atravesaba el lado izquierdo de su rostro le confería a su boca un desagradable rictus. Los ojos eran negros como el más negro de los pecados.

Un escalofrío recorrió la columna de Tristan. Quería darse media vuelta y correr hacia los establos donde habían amarrado a los caballos. Quería subirse a Molly y alejarse cabalgando de allí, sin detenerse jamás. Sin embargo, se obligó a permanecer junto a su hermano y enfrentarse al capitán con el que Sebastian ya había hablado antes en una taberna.

—¿Tienes las monedas? —preguntó su hermano.

—Sí —el capitán del navío lanzó una bolsita de cuero al aire y la volvió a agarrar. Las monedas tintinearon—. ¿Seguro que es esto lo que quieres, muchacho? ¿Ser mi grumete?

Tristan asintió.

—La vida en un barco es muy dura. Ninguno de los dos parecéis acostumbrados a la vida dura.

Tristan seguía sin poder articular palabra.

—Él no tiene miedo —le aseguró Sebastian con confianza.

Tristan agradeció las palabras de su hermano, pues le permitían ocultar el hecho de que estaba aterrorizado.

—De acuerdo entonces —el capitán arrojó la bolsita de cuero a las manos de Sebastian, que la atrapó con ambas manos, como si pesara más de lo que hacía, como si incluyera el peso de su conciencia—. Subamos a bordo.

El capitán se volvió y empezó a subir por la pasarela. Tristan dio un paso, pero su hermano lo detuvo con un fuerte abrazo.

—Debes ser fuerte.

Los ojos de Tristan ardían. ¡Maldito fuera! No iba a llorar. No iba a comportarse como un bebé, como hacía Rafe. Asintió y, tras darle una fuerte palmada a su hermano en la espalda, subió corriendo la pasarela y saltó a cubierta.

Al volverse vio la sombra del duque desaparecer en la oscuridad. Deseaba correr tras él, acompañarlo. No quería quedarse allí. Aquello no era lo que deseaba.

La enorme mano del capitán, más bien una zarpa, aterrizó sobre su hombro con la suficiente fuerza como para hacerle perder el equilibrio.

—Me llamo Marlow. ¿Tienes un nombre, muchacho?

—Lo... —se detuvo. No podía confesar que era lord Tristan Easton, segundo en la línea de sucesión al ducado de Keswick. Hasta que recuperaran sus derechos de nacimiento, no era más que un plebeyo—. Tristan —contestó tras aclararse la garganta.

—Bueno, Lo Tristan, ¿de quién huyes?

El joven apretó los labios con fuerza. El capitán había descubierto su mentira y se burlaba de él. No volvería a mostrarse tan descuidado. Iba a tener que convertirse en un maestro del secretismo.

—De acuerdo —asintió Marlow—. Te llamaré Jack.

—¿Por qué? —Tristan miró al corpulento hombre.

—Cuando uno se esconde, muchacho, debe esconderlo todo.

Tristan volvió a mirar hacia el enorme agujero negro por el que había desaparecido su hermano. Lo haría. Enterraría su vida. Se convertiría en otra persona. Sería otra persona.

Tan solo esperaba que, llegado el momento, lograra volverse a encontrar.

CAPÍTULO 1

Siempre había oído que los ojos eran la ventana del alma. Al contemplar los suyos, no fui capaz de determinar si esas ventanas estaban cerradas o si los rumores que corrían sobre él eran ciertos: que carecía de alma porque se la había vendido al demonio a cambio de su inmortalidad. De ser así, la vida que llevaba debería haberlo conducido a la tumba hacía tiempo. Pero ahí estaba, la fantasmagórica mirada azul imperturbable, desafiante... peligrosa. Llegaría un día en que me cuestionaría el buen acierto de no alejarme. Yo deseaba más de lo que tenía, y por eso me mantuve firme, negándome a ser ignorada. A menudo regreso a esa noche tormentosa y me pregunto cómo habría sido mi vida ahora que comprendo que el camino por el que él me iba a llevar era un camino por el que, pronto descubriría, no deseaba transitar.

Diario secreto de una dama aventurera

Londres, abril de 1858

No tenía aspecto de héroe.

Lady Anne Hayworth había esperado que fuera, al menos, aseado. Jamás había visto a un hombre tan desastrado. Llevaba desabrochados tres botones de la camisa que revelaban un torso que, para su sorpresa, parecía tan bronceado como sus manos. Estaba sentado, solo, en una mesa de un rincón de la taberna, como si fuera el dueño del establecimiento, aunque ella sabía muy bien que no lo era. Al menos no creía que lo fuera. Los detalles de su vida eran tan difíciles de encontrar como el hombre mismo.

De pie ante él, estuvo tentada de aplicar unas buenas tijeras a esos cabellos del color del ébano que le llegaban hasta los hombros, y una cuchilla a la incipiente barba que oscurecía su mandíbula.

Estaba acostumbrada a que los caballeros se pusieran en pie cuando ella se acercaba, pero ese hombre continuó tirado en la silla, acariciando la jarra de cerveza que tenía en la mano mientras la miraba fijamente, como si estuviera imaginándose cómo sería acariciarla a ella en lugar de la jarra. Una idea absurda que no sabía de dónde había surgido. No estaba acostumbrada a que los hombres la miraran descaradamente, como si estuvieran considerando hacer alguna travesura con ella.

No, ese hombre no parecía estar hecho del material de los héroes.

Quizás el caballero de la puerta al que había interrogado lo había señalado para gastarle una desafortunada broma. De ser así, le exigiría la devolución del soberano que le había pagado por su ayuda. Sin embargo, por si acaso…

—Estoy buscando al capitán Jack Crimson —anunció tras aclararse la garganta.

—Crimson Jack —y lo ha encontrado.

—Entiendo. ¿El capitán Crimson Jack, el aventurero?

—Eso depende —las comisuras de los labios del hombre se torcieron en una sonrisa burlona—. ¿Qué clase de aventura está buscando, princesa?

—No soy una princesa. Mi padre es conde, no un príncipe o un rey. Él —la joven se interrumpió. Las particularidades de su herencia, de nada en realidad, no eran de su incumbencia—. Me han dicho que usted podría ayudarme.

Tristan deslizó una mirada cargada de insolencia sobre la mujer, que sintió encogerse el estómago mientras apretaba los puños enguantados para evitar que temblaran.

—Eso depende de qué clase de ayuda necesite —insistió él—. Si se trata de una aventura entre las sábanas…

—¡Desde luego que no! —espetó ella ante ese sinvergüenza arrogante.

—Qué lástima.

¿Lástima? Era evidente que ese hombre carecía de principios. Ella era muy consciente de no ser una belleza. Le faltaba color. Sus cabellos eran rubios, casi blancos, los ojos de color plata, la nariz demasiado pequeña y los labios demasiado carnosos. Sabía que debería buscar ayuda en otra parte, pero el capitán le había sido muy recomendado.

—¿Puedo sentarme? —preguntó en lugar de darse media vuelta y marcharse.

La silla que tenía delante se movió repentinamente y ella comprendió que él la había empujado con el pie. «Mequetrefe sin modales», pensó. Aun así no podía olvidar el hecho de que le habían asegurado que no solo podría confiarle su vida, también su virtud. No tenía por costumbre violar a las mujeres, claro que, basándose en sus atractivos rasgos, por no mencionar esa traviesa sonrisa, sospechaba que las mujeres debían meterse voluntariamente en su cama. Ella, sin embargo, no sería una de ellas.

—Soy lady Anne —tras sacar un poco más la silla, se sentó y se quedó en silencio. Su padre y hermanos no aprobarían sus planes, y por eso mismo había elegido la vía del secretismo—. Quiero contratarle para que me lleve a Scutari.

—No es un lugar muy agradable para pasar las vacaciones. ¿Qué le parece si la llevo a Brighton mejor?

—Mi prometido no se encuentra en Brighton —espetó ella antes de cerrar los ojos con fuerza ante las ardientes lágrimas que pugnaban por derramarse.

Su familia opinaba que no era buena idea dirigirse a ese lugar en el que tantos soldados habían fallecido durante la guerra de Crimea, ni visitar el hospital y los campos donde Florence Nightingale había luchado por salvar tantas vidas. En realidad no se trataba de un deseo de ir a ese lugar. Simplemente tenía que ir.

Abrió los ojos para encontrarse con el inexpresivo rostro de ese hombre sentado frente a ella. Si tenía una opinión sobre su estallido, no lo demostró.

—No necesita que yo la lleve a Scutari. Puede adquirir un pasaje...

—Quiero viajar con mis propios horarios. Quiero llegar pronto. Mi intención no es quedarme mucho tiempo, pero es imprescindible que yo... —esas malditas lágrimas amenazaban de nuevo. Ella era mucho más fuerte. Sería mucho más fuerte. Tragó nerviosamente—, yo pretendo visitar a mi prometido y regresar a casa antes de que comience la temporada de bailes.

Ante ella apareció un pañuelo, sorprendentemente blanco y planchado, sujeto por una áspera mano. La joven lo aceptó y se secó delicadamente las lágrimas antes de levantar la mirada.

—No esperaba que esta parte resultara tan complicada.

—¿Cuánto hace que no lo ve?

—Cuatro años. Lo despedí en la estación de tren la mañana en que él, y tantos otros al servicio de la reina, iniciaron su viaje a Crimea. Se le veía tan gallardo, con tanta confianza en sí mismo. Prometió regresar a casa a tiempo para la caza del faisán... —ella se aclaró la garganta—. Lo siento mucho. No sé por qué le cuento todas estas cosas.

Sobre todo porque la mirada de ese hombre no encerraba ni un ápice de compasión, de calidez. Se preguntó para qué le había ofrecido el pañuelo, a no ser que no soportara la visión de las lágrimas.

—¿Alguna vez le han separado de algo o alguien que le resultara querido?

Tristan apretó con fuerza la mandíbula y ella sacudió la cabeza.

—Lo siento, ha sido una pregunta estúpida. Usted es un hombre de mar. Estoy segura de que su vida ha estado plagada de separaciones.

—En lo que a mí respecta, no esté segura de nada, princesa.

—Ya le he explicado que no soy...

Anne vio el triunfo iluminar los ojos azules. Le había puesto una trampa y su rabia había apartado la tristeza a un lado. ¿Qué clase de hombre era? En un momento compasivo y, al siguiente, distante.

Dobló el pañuelo con primor y se lo devolvió.

—Quédeselo.

—Lo siento —ella volvió a sacudir la cabeza—. No he manejado bien este encuentro. Tal y como le he explicado, me gustaría contratarle para que me llevara a Scutari. Tengo entendido que su barco es increíblemente veloz y que usted es un capitán excepcional.

—Ambas cosas son ciertas. Pero transporto mercancías, no personas.

—Estoy dispuesta a pagar generosamente por su barco y servicios: doscientas libras.

Enseguida comprendió que había llamado su atención. Lo percibió por el modo en que deslizaba lentamente su mirada sobre ella, sin insolencia, pero con una nueva medida de respeto, como si la viera por primera vez.

—Eso es mucho dinero —observó al fin.

—Lo bastante para convencerle de que me lleve a Scutari, capitán… —Anne volvió a sacudir la cabeza—. ¿Cuál es su apellido si no es Crimson?

—Llámeme Jack.

—No podría tratarle con tanta informalidad.

—Deme la mano —él dejó caer un brazo sobre la mesa, con la palma de la mano hacia arriba.

—¿Disculpe?

—Su mano.

En los ojos azules había un desafío inconfundible y no vio ningún mal en hacer lo que le pedía. A fin de cuentas llevaba guantes. Respirando hondo, posó su mano sobre la suya.

Antes de poder pestañear, él le agarró la muñeca y, lentamente, muy lentamente, empezó a desabrochar los botones del guante con la otra mano.

—Capitán…

—Silencio.

Ella contempló con horrorizada fascinación cómo ese hombre le quitaba lentamente el guante y lo dejaba a un lado. Sin pedir permiso, deslizó sus dedos sobre la palma de la mano de Anne, siguiendo las líneas como si esperara que lo condujeran a algún lugar. Tenía unos dedos callosos, ásperos, llenos de cicatrices. Dudaba mucho que llevara guantes alguna vez.

—Tiene una piel de seda. Su prometido es un hombre muy afortunado —anunció él con voz repentinamente ronca.

—No tan afortunado como podría pensar.

—En mi barco hay muy poco espacio para las formalidades —Tristan no le pidió ninguna aclaración. Parecía fascinado por las líneas de la mano—. Va a tener que dormir en mi camarote.

—Mientras usted no se encuentre allí…

Sin ninguna prisa, él alzó la vista. El corazón de Anne latía con tanta fuerza que se preguntaba si él lo notaría en la muñeca.

—No estaré siempre, pero al menos comeré allí. Estudiaré allí mis cartas de navegación —hubo un instante de silencio—. Me bañaré allí.

Ella tragó nerviosamente. Mientras él se bañaba, podría subir a cubierta. Además, ¿cuántos baños necesitaba ese hombre durante la semana que les llevaría llegar a su destino?

—Estoy segura de que podremos llegar a un acuerdo.

—Trae mala suerte llevar a una mujer a bordo. A mis hombres no les va a agradar su presencia. Va a tener que permanecer pegada a mí para que pueda ofrecerle protección.

Tristan intentaba manipularla, intimidarla, hacer que desconfiara. Pero ella tenía cuatro hermanos. Sabía jugar a su juego.

—Le busqué porque pensaba que era una especie de héroe.

Tristan encajó la mandíbula y entornó los ojos. Era evidente que no le había gustado el comentario.

—Aunque no supe los detalles de sus heroicidades. Sin embargo, me aseguraron que controla a sus hombres. Si les ordena que se comporten, lo harán.

—Ante la posibilidad de recibir un beso suyo, sospecho que estarían dispuestos a arriesgarse al mordisco del látigo.

—Yo no regalo mis besos.

—Y yo no necesito sus doscientas libras. De modo que, dígame, princesa, ¿qué más está dispuesta a ofrecerme?

Lord Tristan Easton, más conocido en los muelles como Crimson Jack, no pudo evitar sonreír mientras la joven daba un respingo y apartaba la delicada mano. No recordaba haber tocado jamás una piel tan sedosa. Ni haber visto tanto fuego en los ojos de una mujer. Claro que tampoco tenía costumbre de provocar a las damas. Sin embargo, algo en ella despertaba al diablo que llevaba dentro.

—Es usted un canalla —espetó ella.

—Jamás he pretendido ser otra cosa —e iba a colgar del penol al miembro de su tripulación que hubiera difundido la leyenda de que era un héroe. No lo era. No como su hermano, Sebastian, que había luchado en las batallas más sangrientas, y apenas sobrevivido para contarlo—. Me está pidiendo que vaya a un lugar al que no deseo ir. Tiene que merecer la pena para que me moleste en ello.

Y sin embargo, en esos momentos no tenía ningún otro compromiso, aparte de levantar jarra tras jarra de cerveza y hacer lo que le apeteciera.

—Es evidente que no es cierto lo que he oído contar de usted, pues no es un hombre de honor.

Tristan se resistía a reconocer lo mucho que le afectaban esas palabras. Hacía mucho tiempo que había dejado de preocuparle lo que los demás pensaban de él, ¿por qué demonios iba a importarle lo que ella opinara?

—Siento haber desperdiciado su tiempo y el mío —ella se levantó elegantemente de la silla—. Que tenga buenas noches, caballero.

Con una furiosa sacudida de la falda, ella se dio media vuelta y se dirigió hacia la puerta. Alguien se levantó de un salto para abrirla, y de repente se encontró en medio de la tormenta.

Una lástima.

Tristan desvió la mirada hasta una mesa vecina donde un

chico de dieciséis años intentaba sentar a una camarera en su regazo.

—¡Ratón! —rugió.

—¿Sí, capitán? —el chico se puso firme de inmediato.

—Quiero saber adónde va —él asintió hacia la puerta.

Sin quejarse ni demorarse, el chico partió. Si alguien podía seguirla, ese era él.

Tristan percibió la mirada de desilusión de la camarera y le hizo una seña para que le sirviera otra jarra. Cuando la tuvo sobre la mesa, tomó un sorbo y echó la silla hacia atrás hasta que topó con la pared. Era su postura de pensar.

Últimamente se aburría muchísimo. Dos años atrás, él y sus hermanos al fin habían cumplido su promesa. Aunque algo tarde, habían regresado a Londres, encontrado a su tío y reclamado sus derechos como lores de Pembrook.

Pero la sociedad de Londres no se había apresurado a recibir de buen grado a los lores. En cuanto la posición de Sebastian como duque de Keswick estuvo asegurada, y su tío muerto, Tristan había regresado al amor que había reemplazado a Pembrook en su corazón: el mar.

Pero tras casi veinte meses de lucha contra tempestades y galeras, había regresado a las costas de Inglaterra con la sensación de haber sido liberado de sus ataduras. No sentía ningún deseo de regresar a los tediosos salones de baile de Londres. Cierto que encontraba a muchas mujeres dispuestas a calentar su cama, pero todas estaban cortadas por el mismo patrón: satén, seda y encaje. Les atraía el peligro que él representaba. Le bastaba con sonreír para que cayeran en sus brazos. No suponían ningún desafío.

Sin embargo, la dama que había estado sentada frente a él era diferente. Había entrado por la puerta como si fuera la dueña de la noche, como si hubiera llamado a la lluvia, ordenado que los truenos retumbaran. Y con los movimientos más elegantes que hubiera visto jamás, había echado a un lado la empapada capucha de su capa.

El endurecimiento de su cuerpo ante el exquisito rostro que

se le había revelado había sido rápido, casi brutal. De pómulos altos y piel inmaculada, sus cabellos recogidos sobre la cabeza no eran exactamente rubios, no exactamente blancos, sino del tono más pálido que pudiera haber.

Había hablado con un hombre y Tristan, que jamás había sentido celos de otro hombre, los sintió. Cuando la dama empezó a avanzar hacia él, había sentido una anticipación que hacía mucho no experimentaba. Incluso había apostado contra sí mismo por el color de sus ojos. Verdes, había pensado. Pero había perdido la apuesta, pues eran de un pálido y fantasmagórico tono plateado. Esos ojos habían conocido la tragedia, de eso no le cabía duda.

Y sin embargo, no habían sido conquistados nunca, algo que, de repente, había sentido la imperiosa necesidad de hacer. Su prometido era un imbécil de marca mayor por marcharse a la guerra teniéndola a ella para calentar su cama.

Sebastian había luchado en Crimea. En aquel campo de batalla había dejado medio rostro, quizás incluso una parte de su alma, hasta que Mary había regresado a su vida para convertirlo de nuevo en un hombre entero. De modo que Tristan no sentía ningún cariño por esa parte del mundo, por los problemas que le había causado a su hermano, aunque la perspectiva de llevar a lady Anne a bordo de su barco le intrigaba. No le agradaba la idea de entregarla a otro hombre, prefería conservarla para él mismo, al menos durante un tiempo. Solo para divertirse un poco.

No le sorprendió que ella no lo hubiera reconocido. No estaba considerado un caballero. También era posible que, dado que estaba prometida, no hubiera asistido a los dos bailes en los que él y sus hermanos habían irrumpido escandalosamente tras regresar a Londres. Ya les valía seguir vivos y no haber sido devorados por los lobos. A pesar de que Sebastian seguramente frecuentaba esos círculos, hacía falta un ojo muy avezado para reconocer las similitudes entre ellos dos. La mayoría de las personas no miraba más allá del rostro desfigurado del duque.

A Tristan le gustaba que esa mujer no supiera cómo encajaba

en su vida. Si la verdad salía a la luz, sería incómodo. Se había ocupado de ocultarlo bien con sonrisas, risas y bromas, pero no tenía ningún deseo de regresar a la sociedad londinense. Rafe había acertado, pues lo mejor era quedarse oculto entre las sombras donde se sentían cómodos. Llevaban demasiado tiempo alejados de manifestaciones de cortesía, una mortaja que le oprimía y no le gustaba tener que llevar.

Tenía un sexto sentido para descubrir tesoros enterrados. Deseaba a esa lady Anne que había osado abordarlo y ofrecerle dinero. Podría haberlo aceptado para luego seducirla una vez estuviera en su barco, pero eso sería demasiado fácil.

Acarició el guante que se había dejado sobre la mesa. Con las prisas por marcharse, lo había olvidado. Tristan se moría por un desafío.

Y estaba bastante seguro de que ella se lo proporcionaría. Uno que jamás olvidaría.

CAPÍTULO 2

—¿Y bien? —preguntó Martha en cuanto Anne se instaló cómodamente en el carruaje y este arrancó.
—Desgraciadamente tu hermano se equivocó —contestó ella a la doncella—. No tiene en absoluto las hechuras de un héroe y, desde luego, no es un hombre honorable.
—¿Seguro que habló con la persona correcta?
—Desde luego.
—No lo entiendo. Johnny navegó con él y hablaba maravillas...
—Bueno, pues yo te aseguro que no tengo ningún deseo de asociarme con ese hombre —Anne apretó el puño con fuerza.
¡Maldita fuera! Se había dejado el guante. La mano seguía caliente tras el contacto de los ásperos dedos del marinero y ni se había acordado del estúpido guante. Jamás había sentido una caricia tan sensual. Era peligroso. Muy peligroso.
—Por favor, habla con tu hermano y pídele que me recomiende a otra persona.
—¿No sería mejor simplemente reservar un pasaje?
—Lo haré si no tengo más remedio —no deseaba una estancia prolongada. Le bastaría con unos pocos días junto a Walter para despedirse. Pero al mencionar ese hecho a su padre y hermanos, el viaje les había parecido una idea horrible. No lo comprendían, ¿cómo podrían hacerlo? Amaba a Walter, pero, durante la última noche que habían pasado juntos antes de su

marcha, ella le había herido de palabra y acto. Quizás, de no haberlo hecho, él habría regresado a casa. Necesitaba disculparse. Necesitaba su perdón.

Todos los meses le había enviado su salario. No era gran cosa, pero ella había reinvertido los fondos para ellos, para su futuro. Y eran esos los fondos que iba a emplear para visitarlo. Dejaría una nota para que su padre la encontrara cuando ya se hubiera marchado. Si contrataba un viaje convencional, con horarios e itinerarios, sería más fácil que su familia la descubriera y le impidiera irse.

Pero un barco a su servicio… zarparían en medio de la noche y para cuando su familia descubriera su marcha ya estarían en alta mar.

Miró por la ventana e intentó no recordar cómo Crimson Jack seguramente reinaba en la noche igual que lo hacía en el mar. Sin duda estaba acostumbrado a las mujeres revoloteando a su alrededor, colándose en su cama sin el menor remordimiento. Su lado más travieso, uno que se resistía a reconocer, apenas lograba culparlas por ello.

Ese hombre era espectacularmente atractivo y con cierto aire noble. Sin embargo, le había arruinado toda ilusión al negarse a llevarla en su barco a cambio de dinero y pedirle alguna otra cosa en pago. La tórrida mirada había revelado exactamente lo que tenía en mente.

Algo que no le había dado a Walter, y que, desde luego no iba a dar a un rudo capitán de barco, aunque a su mente aparecieran imágenes de ambos revolcándose bajo las sábanas. Y había bastado con un ligero roce de su mano. Era un hombre terrenal y duro. Un bárbaro. Un hombre para el que la lujuria era algo normal. Le interesaba la conquista, pero el interés se desvanecía en cuanto la dama era conquistada.

Y ella no tenía ningún interés en ser conquistada.

Encontraría a otro capitán más adecuado. Uno de mayor edad, con más experiencia. Uno que fuera lo bastante feo como para no hacer revolotear su corazón. Uno que fuera lo bastante pobre como para necesitar su dinero.

El capitán Crimson Jack seguramente se creía tentador, y no le cabía la menor duda de que sería un delicioso bocado de hombría, pero ella estaba hecha de otro material y no iba a dejarse engatusar por unos ojos tentadores o la promesa de pasión que encerraban. Al fin y al cabo se había resistido a Walter, aun cuando lo había amado con todo su corazón. Día y noche lamentaba la separación. Necesitaba ir a Scutari para poder aliviar su culpa y encontrar la felicidad, si no con él, con otra persona.

—¿Qué sabes del conde de Blackwood? —preguntó Tristan desde la puerta. El reloj acababa de dar la medianoche y sabía que encontraría a su hermano en el estudio. Los lugares de vicio siempre estaban más activos cuando las personas decentes dormían.

—Hace dos años que no te veo y ni siquiera te molestas en saludar adecuadamente —Rafe levantó la vista de los libros de cuentas.

—Hola —empezó de nuevo Tristan antes de entrar en la estancia y mirar a su alrededor.

Su hermano había añadido un nuevo globo terráqueo a la colección. Interesante. Se preguntó por qué le gustaban tanto.

—¿Cuánto tiempo llevas en Londres? —quiso saber Rafe.

—Un mes, más o menos. ¿Blackwood?

Bendito Ratón y sus ansias por demostrarle a Tristan su valía a cambio de un puesto en su barco. No solo había seguido a la dama a su casa, había conseguido hablar con un sirviente que le había proporcionado algunos detalles de la familia. El conde tenía cuatro hijos y una hija.

Rafe se reclinó en el asiento y estudió atentamente a su hermano mientras se frotaba la bien afeitada barbilla, haciendo que Tristan deseara haberse arreglado un poco. En los muelles, cuanto más duro parecías, más duro creían que eras, y Tristan se había ganado fama de ser tremendamente duro, sospechaba. Seguramente podía lucir camisolas de encaje y nadie se metería con él. Al menos no con Crimson Jack.

—¿Sabe Sebastian que has vuelto?

—No le he avisado de mi regreso —Tristan suspiró y se dejó caer en una silla frente a Rafe.

—Supongo que sabes que tiene un heredero.

Tristan esperó a que su hermano le sirviera una copa de whisky que vació de un trago.

—No tenía ni idea, pero me alegro. Me quita presión.

—¿No te gustaría ser duque?

—En absoluto.

—¿No vas a seguir los pasos del tío e intentar arrebatarle el ducado?

—Opino que el comportamiento de nuestro tío evidenciaba que estaba loco. Yo no lo estoy. Me alegro de su muerte

Sobre todo porque su último acto fue un intento de matar a Mary. Atacar a los hermanos era una cosa, pero desviar su sed de sangre hacia la dulce Mary...

—Sebastian y Mary llegarán pronto para la temporada de bailes —le informó Rafe.

—Pensé que se quedarían en Pembrook para siempre —Tristan intentó disimular su sorpresa.

—Creo que Mary le convenció de que debía ser aceptado en sociedad por el bien de su heredero, y cualquier otro hijo que pudiera seguirle.

Podrían serle útiles en su intento de seducir a lady Anne, pero no quería esperar a que la joven hubiera regresado de su viaje, en otro barco.

—¿Y bien? ¿Blackwood? ¿Qué sabes de él? —insistió en un intento de lograr que la conversación regresara al propósito de su visita a Rafe.

—No pertenece a mi club, aunque los dos hijos pequeños sí. El mío no es un club tan exclusivo como otros y atrae más a los jóvenes que no se preocupan tanto por guardar las apariencias.

—¿Y su hija? ¿Qué sabes de ella?

—Dudo mucho que sea un miembro de mi club —Rafe enarcó exageradamente una ceja.

—¡Muy gracioso! Ya veo que en los meses que hemos estado separados no te has vuelto más comunicativo.

—¿Por qué te interesas por ella?
—Quiere contratarme para que la lleve a Scutari.
—¿Por qué? La guerra ha terminado. Nightingale ya no está allí para atraer a las enfermeras.
—Quiere ir a ver a su prometido.
—¿Y vas a llevarla?
—Solo si está dispuesta a pagar mi precio.
—¿Y qué precio es ese?
—Eso queda entre la dama y yo —Tristan le ofreció una sonrisa lobuna.
—Veo que tú tampoco te has vuelto más comunicativo —Rafe frunció el ceño—. Pero si es una dama, y está prometida, no sería muy inteligente por tu parte coquetear con ella. Sobre todo porque tiene cuatro fornidos hermanos. Podrías encontrarte en dificultades.
—No creo que haya compartido con ellos su deseo de hacer este viaje.
—¿Y qué te hace pensar eso?
—Tiene un halo de misterio, y es casi tan hermética como tú. Tengo la sensación de que se calló muchas cosas. Me encanta desvelar misterios.
—Déjala, hermano.
—¿Por qué?
—Mis instintos me dicen que, si sigues por ese camino, solo encontrarás problemas.
—Sin duda tienes razón.
Sin embargo, por su experiencia, los problemas solían ser de todo menos aburridos.

Pasó una semana hasta que regresó a la taberna. Tristan sabía que, tarde o temprano, lo buscaría de nuevo. Lo que le sorprendió fue lo rápido que prendió el deseo en él en cuanto la vio aparecer. Sabía, como caballero que era, que debería ponerse de pie para saludarla, pero entonces todos se darían cuenta de lo mucho que la deseaba. De modo que se quedó recostado en la silla, deslizando un dedo por la jarra de cerveza, como le gustaría deslizarlo por la húmeda piel de esa joven después de una buena sesión en la cama.

Lady Anne avanzó con la fuerza de una galera, decidida. El fuego hacía llamear los ojos de plata convirtiéndolos en estaño. El pulso se marcaba en el delicado cuello, reflejando su enfado. Los altos pómulos estaban teñidos de rojo y los labios fruncidos. Cómo le gustaría separar esos labios para hundir la lengua entre ellos y saborear el dulce néctar de su boca.

Jamás en su vida había reaccionado con tal violencia ante una mujer a la que apenas conocía. La deseaba, no lo iba a negar. Pero había algo más que atracción física. ¿Qué clase de mujer arriesgaría su vida y su reputación para viajar al encuentro de un hombre al que no había visto en cuatro años?

Tristan no creía en el amor, y nunca había amado a una mujer hasta el punto de arriesgarlo todo por ella. El amor pertenecía a los poetas, y quizás a Sebastian. La última vez que lo había visto, le había asegurado que amaba a Mary. Si bien él mismo sentía cariño hacia ella, no daría su vida por ella. Una emoción tan profunda le resultaba incomprensible.

—¡Canalla! —espetó la joven.

—Buenas noches tenga usted también, lady Anne —Tristan enarcó una ceja y sonrió burlonamente.

—He abordado a cinco capitanes para comprar un pasaje en sus barcos. Todos me han rechazado.

—Ya se lo dije: se considera mala suerte llevar mujeres a bordo. Los marineros son supersticiosos. Dudo que encuentre a alguien dispuesto a arriesgarse.

—Sobre todo cuando usted les ofrece el doble de lo que estoy dispuesta a pagar por rechazarme.

Tristan intentó disimular la sorpresa que le producía el que ella lo hubiera descubierto.

—¿Por qué? —lady Anne se acercó a la mesa y agarró el respaldo de la silla con las manos enguantadas mientras se inclinaba hacia delante—. ¿Por qué intenta arruinar mis esfuerzos? ¿Por qué le importa?

—Porque la quiero en mi barco —¡maldita fuera! Su intención había sido jugar con ella un poco más. La amarga confesión había sido provocada por los ojos grises. Por la tristeza que reflejaban ante la incomprensión, el dolor, que a él tanto le gustaría aliviar.
—Pero no quiere aceptar mi dinero.
—No.
—Quiere que le pague de otra forma.
—Sí.
—Sé exactamente lo que quiere y jamás lo tendrá.
—Cuidado, princesa —él ladeó la cabeza ligeramente—. Eso me ha parecido un desafío, y yo jamás he rechazado un desafío ni lo he perdido.
—Ojalá se pudra en el infierno.

Lady Anne se dio media vuelta y salió de la taberna con la ferocidad de la peor de las tormentas. ¡Por Dios que debería haber aceptado su oferta! Debería haber aceptado su dinero, cualquier cosa para que subiera a su barco. Una vez en alta mar, ya no se podría marchar.

Una vez en alta mar, la haría suya.

Anne estaba furiosa, tanto que se arrancaría el cabello. Pero no, eso no serviría de nada. Autolesionarse era ridículo. Estaba lo bastante furiosa como para arrancarle los cabellos a él, y eso debería haber hecho. Debería haberse abalanzado sobre la mesa y tirado de uno de esos largos mechones de color ébano. Así comprendería que no era una dama con la que se pudiera jugar.

—No lo comprendo —murmuró Martha con un hilillo de voz, como si temiera que Anne volcara su ira sobre ella—. Mi hermano habla maravillas del capitán.

—Sí, bueno, es evidente que no trata a sus hombres del mismo modo en que trata a las damas.

Pero ¿por qué ofrecer el doble de lo que ofrecía ella para asegurarse de que ningún capitán aceptara llevarla? Ese hombre podía tener a cualquier mujer que deseara tener. ¿Por qué ella?

¿Por qué la quería a bordo de su barco? ¿Para poder levantarle las faldas? Pues iba a descubrir que estaban hechas de plomo.

—Dile a tu hermano que me busque otro capitán. Le ofrezco quinientas libras.

—Milady —Martha dio un respingo—. Esto está yendo demasiado lejos.

Anne ni siquiera se molestó en explicarle a su doncella que se había sobrepasado. Llevaban tanto tiempo juntas que no iba a regañarla, sobre todo cuando sabía que tenía razón.

—Ya veremos si el capitán Crimson Jack está dispuesto a pagar mil libras.

Martha tomó la mano de su señora.

—Hable de nuevo con su padre, explíquele por qué necesita hacer este viaje. Seguro que él se encargará.

—Me llevará más tiempo si viajo según el itinerario de otra persona.

—No mucho más.

—No, no mucho más —Anne suspiró resignada—. Estoy siendo muy obstinada, lo sé —el capitán la había enfurecido y cambiar sus planes de viaje sería como aceptar que él había ganado.

—Sería más seguro —insistió Martha.

¿Lo sería? ¿Una mujer viajando sola con su doncella? Podría tropezarse con algún conocido y desatar toda clase de rumores. No quería que nadie lo supiera, esa era la cuestión. Se trataba de un asunto que solo le concernía a ella.

—Lo que quiero es hacer este viaje a mi manera.

—A lord Walter no le importará.

—No, no le importará —asintió ella con lágrimas en los ojos.

La furia se transformó en tristeza. Prosiguieron el camino en silencio mientras el carruaje atravesaba las neblinosas calles de Londres. Querido Walter. Ansiaba verlo de nuevo, oír su risa, permitir que bromeara con ella, que la abrazara y la arrastrara por el salón de baile al ritmo de la música. Desde su partida, había evitado los bailes, las veladas y las cenas. Junto con la hermana de Florence Nightingale, había dedicado su vida a reunir los muy necesitados suministros para los hospitales de Crimea. Había visitado en el hospital a los soldados que habían regresado, llevándoles todo el consuelo que pudo. Y por último había iniciado un duelo al saber de la muerte de Walter. Cualquier oportunidad para ser perdonada había muerto con él.

Dos años. Había pasado dos años muerta en vida, sin sentir nada. Caminando como un espectro. Había perdido peso y no conseguía disfrutar con nada, ni siquiera con su pasatiempo favorito: la lectura. Acababa los libros sin acordarse siquiera del tema de la novela, a pesar de haber pasado página tras página, concentrada en la tarea. Olvidaba con mucha facilidad.

Y un mes atrás, su padre le había ordenado que saliera de su melancolía, como si fuera un guisante al que se pudiera separar de la vaina de su vida, dejando únicamente el alma. Le ordenó que regresara a la sociedad, que buscara otro marido antes de que se hiciera demasiado mayor. Tenía veintitrés años. Daba miedo echar la vista atrás y recordar lo joven que había sido cuando Walter se había marchado.

Y se sentía tremendamente vieja.

Sabía que su padre tenía razón. Necesitaba seguir adelante con su vida. Walter no iba a regresar a su lado, pero necesitaba despedirse de él, a su manera.

Lo echaba muchísimo de menos. Muchísimo. Incluso después de los años transcurridos.

Se negaba a admitir lo bien que le había sentado el estallido de ira de aquella noche. Hacía mucho tiempo que no sentía otra cosa que no fuera pena. Bueno, salvo la noche en que había conocido a Crimson Jack y había sentido un ligero cosquilleo de, ¿deseo?, cuando le había quitado el guante, al tocarla. Posteriormente, se había alegrado de que él hubiera declinado su oferta. No se imaginaba permanecer encerrada en un pequeño barco con ese hombre. Por supuesto que Martha estaría con ella. Quizás incluso una segunda doncella. La sensualidad que emanaba de ese hombre requeriría un ejército de doncellas para protegerla.

Y de nuevo se descubría pensando en él, en ese canalla. Había empezado a invadir sus sueños, sus momentos de vigilia. Todavía era incapaz de leer un libro y recordar la trama, pues de inmediato sus pensamientos vagaban hacia él. No pensaba nunca en el capitán más viejo, ni en el de la cicatriz, o en el desdentado, a todos los había abordado para proponerles el mismo trato. Ni siquiera pensaba en ese otro más atractivo que había mantenido a una exuberante pelirroja sentada en su regazo durante la entrevista. Su risa era escandalosa y su sonrisa fácil, pero no era en él en quien pensaba. Solo pensaba en el capitán de gélidos ojos azules que parecían derretirse cuanto más hablaban. El hombre que le hacía preguntarse cómo sería deslizar un dedo por la mandíbula sin afeitar.

Walter jamás se había mostrado ante ella sin afeitar. Los botones siempre estaban perfectamente abrochados. Ni un solo mechón de los dorados cabellos estaba nunca descolocado. Eran dos hombres totalmente opuestos. El capitán no era en absoluto su tipo. Entonces, ¿por qué la obsesionaba tanto?

No tenía respuesta para esa pregunta. El carruaje se detuvo frente a su residencia y, de repente, se sintió muy cansada. Al parecer, solo era capaz de desprender energía cuando se encontraba en presencia de Crimson Jack.

Un mayordomo la ayudó a bajar del carruaje y subió las escaleras de piedra, cada peldaño más trabajoso que el anterior. Una vez dentro de la casa sintió el opresivo peso de la desesperación. Hablaría con su padre. No deseaba participar de la temporada en Londres. Ese año no. Quizás el siguiente.

—Martha, necesito media hora a solas, después tráeme un poco de chocolate caliente.

—Sí, milady.

Agarrada a la barandilla, Anne subió las escaleras. La melancolía la asaltaba sin previo aviso. Simplemente parecía golpearla por voluntad propia. No le gustaba, no lo quería. Necesitaba a Walter para superarlo. Su padre no lo entendía. Él nunca había necesitado a nadie, ni siquiera a su madre. El suyo había sido un matrimonio de conveniencia. A ambos les había complacido, pero, cuando su madre había fallecido de gripe tres años atrás, su padre simplemente había seguido con su vida.

Anne desearía ser tan fuerte, pero al parecer el amor la debilitaba y se hundía sin remedio cuando el objeto de su afecto abandonaba el mundo.

Avanzó por el largo pasillo hasta la habitación del fondo, la suya. Las lámparas estaban encendidas, pero todo estaba en silencio. No se oía ni un ronquido, ni el crujir de una cama. Sus hermanos habían salido y su padre, al parecer, también. ¿Por qué los hombres disponían de lugares a los que acudir de noche y las mujeres no?

Entró en su dormitorio y cerró la puerta. Se quitó el abrigo y lo arrojó sobre una silla cercana antes de quitarse los guantes sin querer recordar la deliciosa sensación que le había provocado el capitán al quitárselo él mismo. Por suerte poseía varios pares, aunque no le gustaba haberse dejado uno. Arrojó los guantes sobre el abrigo y caminó hasta el armario de caoba. Alargó una mano hasta el fondo, donde guardaba la botella de brandy que había tomado de la colección de su padre. Las damas no bebían licores, pero la muerte de Walter le había dejado una sensación de frío tan intensa que había buscado el calor. Y lo había encontrado una noche en el armario de las bebidas de su padre.

Se sirvió una generosa copa.

—La acompaño.

Sobresaltada, Anne se volvió y la licorera resbaló de sus manos. Si no cayó al suelo haciéndose añicos, fue porque Crimson Jack la agarró a tiempo.

—¿Qué hace aquí? —preguntó ella con la respiración entrecortada.

Tristan depositó la licorera sobre la cómoda antes de levantar una mano frente a ella. Una mano que sujetaba el guante que se había dejado en la taberna aquella fatídica noche, el guante que con tanta delicadeza le había quitado.

—Vine a devolverle el guante.

—¿Cómo ha entrado aquí?

Él la miró detenidamente y ella se sintió repentinamente desnuda. Quería recular, pero no deseaba ser vista como una cobarde.

—Hay un árbol junto a la ventana. Para un hombre acostumbrado a trepar por el mástil en medio de una tormenta, unas cuantas ramas no suponen ningún desafío.

—Si grito, mi padre y mis hermanos...

—Están en sus respectivos clubes. Dudo mucho que la oigan.

—Los sirvientes...

—Para cuando lleguen, ya me habré marchado.

—Y eso es exactamente lo que quiero que haga. Apártese.

Con una ligera reverencia, él hizo lo que le pidió. Sin tener que aspirar su aroma, Anne consiguió respirar un poco mejor. Curiosamente, el aroma le resultaba fuerte y limpio. Punzante, como una naranja.

—No debería estar aquí —insistió ella mientras se preguntaba si no debería gritar y por qué aún no lo había hecho.

—Suelo hacer un montón de cosas que no debería —Tristan le ofreció el guante.

—Gracias —Anne se lo arrebató de las manos—. Ahora ya puede marcharse.

—Había pensado hablar sobre el viaje a Scutari.

—Dado que no le voy a contratar para efectuarlo, no veo ninguna necesidad de ello.

—No encontrará a ningún capitán dispuesto a llevarla.

—¿Ni siquiera por quinientas libras? —ella ladeó la cabeza con altivez.

Vio un ligero destello de admiración asomar a los ojos azules y supo que le estaba ganando por la mano. El siguiente capitán que abordara...

—Ni siquiera por quinientas libras —contestó él.

—¿Por qué no? —qué satisfacción sería poderle arrancar los cabellos.

—Ya se lo dije. La quiero en mi barco.

—Sí, y en su cama, estoy bastante segura de ello. Pues no va a suceder. Jamás. Me asquea su sugerencia de entregarle mi bien más preciado.

—¿Ese bien más preciado no debería ser su prometido?

El estallido de la palma de su mano al estrellarse contra la mejilla de Tristan resonó a su alrededor. El capitán no había intentado detenerla, aunque después de ver la rapidez con la que había agarrado la licorera estaba segura de que podría haberlo hecho. Sus reflejos eran agudos y ágiles. ¿Por qué se había quedado allí, recibiendo la bofetada? ¿Por qué no se había apartado, o la había agarrado de la muñeca, o empujado a un lado?

—Por favor, márchese —Anne reculó hasta chocar contra el armario.

Le fastidiaba el tono suplicante de su voz. Sin embargo, el capitán tenía razón. Walter debería haber sido más querido para ella que su propia virginidad. Él la había deseado, la noche antes de partir, y ella había sido demasiado puritana para entregársela. Y ya jamás conocería sus caricias y, peor aún, Walter había muerto sin conocer las suyas.

El capitán se limitó a quedarse de pie delante de ella, mirándola como si fuera capaz de descifrar cada uno de los pensamientos que pasaban por su cabeza. Y ella lo odió. Lo odió desesperadamente.

—Voy a llamar a los criados —anunció tras cuadrarse de hombros.

Anne arrojó el guante sobre la cómoda y se dirigió hacia la puerta.

—Un beso.

—¿Disculpe? —ella se volvió bruscamente.

—Un beso. Es el pago que deseo por llevarla en mi barco.

—¿Un beso? ¿Nada más? ¿Un beso? —sin duda lo había entendido mal.

Lentamente, Tristan avanzó hacia ella, silencioso sobre la gruesa alfombra, hasta detenerse muy cerca, fijando la ardiente mirada en los carnosos labios, manteniéndola cautiva como si la hubiera atado con cintas de seda.

—Un beso largo, lento, pausado —susurró él con una voz

sedosa y sensual que provocó en Anne un escalofrío muy parecido al placer—. En mi barco, cuando yo decida. Si se niega, añadiré otro beso más, hasta que decida que ha concluido.

—Un beso —repitió ella—. No puede ser eso lo único que desea.

—No, no es lo único que deseo, pero me contentaré con ello. Cualquier otra cosa, deberá estar dispuesta a dármela.

—Sus palabras son halagadoras, y están diseñadas para atraerme —Anne sacudió la cabeza—, pero yo sé que espera tenerme en su cama.

—No —él le acarició los labios con un dedo—. Lo que espero es un beso, nada más.

—Entonces, ¿por qué no recibirlo ahora? ¿Por qué no terminamos de una vez con este asunto?

—Porque quiero atormentarla, como me atormenta a mí.

—¿Yo lo atormento? —ella no pudo ignorar el regocijo que le produjo la confesión del capitán.

—Desde el instante en que cruzó la puerta de la taberna aquella noche tormentosa. No sé por qué. Solo sé que lo hace.

—Porque sabe que no puede tenerme.

—Quizás.

—¿Y cómo sé yo que, una vez a bordo del barco no intentará forzarme? —Anne volvió a sacudir la cabeza.

—Hágase acompañar por su doncella, por una docena de doncellas. A pesar de mi comportamiento, le aseguro que, cuando se trata de una dama, soy un hombre de honor. Podría haberle impedido abofetearme. No lo hice, porque me lo merecía. Mis palabras estuvieron fuera de lugar —él le mostró una brillante navaja—. Llévela encima. Si decide hundirla en mi corazón, no se lo impediré.

—Eso es fácil de decir ahora.

—Un beso, princesa, es lo único que pido para llevarla junto a su prometido en Scutari.

Seguramente era una locura confiar en él. Aun así…

—¿Cuándo podemos zarpar?

—¿Cuándo le gustaría zarpar?

—Mañana. A medianoche.
—Estaré listo.
De haberle sonreído burlonamente, o bufado en tono triunfal, ella lo habría dejado plantado en los muelles. Sin embargo, Tristan se limitó a entregarle un trozo de papel.
—Estas son las instrucciones para localizar mi barco en el puerto.
—Parece que estaba muy seguro de que iba a aceptar sus condiciones.
—En absoluto, pero me gusta estar preparado —Tristan se acercó a la ventana.
—¿Capitán?
Él se detuvo en seco y se volvió.
—Puede salir por la puerta.
La sonrisa fue arrebatadoramente sensual y los ojos desprendieron un brillante destello.
—¿Y qué desafío habría en ello?
Un instante después, había desaparecido.
Anne corrió hacia la ventana y se asomó por ella mientras el capitán bajaba del enorme roble como los monos que tantas veces había visto en el zoológico.
Oyó un golpe de nudillos en la puerta y se volvió justo en el momento en que Martha entraba en la estancia con el chocolate caliente.
—¿Va todo bien, milady? —preguntó la doncella.
Anne se preguntó qué habría visto en su rostro. ¿Quizás emoción, anticipación?
—Empieza a hacer las maletas, Martha. Nos vamos a Scutari.

CAPÍTULO 3

La noche siguiente, Tristan estaba delante de Easton House, la residencia de su hermano gemelo. No tenía tiempo que perder. Tenía un barco que preparar. Pero tras la visita a Anne la noche anterior, había ido a los muelles para advertir a sus hombres de que zarparían a medianoche del día siguiente, y al llegar al barco se había encontrado con una nota de Sebastian, una invitación, una manera educada de ordenarle que cenara con ellos. Era evidente que la visita a Rafe había sido un error. Sin duda su hermano pequeño había avisado al duque de su presencia en Londres.

Podría ignorar la orden, pero durante su juventud ya habían pasado demasiado tiempo sin mantener el contacto. ¿Qué le iba a suponer un par de horas de incomodidad ante la posibilidad de estar juntos?

Recordó un tiempo en que se habría limitado a entrar en la casa, pero eran tiempos en que Sebastian permanecía soltero y la casa parecía pertenecer a los tres hermanos. En esos momentos, sin embargo, se sentía un invitado, y la boda de su hermano con Mary había cambiado en cierto modo las cosas.

Alzó la pesada aldaba y la dejó caer. Tal y como había anticipado, un mayordomo se apresuró a abrir la puerta y hacerle entrar. Mientras Tristan le entregaba el sombrero, los guantes y el abrigo al sirviente, apareció el anciano mayordomo.

—Milord Tristan, bienvenido a casa.

—Thomas, tienes buen aspecto.
—No podría encontrarme mejor. Gracias.
—Supongo que el duque estará en el estudio —seguramente haciendo buen uso del mueble de las bebidas.
—Sí, milord. ¿Quiere que anuncie su llegada?
—No hacen falta tantas formalidades.

Tristan se dirigió por los familiares pasillos, percibiendo uno o dos huecos vacíos donde habían estado los retratos de su padre. Su tío había destruido una buena parte. Sintió en su interior la habitual rabia ante los recuerd+os de ese hombre vil que les había obligado a huir para salvar sus vidas. Sin embargo, su muerte no le había producido ninguna satisfacción.

Al acercarse al estudio, un sirviente lo saludó con una inclinación de cabeza y abrió la puerta. Tristan entró sin aminorar el paso. Esa estancia había sido el dominio de su padre y sintió una cierta calma al entrar, pero más aún se la produjo ver a su hermano de pie junto a la chimenea.

—Tristan —el lado derecho de la boca de Sebastian se elevó en una sonrisa. El lado izquierdo estaba demasiado destrozado para poder hacer nada. Su hermano dejó a un lado el vaso y se fundió en un fuerte abrazo con Tristan antes de darle una palmada en la espalda.

Tras separarse, Sebastian se dirigió al mueble de las bebidas con cierto azoramiento, como si le avergonzara la efusividad demostrada con su gemelo, una efusividad, sin duda, debida a la influencia de Mary.

—¿Por qué no avisaste de tu llegada a Londres?
—No sabía muy bien cuáles serían mis planes —contestó él mientras aceptaba la copa que Sebastian le ofrecía.
—¿Y ahora lo sabes?
—Zarpo esta misma noche.
—¿Tan pronto? —preguntó con dulzura una voz femenina.

Tristan se volvió y sonrió a la delgada mujer pelirroja que acababa de entrar en la estancia.

—¡Qué regalo para la vista!

Tras devolverle el vaso a Sebastian, cruzó en tres grandes zancadas la distancia que los separaba y tomó a Mary en sus brazos, girándola en el aire, haciéndola reír. Por Dios que esa mujer casi le había hecho sentir que estaba en casa. Riendo la dejó nuevamente en el suelo. Ambos jadeaban.

—Me han dicho que has cumplido perfectamente con tu obligación y le has proporcionado un heredero a mi hermano.

—No fue una obligación —ella le dio una palmada en el brazo—. Está durmiendo, pero antes de que te vayas, te lo presentaré.

—Eso me gustaría —Tristan se dio cuenta de que había olvidado comprarle un regalo al niño. A la siguiente visita pensaba remediar la situación.

—Cuéntanoslo todo —Mary se sentó en un mullido sillón y Sebastian se reunió con ella, sentándose en el brazo y deslizando una mano hasta la nuca de su esposa, como si necesitara tocarla, solo porque estaba cerca.

—No hay mucho que contar —Tristan tomó de nuevo el vaso y una silla. Al levantar la vista vio el retrato colgado sobre la chimenea. Era de su hermano, el lado destrozado del rostro parcialmente oculto entre las sombras mientras contemplaba a su esposa—. Bonito retrato.

—Nos gusta mucho. Si te quedaras más tiempo, ordenaría que pintaran uno de Sebastian contigo y con Rafe.

—Estoy seguro de que a Rafe le encantará la idea —contestó él con ironía. No se imaginaba a su hermano pequeño accediendo a algo así—. Y hablando de nuestro hermanito, ¿cenará con nosotros esta noche?

—No —contestó Sebastian—. Por desgracia nuestra relación sigue siendo muy tensa, y siempre rechaza nuestras invitaciones.

—Pero te avisó de mi presencia.

—Sí. Lo que no sé es si sabía que te volvías a marchar tan pronto. ¿Adónde te diriges?

Tristan no estaba seguro de cómo encajaría Sebastian la noticia de su viaje a un lugar en el que tanta sangre, sangre suya, había sido vertida. Lo último que quería era provocar el regreso de las pesadillas a las noches de su hermano.

—Preferiría no decirlo. Se trata de un transporte privado.

—No sabía que hicieras transportes privados.

—Si pagan bien, hago cualquier cosa.

—Nada ilegal, espero —intervino Mary.

—El dinero lo es todo —Tristan le guiñó un ojo.

Ella frunció el ceño.

—No te preocupes —la tranquilizó—. Ningún peligro nos aguarda en este viaje —sin embargo, ni él mismo estaba convencido de sus propias palabras.

Lo cierto era que daba mala suerte llevar a una mujer a bordo de un barco, incluso una mujer tan encantadora como lady Anne. Tras reflexionar un instante, decidió arriesgarse.

—Mary, ¿conoces a la hija del conde de Blackwood? Lady Anne…

—Lo siento —su cuñada sacudió la cabeza—, pasé demasiado tiempo en ese convento. No creo haberme cruzado con ella. ¿Por qué?

—Por nada en particular.

—¿Desde cuándo preguntas algo por nada en particular? —preguntó Sebastian.

—Pues evidentemente desde esta noche —Tristan sonrió y, ante la escrutadora mirada del duque se puso de pie—. Estoy muerto de hambre. ¿Hay alguna posibilidad de que podamos cenar?

Ni su hermano ni su cuñada movieron un músculo.

—¿Sabe lady Hermione que estás aquí? —preguntó Mary.

Tristan se preguntó por qué demonios se le habría ocurrido tal cosa.

—¿Por qué debería saberlo? —esa mujer había coqueteado con él dos años atrás cuando sus hermanos y él habían regresado a Londres.

—De vez en cuando me escribe pidiendo noticias tuyas —contestó su cuñada.

—Sin duda ya estará casada.

—Me temo que no. Al parecer aún tiene esperanzas de que vuelvas a por ella.

—No fue más que un inocente flirteo. Jamás declaré ningún sentimiento hacia ella.

—En cualquier caso, creo que estaba locamente enamorada.

—Es una cría.

—Lo bastante mayor para casarse.

—Conmigo no, por Dios. No tengo la menor intención de verme encadenado a... —Tristan se interrumpió ante el gesto de Mary.

—Pues muy amable —espetó ella.

—Tú eres la única excepción —le aseguró él.

—Eso espero —Mary lo escrutó detenidamente, poniéndolo nervioso—. ¿Alguna vez tienes pensado regresar a la sociedad?

—Esto no es para mí —Tristan sacudió la cabeza—. Soy más feliz en el mar —o al menos lo había sido. Inexplicablemente, el viaje que iba a emprender le producía una sensación de inquietud.

—Pero te esforzaste mucho para que Sebastian recuperara su lugar...

—Amor mío —interrumpió el aludido con calma—, mis hermanos deben recorrer sus propios caminos.

—Pero estoy segura de que los tres deberíais ocupar el lugar que os hubiera correspondido si vuestro tío no hubiera intentado asesinaros.

Pero su tío había intentado asesinarlos, y eso les había cambiado para siempre. Tristan se moría por acabar con ese tema.

—Sigo muerto de hambre.

Mary soltó una carcajada, aunque un poco forzada, y cedió. Bendita fuera. Sebastian era un hombre muy afortunado. Tristan dudaba poder encontrar un amor como el que ellos dos compartían. Era una cosa excepcional.

Con las prisas ante el comienzo del viaje, Anne no se había dado cuenta de que había elegido la única noche de la semana en que su padre insistía en que todos cenaran juntos. Siguiendo su costumbre habitual, después los hombres se dirigirían a sus respectivos clubes poco después de servido el postre. Aun así, sus planes la consumían tanto que deseó haber podido evitar esa situación.

Amaba a su familia, profundamente, pero la preponderancia masculina le resultaba bastante claustrofóbica de vez en cuando, sobre todo porque, según ellos, al ser la única mujer, requería constantes cuidados, sus opiniones eran más importantes que las de ella, y pensaban que el menor contratiempo podría provocarle un desmayo, a pesar de que no se había desmayado en su vida, ni siquiera al conocer la noticia de la muerte de Walter. Había mantenido la compostura y únicamente llorado en privado. Walter habría estado orgulloso de su actuación, pues eso había sido. Apariencias. Todo en el mundo giraba en torno a las malditas apariencias.

Se preguntó qué haría su familia cuando descubriera sus planes. Iba a dejarles una carta para que no se preocuparan, pero no la descubrirían hasta el día siguiente, cuando estuvieran de nuevo sobrios. El truco, por supuesto, consistía en salir de la residencia sin que los sirvientes hicieran saltar la alarma. Por suerte, solo Martha y ella eran conscientes de la presencia del pequeño baúl en el dormitorio. Iban a necesitar a algún sirviente fiel...

—Keswick ha regresado a Londres —anunció el vizconde Jameson, su hermano mayor.

Todos sus hermanos eran rubios, como ella, pero el cabello de los chicos poseía unos reflejos dorados que siempre había envidiado.

Ante el anuncio de Jameson, todos dejaron a un lado los cubiertos y tomaron un sorbo de vino, como si hubiera declarado que había visto a Frankenstein paseando por la calle. Anne amaba a sus hermanos, pero eran, de lejos, los mayores chismosos que Londres hubiera visto jamás.

—¿Para qué? —preguntó Stephan.

—Para regresar a la sociedad, sospecho. Me han dicho que tiene un heredero.

—Pues no le ha llevado mucho tiempo —murmuró Phillip.
—¿Y qué hay de sus hermanos? —inquirió Edward.
—Si siguen igual, serán su sombra —contestó Jameson.
—No podría soportarlo —exclamó su padre.
—¿Por qué no? —preguntó Anne.

Todos la contemplaron como si le hubieran crecido cuernos y Anne casi se tocó las sienes para asegurarse de que no hubiera sido así.

—Estabas de luto cuando los lores de Pembrook regresaron a Londres hace dos años —le explicó Jameson—. Unos tipos duros, sin modales. Fueron criados al margen de la sociedad. Bastante bárbaros.

—Pensaba que estaban muertos —ella se los imaginó saltando desnudos por los salones de baile—. Devorados por lobos o algo así.

—Sí, eso era lo que pensábamos todos —asintió Stephan—. Pero, al parecer, huyeron temerosos de que su tío intentara matarlos para heredar el ducado.

—¿Y lo hizo? —preguntó Anne.
—Eso jamás se pudo probar —su hermano se encogió de hombros.
—No son más que habladurías —intervino su padre—. Los hombres no matan por los títulos.
—Eso espero —bromeó Jameson—. Aspiro a vivir una larga vida.
—Yo también —su padre rio antes de ponerse nuevamente serio—. Anne, si esos lores de Pembrook aparecen por los salones de baile, debes evitarlos. Tengo entendido que el marqués de Chetwyn puede haber puesto sus ojos en ti.
—¿El hermano de Walter? ¿Y por qué piensas eso?

Su padre tomó otro sorbo de vino tinto, ignorando que ella contenía la respiración en espera de una respuesta

—Solo es algo que he oído en el club.
—¿Ya se han abierto las apuestas?

Sus hermanos apostaban por todo. Habían perdido una pequeña fortuna al apostar por su boda con Chetwyn en lugar de con Walter. Pero ella no amaba al marqués. Había sido Walter quien le había robado el corazón.

—Puede que haya visto algo garabateado en el libro en White's —puntualizó Jameson.

—No te pongas así, cariño —intervino su padre—. Ya te he dicho que has sobrepasado con creces el tiempo de luto que dicta la sociedad. A fin de cuentas no eres una viuda.

—No creo que sea la sociedad quien deba decidir cuánto tiempo dura mi luto —exclamó ella furiosa. Era el eterno tema de discusión con su padre—. Eso lo decidirá mi corazón.

—Sí, bueno, pues ya es hora de que tu corazón pase página. Y Chetwyn sería un buen partido.

—Casi sería como casarse con Walter —añadió Edward, el menor de los chicos, un año mayor que ella y, al parecer, un zoquete.

—Eso es asqueroso. No se parece en nada a Walter.

—Desde luego que no. Está vivo.

Anne arrojó el contenido de la copa de vino sobre el imbécil de su hermano, haciéndole soltar un grito y echarse bruscamente hacia atrás. La silla y Edward acabaron en el suelo.

—¡Oye! —exclamó él—. ¡Es mi chaleco preferido!

Anne se puso en pie con las miradas de su padre y hermanos fijas en ella.

—Intento seguir adelante, pero me lo estáis poniendo muy difícil. Si me disculpáis, creo que me empieza a dar una jaqueca.

Arrojó la servilleta sobre la mesa y se dio media vuelta.

—¡Anne! —rugió su padre con la voz que no admitía discusión.

Apretando los dientes, ella les ofreció la barbilla alzada, tanto que el cuello le empezó a doler.

—Solo queremos lo mejor para ti. Te acercas a una edad en la que ya no se te considerará casadera. Mi responsabilidad es verte casada para que no seas una carga para tus hermanos.

Desde luego, veintitrés eran muchos años. Quizás debería pedirle a Crimson Jack que, en lugar de llevarla de regreso a

Londres, la dejara tirada en alguna isla desierta. Sería mucho mejor que soportar tanta idiotez disfrazada de cariño.

—Estaré bien —les aseguró ella—.Y cumpliré con mi deber esta temporada procurando asegurarme un buen marido.

—Esa es mi chica —su padre sonrió.

—Os quiero a todos —añadió Anne—, y sé que solo queréis lo mejor para mí. Sin embargo, ahora voy a retirarme, de modo que, por favor, disfrutad de vuestra velada.

«Y por favor, por favor, por favor, marchaos a vuestros clubes lo antes posible para que yo pueda escapar de toda esta locura».

CAPÍTULO 4

¡Maldita fuera! Llegaba tarde. Tristan consultó de nuevo el reloj. Tres malditos minutos tarde. Se esforzó por no caminar de un lado a otro de la cubierta, por no dar la impresión de que le preocupaba lo más mínimo que su pasajera pudiera haber cambiado de opinión. Debería haber tomado prestado el carruaje de Sebastian y pasado por su residencia para ayudarla en caso necesario.

La niebla se echaba encima. Distorsionaba los sonidos, le daba a todo una apariencia fantasmagórica. Las luces del barco estaban encendidas, pero no serían capaces de mantener a raya la niebla. Se preguntó si sería la climatología lo que le había hecho echarse atrás. No le parecía una mujer fácil de intimidar. Normalmente solía juzgar bien a las personas. ¿Por qué no estaba allí ya?

Porque había recuperado la cordura y comprendido que él se aprovecharía de ella. No iba a forzarla, pero por Dios que iba a intentar seducirla. Aunque sospechaba que una mujer que había permanecido fiel a un hombre durante cuatro años no sucumbiría fácilmente a sus encantos. Era evidente que le gustaban los bribones. ¿Qué otra clase de hombre permanecería lejos de ella sin perder su corazón?

«Alguien mucho mejor que tú, amigo, mucho más digno». No merecía la pena pensar en ello. Ella había cerrado un trato. Al menos eso pensaba él.

Debería haber aceptado ese beso mientras estaba en el dormitorio. Era un mercader, un comerciante. Debería saber que no podía zarpar sin recibir antes el pago. El pago primero, los servicios después. Ese había sido su lema desde que se había iniciado en el negocio. El dinero siempre lo primero. Así, si alguien decidía echarse atrás, él siempre obtenía sus ganancias.

Pero en esos momentos no tenía nada para...

No era del todo cierto. Sacó el guante blanco de su bolsillo y lo acarició entre los dedos antes de llevárselo a la nariz. Después de que ella se hubiera vuelto hacia la puerta, lo había robado de allí donde lo había arrojado. No sabía por qué lo había hecho, salvo que lo había deseado, y él no estaba acostumbrado a no obtener lo que deseaba. El aroma a lavanda con un toque cítrico lo envolvió. Sospechaba que era un perfume elaborado especialmente para ella. De no ser así, debería serlo. No recordaba haber olido nada parecido en otra mujer.

¿De dónde había salido esa insana obsesión por ella? ¿Por qué debía importarle si se había acobardado, si había decidido no hacer el viaje?

Volvió a consultar el reloj. Cinco malditos minutos. No iba a aparecer. Sus hombres esperaban su orden para levar anclas. ¿Qué podía hacer para no quedar como un auténtico imbécil?

Podían marcharse. Ya decidiría más tarde hacia dónde. O podría pedirle a la tripulación que se retirara mientras él desembarcaba, alquilaba un coche y se enfrentaba a la traidora...

A través de la espesa niebla llegó el inconfundible sonido de pisadas, decididas, con una rítmica cadencia resonando sobre las planchas de madera del muelle. Pisadas de mujer. Una mujer delgada. Otras pisadas la seguían más distantes.

Tristan intentó contener su alegría al verla aparecer. No estaba dispuesto a permitirle dominar la situación. Tenía suerte de que no hubiera levado anclas ya. Metió el guante de nuevo en el bolsillo y caminó con aire despreocupado hacia la cubierta principal. Después bajó lentamente la rampa hasta el muelle en el instante en que ella se detenía, casi sin respiración. Incluso en la penumbra se veía que estaba acalorada. Y más aún que iba a estar cuando le reclamara el beso.

—Llega tarde —la saludó en el tono más neutro que pudo.

—Yo diría que ni siquiera diez minutos tarde —los ojos de color plata se abrieron desmesuradamente.

—El barco se rige por un horario, milady.

—Sí, bueno —Anne ladeó la cabeza—, dado que pago por este viaje, espero que el horario lo establezca yo. Si no comprendió cuál era mi propósito al contratarle, entonces quizás debería buscar a otra persona.

—Desgraciadamente —Tristan no pudo contener una sonrisa. Debería haberse imaginado que no iba a disculparse por su tardanza—, los horarios implicados en la navegación están sometidos a las mareas y los vientos.

—¡Cielos! ¿Significa eso que no vamos a poder zarpar esta noche?

Él se preguntó a qué se debía tanta urgencia, pero no quiso hacer ningún comentario dado que también le favorecía zarpar lo antes posible.

—Creo que podremos arreglarlo.

Una mujer de cabellos oscuros, y que no parecía mucho mayor que Anne estaba de pie tras ella, parpadeando sin cesar, como si no pudiese creer que se encontrara allí. Sin duda era su doncella o su carabina. Tristan asintió hacia dos hombres que cargaban con un baúl.

—¿También nos acompañan?

—No, solo el baúl.

—¡Peterson! Sube el baúl de la dama a bordo.

—Sí, capitán.

Peterson era un hombre enorme de aspecto rudo. Tomó el baúl como si no pesara más que una pluma.

—A mi camarote, Peterson —le ordenó Tristan cuando el hombre pasó a su lado.

—Sí, señor —Peterson subió la rampa.

—No parecía muy contento —observó lady Anne.

—Es un gruñón. Ya se acostumbrará a él. Los hombres están en el barco porque han elegido estarlo. Aquellos dominados por la superstición se han quedado en tierra.

—¿Y eso le causará alguna dificultad?

—Por usted, princesa, sufriría cualquier dificultad.

Ella rio. El dulce sonido lo envolvió y Tristan se preguntó si Anne no descendería de alguna sirena. No le importaría estrellarse contra las rocas con tal de oír ese sonido de nuevo.

—¿No piensa esperar a que al menos estemos a bordo para comenzar con sus absurdos flirteos?

—Sus palabras son como puñaladas que atraviesan mi corazón —era evidente que esa mujer no iba a sucumbir fácilmente, pero eso ya lo había comprendido desde el principio.

—Dudo que sea tan fácil herirlo, capitán —Anne habló brevemente con los hombres que la habían acompañado—. Esta es Martha —de nuevo se dirigió a Tristan y señaló a la mujer que estaba a su lado—, mi doncella. Y por supuesto nos acompañará.

—Por supuesto. Permítanme el honor de escoltarlas a bordo —Tristan llamó a Jenkins y, cuando el joven se acercó, le indicó que acompañara a Martha por la pasarela mientras él mismo le ofrecía un brazo a Anne.

Ella descansó una mano en la parte interna del codo del capitán y le permitió conducirla. Él había pensado que la dama se estremecería, si no ante la cercanía, sí al menos con la anticipación del viaje. Sin embargo, tenía un aspecto casi sombrío al subir a cubierta.

—Peterson, pongámonos en marcha.

—Sí, capitán.

Mientras Peterson empezaba a gritar órdenes y los hombres corrían por el barco, Tristan se dirigió de nuevo a Anne.

—Le mostraré el camarote.

—Preferiría quedarme aquí fuera mientras el barco zarpa.

—Como desee, pero primero la pondremos a buen recaudo. Suba por aquí.

Ella obedeció y él la siguió con la mirada fija en las ondulantes caderas. Al llegar arriba, Anne se dirigió a la barandilla. Tristan la siguió. Enseguida percibió la presencia de la doncella a sus espaldas. Iba a ser una molestia, pero ya se las apañaría.

—¿Por qué *Revenge*? —preguntó lady Anne con calma.

—¿Disculpe?

—¿Por qué su barco se llama *Revenge*? Significa venganza.

Tristan apoyó los codos en la barandilla, juntó las manos y contempló las negras aguas. Había hecho lo mismo al zarpar por primera vez en aquel barco tras separarse de Sebastian. Le había parecido que el mar reflejaba su alma. A la mañana siguiente, el brillante azul del agua le había proporcionado renovadas esperanzas.

—Durante muchos años, la venganza fue el principal propósito de mi vida. Y me pareció adecuado como nombre para un barco que me iba a proporcionar inmensas riquezas.

—Una manera muy negativa de hablar del dinero.

—Usted quiso saberlo —Tristan se volvió hacia ella. Anne también contemplaba el mar y se preguntó si estaría imaginándose la reunión con su prometido.

—¿Contra quién buscaba venganza? —preguntó ella de nuevo.

—No la conozco lo suficiente como para compartir esa información.

—Sospecho que es un hombre muy complicado, capitán —Anne se volvió hacia él.

—No tanto. Cuando veo algo que quiero, lo tomo. Así de sencillo.

Anne volvió a contemplar el mar mientras el barco crujía y gemía. Tras una repentina sacudida, se encontraron flotando lentamente sobre el agua.

—Tenía la idea de que su barco era rápido —observó.

—En el puerto no. No hay mucha luna y la visibilidad es mala. No podría haber elegido peor noche. Zarpar de día hubiera sido mucho mejor.

—Y sin embargo no intentó convencerme de que esperara a un mejor momento. ¿Por qué no?

—Porque, princesa, no estoy seguro de que haya sido del todo sincera conmigo, y necesitaba zarpar a medianoche por algún motivo concreto.

Tristan la observaba con tal intensidad que a Anne le sorprendió que el corazón aún le fuera capaz de latir.

—Nunca le he mentido.

—Eso no significa que haya sido completamente sincera.

Ella podría decir lo mismo del capitán. Había estado a punto de darse media vuelta al verlo descender la rampa del barco. En su rostro ya no había rastro de barba. Si antes le había parecido atractivo, recién afeitado el resultado era espectacular. Llevaba los cabellos recogidos con una cinta de cuero que ella se moría por soltar. La ligera brisa ahuecaba la camisa, haciéndole parecer aún más masculino.

No recordaba la última vez que había apreciado la visión de una figura masculina. No desde la marcha de Walter. Mirar a un hombre con siquiera un toque de lujuria hubiera sido como traicionar a su prometido. No podía decirse que lo que sentía en esos momentos fuera lujuria, pero sí una profunda consciencia. Una aguda consciencia, inquietante en su intensidad. Sintió un cosquilleo en el estómago y una fuerte necesidad de sentarse. Sin embargo, se mantuvo firme.

—Como tan sucintamente ha expuesto, no lo conozco lo bastante bien como para contárselo todo. Pero le juro que no habrá ningún peligro.

—Una lástima. Me crezco con el peligro.

—Sí, ya me lo imaginaba.

Se alejaban de los muelles. A su alrededor crecían las sombras y la niebla se levantaba, desafiando a las luces del barco. El agua golpeaba el casco del barco y una profunda paz inundaba la noche. Anne no estaba segura de hasta qué punto ese hombre contribuía a su serenidad. De algún modo sabía que poseía la fuerza y las habilidades para protegerla de cualquier peligro que pudiera interponerse en su camino.

Oyó un ruido y se volvió para ver cómo se desplegaba una vela. El barco enseguida aumentó la velocidad. Cerrando los ojos, ofreció su rostro al viento.

—Milady.

—Estoy bien, Martha.

—¿Sabe nadar? —preguntó él.

—No, pero sospecho que usted sí. Y se lanzaría al agua para salvarme, ¿verdad?

—Si el pago es el adecuado.
Anne abrió los ojos y lo miró. Tristan sonreía como si disfrutara del movimiento del barco tanto como ella.
—No creo que sea realmente el mercenario que aparenta ser.
—Nunca hago nada sin recibir un pago a cambio.
—Pero, si me ahogo, se queda sin beso.
—Quizás debería recibir el pago por adelantado.
Anne sintió que la boca se le secaba. Por supuesto era consciente de que iba a reclamárselo. Simplemente no había esperado que fuera tan pronto.
—Me gustaría ver el camarote.
—Como desee.
De nuevo le ofreció su brazo y, si bien ella quiso ignorarlo, no estaba segura de poder caminar sobre ese bamboleante barco sin caerse. Y, al igual que en la primera ocasión, admiró la fuerza en ese brazo, la solidez de los movimientos. Moverse por el barco no le suponía al capitán ningún esfuerzo.

Lady Anne intentó pensar en algo que decir, algo que aliviara la tensión que de repente crecía. Sabía adónde la estaba conduciendo y no quería pensar en ello. El capitán no dormiría allí, pero lo había hecho en otras ocasiones. Iba a yacer en la cama en la que había yacido él.

Pero, paralizada por el pensamiento anterior, su mente era incapaz de producir ningún comentario insustancial. Su padre le cortaría la cabeza si supiera lo que se disponía a hacer. Por suerte, el cochero y el mayordomo habían jurado no revelar el nombre del barco en el que había zarpado. De todos modos no creía que su padre pudiera darles alcance.

Bajaron las escaleras al piso inferior. El capitán abrió una puerta, ella respiró hondo para calmar el galopante corazón y entró en la pequeña estancia. Dos muebles dominaban el espacio. La cama. No le sorprendió su gran tamaño. Un hombre de su estatura y corpulencia necesitaba un amplio espacio para dormir.

El otro mueble era un escritorio tras el cual había una estantería repleta de libros colocados ordenadamente. Dickens. Cooper. Shelley.

Martha también entró en el camarote y solo entonces lo hizo Tristan. La estancia pareció encogerse con su presencia.

—Es aficionado a la lectura —observó lady Anne.

—Es fácil aburrirse a bordo de un barco.

—Ya me lo imagino —aunque no era así. Había pensado que el capitán tendría poco tiempo para ella, que estaría ocupado manejando el barco, pero era evidente que de esas cuestiones se ocupaban otros.

—El camarote contiguo es el de mi ayudante. Está a disposición de su doncella.

—No hacía falta tomarse tantas molestias —Anne se volvió hacia él—. Tenía pensado que se quedara conmigo.

—Como quiera —los ojos azules emitieron un destello.

—Lo quiero.

—¿Necesita algo más antes de desearle dulces sueños? —Tristan asintió.

—Martha —ella también asintió—. Por favor, déjanos un momento.

Martha abrió la boca, pero la cerró ante la mirada de su señora. No estaba dispuesta a tolerar ninguna discusión. Lentamente, se dirigió al pasillo.

—Cierra la puerta cuando salgas.

La mujer la cerró de un portazo.

—Ella no está de acuerdo con este viaje —observó el capitán.

—Es muy protectora —Anne se quitó el abrigo y lo dejó con cuidado sobre el escritorio. Después lo miró a los ojos, sosteniéndole la mirada—. Pensé que querría recibir el pago antes de que estuviéramos en alta mar.

—¿Eso ha pensado? —en dos largas zancadas, Tristan se colocó tan cerca de ella que sus alientos se mezclaron y Anne tuvo que echar la cabeza hacia atrás para poder seguir mirando esos ojos color azul hielo.

Unos ásperos nudillos se apoyaron en su mejilla y el pulgar le acarició el labio inferior.

La lengua de Anne salió por voluntad propia de la boca para lamer allí donde él la había tocado. Hubiera jurado que podía saborear la sal de su piel. Los ojos del capitán se oscurecieron. Tenía unas pestañas increíblemente largas, y tan negras que hacían que el azul de sus ojos pareciera aún más claro, como el cielo de un soleado día de verano.

Tristan se inclinó.

Anne contuvo la respiración.

La mirada azul se posó en los carnosos labios.

Ella sintió un cosquilleo en esos labios.

Él la miró a los ojos.

Ella esperó, esperó...

Tristan se acercó un poco más y ella empezó a cerrar los ojos.

—Yo elegiré el momento, princesa. Y no será este. Que duerma bien.

Con una amplia sonrisa, Tristan le pellizcó la nariz, se dio media vuelta y salió del camarote.

De haber podido respirar, Anne le habría gritado. Martha corrió a su encuentro.

—¡Cielo santo! ¿Qué le ha hecho?

—Nada —«me ha pellizcado la nariz», pero no podía admitirlo. ¿Acaso no quería besarla? ¿Había cambiado de idea? Sentándose en el borde de la cama, contempló la puerta cerrada—. Me deseó buenas noches, y las tendré. Yo le enseñaré. Lo haré con remarcable éxito.

Mientras se preparaban para dormir, ambas se sorprendieron al descubrir una palangana con agua caliente. Era evidente que el capitán había hecho preparar la habitación antes de su llegada. Las sábanas estaban limpias y recién puestas, pero, cuando Anne se subió a la cama, el especiado aroma de Crimson Jack la envolvió.

Martha apagó la lámpara y se tumbó junto a ella. Había tanto espacio que no se tocaban. Anne no quería pensar siquiera en que esa cama hubiera sido diseñada para acomodarse a la envergadura del capitán y a cualquier mujer que pudiera yacer en sus brazos.

—Puede que mi hermano se haya equivocado —susurró Martha—. Creo que este capitán puede ser un hombre muy peligroso.

—Si fuera peligroso, habría echado el cerrojo a esa puerta y él, no tú, estaría ahora mismo en la cama conmigo.

En la oscuridad se oía el crujir del barco. Pero Anne no durmió. No podía dejar de preguntarse por qué se había resistido con tanta facilidad a besarla, por qué ella deseaba acabar con eso cuanto antes.

De pie ante el timón, Tristan agarraba la rueda con tanta fuerza que empezaban a dolerle las manos. Apartarse de ella sin saborear los suculentos labios rojos había sido una de las cosas más difíciles que había hecho en su vida. Al rozar su mejilla con los nudillos, acariciar el labio con el pulgar, inhalar su aroma...

Cuando sintió que a ella le faltaba la respiración y que comenzaba a cerrar los ojos...

Un beso. Era todo lo que le había pedido como pago. Estúpido. En su vida había hecho un negocio en el que saliera perdiendo. Debería haberle exigido un beso al día. Y sin embargo debía conformarse con uno para todo el viaje. Iba a tener que hacer que ella lo deseara con tanta fuerza que estuviera dispuesta a darle más. Porque en cuanto obtuviera su beso, ella debería iniciar el siguiente. Desgraciadamente, el tiempo del que disponían era limitado. Debía reclamar su beso antes de llegar a Scutari, porque, en cuanto se reuniera con su prometido, su amor se renovaría y el beso a él no sería más que una forma de pago para ella.

Con suerte, el viento amainaría y retrasaría su llegada al destino. También podría equivocarse de ruta, bordear el cabo de Buena Esperanza y luego cruzar el océano Índico hacia las islas tropicales. Quizás incluso podría convencerla para que abrazara las costumbres locales y anduviera por ahí casi sin ropa. La idea le arrancó una sonrisa. En esos momentos era probable que ya estuviera casi sin ropa, acurrucada en su cama.

Las sábanas, el camarote entero, sin duda conservarían su olor tras su marcha. Ninguna mujer había entrado en sus dominios. A sus hombres les parecía una locura hacer el viaje con dos mujeres, pero los que habían estado dispuestos a emprenderlo habían sido bien pagados por sus servicios para que no protestaran.

La niebla les abrazaba del mismo modo que a él le gustaría abrazarla a ella, sin dejar un rincón inexplorado. Se preguntó hasta dónde le permitiría llegar. No hasta donde le gustaría a él, de eso estaba seguro.

¿Emprenderían el viaje de regreso con su prometido? La decepcionante idea no se le había ocurrido hasta ese momento. Tampoco importaba demasiado. No la deseaba más allá de la duración del viaje. Como sucedía con todo en su vida, la constancia le aburría. Necesitaba nuevas aventuras, nuevas mujeres, nuevos desafíos. Pero conquistar a esa mujer sería su mayor triunfo.

La tentaría con ese beso hasta que estuviera dispuesta a dárselo todo.

CAPÍTULO 5

Anne despertó mecida suavemente por las olas y con la almohada bañada en la luz del sol. Estaba en el barco, al fin viajando al encuentro de Walter, pero no habían sido las imágenes de su prometido las que habían poblado sus sueños. Más bien las de un oscuro demonio de ojos azules cuya cercanía hacía que la piel le ardiera de deseo por ser tocada. Nunca había experimentado un deseo como aquel y no estaba segura de cómo proceder. Ese hombre no se parecía a ninguno que hubiera conocido antes. Despertaba su curiosidad. Eso era todo. En cuanto rozara la ruda mandíbula, sintiera sus labios sobre los suyos, la curiosidad quedaría satisfecha.

Era evidente que su padre estaba en lo cierto. Había llegado el momento de dar por terminado el duelo. Durante la temporada en Londres seguro que conocería a alguien que la correspondería con igual fervor. Era una mujer con sus necesidades, y llevaba demasiado tiempo sola. Esa era la razón de los extraños anhelos que sentía: no solo era receptiva a las atenciones de los hombres, las necesitaba.

El capitán Crimson Jack no era más que un hombre habilidoso a la hora de enardecer la sangre de una mujer.

Tras despertar a Martha, se puso la misma ropa que había llevado la noche anterior. En el baúl había incluido un vestido especial para el desembarco en Scutari, junto con un par de vestidos más para el viaje de ida y vuelta. Dado que no había puesto el ojo en el capitán, poco importaba que la viera con la misma ropa. En realidad, seguramente lo mejor sería que no se molestara demasiado en arreglarse. No tenía ningún deseo de que él creyera que sentía el menor interés por su persona. En los salones de baile de Londres no había cabida para hombres de su calaña.

Cuando Anne estuvo preparada, permitió a Martha regresar a la cama mientras ella se aventuraba fuera del camarote. Al llegar a cubierta tuvo que entornar los ojos ante la fuerte luz del sol. No recordaba un sol tan brillante en Londres. Los hombres se afanaban a su alrededor, aunque todos dispusieron del tiempo suficiente para saludarla, alzando sus gorras o llevándose dos dedos a la sien. Ninguno la miró con lascivia, ninguno la hizo sentir como el capitán, como si supiera exactamente qué aspecto tenía bajo las faldas.

—Encontrará al capitán arriba —le informó un hombre al que recordaba de la noche anterior.

—Gracias, señor Jenkins.

Lentamente subió las escaleras. Si estaba ocupado no quería molestarlo. Tampoco quería sobresaltarlo, aunque no parecía un hombre propenso a ser descubierto desprevenido.

Se paró en el último peldaño. Reclinado sobre una silla, con una bota apoyada en la barandilla, tallaba meticulosamente un trozo de madera. Un muchacho, que debía tener unos quince años, estaba sentado en el suelo con las piernas cruzadas, inclinado sobre un libro que leía en voz alta. Balbuceaba al llegar a las palabras más complicadas y, cuando era evidente que no lo iba a conseguir, el capitán le proporcionaba la respuesta. Anne se preguntó si se sabría la historia de memoria. Una historia que enseguida reconoció: *Canción de Navidad*.

A pesar de no hacer ningún ruido, el capitán miró hacia atrás antes de levantarse indolente de la silla. El chico dejó de leer.

—Lady Anne, espero que haya dormido bien —saludó el capitán.

—Su cama es muy confortable —de inmediato ella deseó no haber mencionado esa pieza del mobiliario, pues la mirada del capitán le indicó que se la imaginaba claramente enredada entre las sábanas—. Me temo, sin embargo, que mi doncella no se encuentre muy bien.

—Con suerte, pronto se acostumbrará al barco. ¿Tiene hambre?

—Me muero de hambre.

—Es por el aire del mar —Tristan sonrió—. Ratón, tráele el desayuno.

—Sí, capitán —el muchacho dejó el libro sobre una mesita, como si se tratara del mayor de los tesoros, antes de desaparecer con una evidente cojera.

—Es un tullido —ella se acercó al corpulento hombre.

—En absoluto —espetó él secamente—. Tiene la pierna torcida, pero sospecho que sería capaz de trepar por la jarcia más deprisa que usted.

—Por supuesto. Mi intención no era insultar.

Tristan le señaló una silla al otro lado de la mesita.

—Después —ella se acercó a la barandilla y se inclinó sobre ella. Los blancos acantilados que vio al frente le privaron de aliento—. Qué magnífica vista. Pensaba que ya no veríamos nada.

—La niebla nos obligó a avanzar más lentamente.

La brisa jugueteaba de nuevo con la camisa, que llevaba los mismos tres botones desabrochados. Anne no sabía si prefería que se los abrochara para tener un aspecto más cuidado, o si desabrochar los demás para que el efecto fuera el opuesto. ¿Por qué le importaban unos simples botones?

Para ocultar la debilidad que de repente había asaltado sus piernas, aceptó la silla que él le había ofrecido con anterioridad. Sentía las rodillas de gelatina porque estaba sobre el agua, no por ese hombre. Al igual que Martha, tenía que acostumbrarse al barco.

—¿Por qué Ratón? —preguntó—. El muchacho. ¿Por qué sus padres le pusieron de nombre Ratón? ¿Tiene alguna idea?

—De lo que no tengo ninguna idea es de qué nombre le pusieron. Pero lo encontramos escondido en un hueco, quieto como un ratón. El nombre le encajaba.

—¿Entonces es un polizón?

—Podría decirse. Ahora forma parte de mi tripulación.

—¿Y su trabajo consiste en leer para usted?

—Entre otras cosas —Tristan sonrió.

El muchacho regresó con una bandeja de contenido mucho más apetitoso del que ella había temido. Huevos, jamón, pan, naranjas y una bonita tetera. En cuanto dejó la bandeja frente a ella, el chico desapareció sin que el capitán tuviera que ordenárselo. Anne sospechaba que ya había discutido el tema de la intimidad con Ratón antes de que ella despertara.

—¿Le apetece acompañarme? —preguntó ella ante la imposibilidad de dar cuenta de toda la bandeja.

—Ya he desayunado.

—¿Un té?

—No.

Lady Anne desplegó la servilleta sobre el regazo. Había algo muy atractivo en disfrutar de un desayuno en cubierta.

—¿Tiene que observarme por fuerza? La intensidad de su escrutinio amenaza con alterar mi digestión.

—Es difícil apartar la mirada de algo tan encantador.

—Falsas adulaciones, capitán. No le llevarán a ninguna parte.

—No necesito emplear mentiras —no obstante, Tristan retomó el tallado de la madera mientras ella untaba de mantequilla el pan.

—No se me hubiera ocurrido que fuera un hombre aficionado a tallar madera.

—Como le expliqué anoche, el aburrimiento puede ser frecuente en un barco. Hay días, semanas, meses, en los que no pasa nada, salvo por unos breves momentos de actividad de vez en cuando. Uno se vuelve perezoso y todo eso. Aunque se me ocurren maneras más placenteras de utilizar las manos.

Ella levantó la vista bruscamente y se encontró con la traviesa sonrisa.

—Sí, bueno, pues tendrá que contentarse con pensar en ello. Un beso implica a los labios, no las manos.

—Es evidente que no tiene mucha experiencia en el arte de besar, princesa.

Anne sintió como si el viento hubiera surgido repentinamente del infierno ante la brusca subida de la temperatura. Un nudo le agarrotó la garganta al pensar en que ese beso podría tener mayores implicaciones de las que había previsto, a las que había accedido. Por fortuna, aún no había empezado a masticar la tostada, pues sin duda se habría atragantado. Lo mejor sería cambiar de tema de conversación.

—¿Qué está tallando?

—Un barco de juguete para mi sobrino —Tristan rio como si hubiera captado la estrategia de la dama, y ella temió que fuera a continuar con el mismo tema.

—¿Tiene familia?

—Parece sorprendida. ¿Pensaba que había nacido directamente de la frente de Satanás?

—En alguna ocasión he sospechado que podría haber sido el caso —ella rio. No se lo imaginaba con una familia—. Parece más bien un lobo solitario que parte de una manada. ¿Tiene esposa?

—No regatearía un beso de tenerla.

—Sí, por supuesto, lo siento. Me está costando mucho categorizarle.

—Ya le expliqué la primera noche que, en lo que a mí respecta, no debe esperar nada.

—Supongo —ella mordisqueó el jamón antes de continuar—. Hábleme de su familia.

—¿Por qué?

—Porque sospecho que ya sabe todo sobre la mía —por ejemplo, sabía dónde vivía.

—Los sirvientes hablan —él rio.

—De modo que ya sabe que tengo un padre y cuatro hermanos. ¿Y usted?

—Dos hermanos.

—¿Mayores? ¿Más pequeños?

—Uno mayor. Otro más pequeño.

—No le gusta hablar de ellos. ¿Por qué?

Tristan apoyó un codo sobre la mesita, se inclinó hacia delante y recogió varios mechones de rubios cabellos tras la oreja de Anne. El viento los había soltado y empezaban a azotar el hermoso rostro.

—Porque no me interesan tanto como a usted. Prefiero hablar de usted.

Anne sintió un cosquilleo en los labios y se preguntó si habría llegado el momento del beso. Sin embargo él se limitó a escrutarle el rostro como si cada curva, cada rasgo, encerrara una extraña fascinación. En sus viajes sin duda había conocido a multitud de mujeres exóticas. Qué sosa debía encontrarla comparada con ellas.

Lady Anne se reclinó en la silla. Necesitaba aumentar la distancia entre ellos. Tomó una naranja y empezó a pelarla con dedos ligeramente temblorosos, deseando que él no se diera cuenta de lo poco que le costaba hacer que su pulso se acelerara.

—¿Ha viajado por todo el mundo?

—Casi todo.

—¿Sus hermanos también han elegido una vida en el mar?

—No elegimos nada. La vida nos presentó oportunidades y las aprovechamos.

Anne mordió un gajo de naranja, sorprendida ante la cantidad de jugo que llenó su boca y corrió por su barbilla. Antes de poder limpiarse con una servilleta, él le retiró el suculento néctar de los labios con un dedo. Y, sin dejar de mirarla a los ojos, muy lentamente, chupó ese dedo. El azul hielo de su mirada se oscureció.

A lady Anne le dolía el pecho mientras luchaba por respirar. ¿Cómo podía resultar tan erótico alguien con tan malos modales? Le ardía la piel, como si el sol se hubiera aproximado a ella. Fue vagamente consciente del capitán tomando la fruta de su mano, separando otro gajo y, tras arrancar la mitad de un mordisco, devolverle el resto.

—No podría…

—Así manchará menos, y debe admitir que está buenísima. Además, no querrá enfermar de escorbuto.

—Yo creía que el escorbuto solo se pillaba en los viajes largos —lo cierto era que la naranja estaba deliciosa y finalmente optó por meterse el medio gajo en la boca.
—Nunca se sabe —Tristan repitió la operación con otro gajo. En esa segunda ocasión, el gesto no pareció tan travieso—. A lo mejor decidimos no regresar a Inglaterra, y dedicamos nuestras vidas a viajar por el mundo.
—Eso suena maravilloso —las palabras surgieron de boca de Anne antes de que comprendiera el error al formularlas. El capitán la miraba inmóvil, el medio gajo de naranja, al parecer, olvidado en la mano—. Era una broma —ella soltó una risa nerviosa—. Tengo demasiadas responsabilidades para dejarme llevar por el viento.
—¿Quién la lastimó, princesa?
—No sea ridículo.
—Percibo tristeza en usted.
Ella sacudió la cabeza. No podía confiarse a ese hombre. Apenas lo conocía. Su corazón empezaba a recuperarse y no quería, no podía, arriesgarse a que volvieran a rompérselo. Quizás se casara con el hermano de Walter. Jamás lo amaría, y por tanto no podría herirla, ni ella provocarle ningún dolor.
—¿Qué tal se ve la vida desde el palo mayor? —preguntó con los ojos anegados en lágrimas mientras señalaba el lugar con la barbilla—. Debe ser maravilloso verlo todo.
—No se ve todo. Nunca se ve todo.
—Entonces debe ser como la vida misma, ¿no? Porque, si se pudiera ver todo, si uno supiera lo que le aguarda, no diría o haría nada que pudiera lamentar después.
Anne desvió la mirada hacia el mar. No necesitaba ver la simpatía en los ojos azules. No quería su amabilidad. Solo quería que la llevara a Scutari para poder pedirle perdón a Walter.
—Walter siempre quiso navegar. Siempre hablaba de comprarse un barco algún día.
—¿Walter?

La pregunta sonó como el restallido de un látigo.

—Mi prometido. Por eso me enviaba su salario. Su hermano es marqués, y Walter temía que el dinero acabara en las arcas familiares. Iba a utilizarlo para establecernos.

—¿Y es ese el dinero con el que iba a financiar este viaje? —la voz de Tristan sonó algo más relajada, pero desprovista de emoción.

—Sí —ella le sostuvo la mirada—. ¿Por qué accedió a llevarme a cambio de algo tan ínfimo como un beso? Estoy segura de que los besos no le serán ajenos.

—Los besos y yo somos buenos amigos, y por eso reconozco su valor. Cada mujer besa de una forma diferente. Algunos labios están cuarteados, otros parecen estar hechos de hilos de seda. Algunas bocas son secas, otras húmedas. Algunas mujeres saben a ajo y otras —se rozó sus propios labios y chasqueó la lengua antes de fruncirlos— al mejor de los vinos. Algunas no emiten sonido alguno al besar, otras suspiran una dulce melodía que hace cosquillas en los oídos y permanece en tu mente cuando ella ya se ha marchado. Un beso puede ser muchas cosas. Puede ser muy profundo —se encogió de hombros—. O puede ser inolvidable.

Anne no se imaginaba que un beso del capitán pudiera ser olvidado jamás. ¿Olvidaría él el suyo?

—¿Y si descubre que mi beso no merece el viaje?

—No creo que haya ninguna posibilidad de que eso suceda —Tristan sonrió y se puso en pie, alto, imponente, dejando el resto de la naranja en el plato—. Debo consultar las cartas de navegación, atender a mis deberes. Espero que cene conmigo esta noche en mi camarote —inclinó ligeramente la cabeza—. En su camarote.

—Sí, por supuesto.

—Hasta luego, entonces —con un brusco asentimiento, él se marchó.

Anne se levantó y se acercó a la barandilla donde nada impedía que la brisa refrescara su piel. Walter la había besado, pero no recordaba ni el sabor, ni la textura ni el calor. Una cosa más a añadir a su culpa. No había saboreado cada beso como si fuera el último.

Al bajar las escaleras, Tristan estuvo a punto de chocar con la doncella. Llevaba un parasol de la más refinada manufactura, sin duda era para su señora.

Por primera vez inspeccionó a la doncella más atentamente. No era una beldad, como su señora, pero poseía una belleza que sin duda llamaría la atención. Y había algo más en ella que le inquietaba.

—¿Nos habíamos visto antes?

—Mi hermano, John Harper, sirvió a sus órdenes. Fue él quien nos recomendó este barco para realizar el viaje.

—Y de paso, supongo, también me recomendó a mí.

—Juró que no se aprovecharía de mi señora —la joven se ruborizó.

—Su juramento no me obliga a nada.

—Pero no se aprovechara de ella, ¿verdad? —quiso saber la joven, con cierto aire testarudo.

—Mientras estén a bordo de mi barco, ambas estarán a salvo de requerimientos indeseados.

La doncella sonrió y a Tristan le pareció más guapa que en un principio.

—John se ha casado —le informó como si, de repente, se hubieran hecho amigos.

—Lo sé. Fue el motivo que me dio para dejar de servir a mis órdenes. Al parecer su esposa desea encadenarlo a tierra firme.

—Querían estar juntos. No me parece que sea tan horrible. Y es feliz.

También era un maravilloso contador de historias con cierta inclinación a exagerar. Tristan empezaba a sospechar quién podría haberle contado a Anne que era un héroe. John jamás permitiría que los hechos arruinaran una buena historia.

—Ahora trabaja para un comerciante, tiene un buen sueldo y ha sentado la cabeza —continuó Martha.

Tristan contuvo un escalofrío. Solo contrataba hombres solteros, fáciles de encontrar en los muelles. No quería que, en medio de una tormenta, un hombre se preocupara más por dejar atrás a una viuda. Las mujeres no entendían la pasión por la aventura. Por su experiencia, el matrimonio no combinaba bien con una vida en alta mar y dejaba a todos infelices. Él, desde luego, no tenía ninguna intención de tomar esposa.

Su tío le había obligado a huir. Nadie más iba a obligarle a nada otra vez.

Lo primero que notó al entrar en el camarote fue que ya olía a ella. Lavanda y limón. Todo estaba ordenado y el baúl cerrado. Estuvo tentado de registrarlo, para intentar averiguar algo de ella. Sería lo justo.

Todo lo que él tenía estaba a la vista. Los libros con cuya lectura disfrutaba, los muebles que le gustaban. Sus licores preferidos. El arcón de madera que había tallado con sus propias manos, incluso el globo terráqueo que había hecho para Rafe en su último viaje, un regalo que aún no le había entregado porque no estaba muy seguro de cómo sería recibido. Además, no le había quedado perfectamente redondo. Se trataba más bien de una visión asimétrica del mundo que tendía a inclinarse de forma que el norte y el sur acababan siendo el este y el oeste. Necesitaba sujetarlo sobre una peana adecuada. Ya se ocuparía de ello en su siguiente viaje.

Pasó una hora intentando estudiar las cartas de navegación antes de darse por vencido. Quería verla de nuevo, pero, según Jenkins, la brisa era demasiado fuerte para su parasol y se había retirado con su doncella bajo cubierta, al camarote que había preparado inicialmente para la sirvienta. Se sintió defraudado. Debería haberle dejado bien claro que siempre sería bienvenida en el camarote, aunque él estuviera dentro. Se imaginó cómo sería levantar la vista del escritorio y encontrársela sentada cerca de una ventana. Hogareño. Se sacudió con fuerza los pensamientos. En un barco no había lugar para sentimientos hogareños.

Se dirigió de nuevo al alcázar del barco. Ratón había retirado toda evidencia de la presencia de esa mujer durante el desayuno. El muchacho era muy limpio y ordenado. Tristan se preguntó si se habría terminado la naranja. Estaba seguro de que él jamás volvería a probar una sin recordar la risa de la joven cuando el jugo había estallado en su boca.

Apoyado de espaldas sobre la barandilla, cruzó los brazos sobre el pecho. El viento era fuerte y avanzaban a buen paso. Inglaterra ya no se veía. En pocos días llegarían al Mediterráneo. Estuvo tentado de provocar una avería que les obligara a dirigirse al puerto más cercano. Quería caminar por las calles abarrotadas de una ciudad extranjera con ella.

Quería borrar lo que fuera que causara esa tristeza que se reflejaba en sus ojos.

«Echa de menos a su prometido, imbécil».

Aunque no debía ser tanto si había accedido a darle un beso.

«Tanto que está dispuesta a besarte para reunirse con él».

De ser un hombre de honor, la llevaría al lugar de destino sin reclamarle el pago, todo en nombre del amor verdadero. Mary esperaría que lo hiciera. Y por eso no le había contado nada más del viaje. Jamás lo aprobaría. Aunque a él tampoco le importaba su aprobación...

Sospechaba que habría terminado siendo un hombre muy diferente de no haberse visto obligado a huir de su hogar, a abandonar Pembrook, Inglaterra. Se había hecho adulto muy deprisa.

Había intentado regresar a lo que había sido: un lord, vivir en sociedad con sus iguales. Pero ya no pertenecía a ese mundo, al igual que Rafe. Sebastian no había tenido elección. Su hermano ostentaba el título, pero él era libre para regresar a la vida que amaba, al mar. Y era bien cierto que amaba esa vida. El olor del agua salada, el bamboleo del barco, la caricia del viento. Disfrutaba con la camaradería entre los hombres. Moriría por ellos. Y, no obstante, sentía que faltaba algo.

Desvió la mirada hacia Peterson, que se acercaba a él.

—Te estás molestando mucho por meterte bajo las faldas de una mujer —observó el hombre.

—Te pago lo suficiente para que no te quejes.

—Esta es diferente. Podrías hacerle daño.
—No voy a hacerle daño.
—Puede que intencionadamente no, pero podría suceder.
—¿Desde cuándo te has vuelto un maldito filósofo?
—Culpa tuya por enseñarme a leer.

Tristan sonrió. Enseñaba a leer a cualquier hombre que deseara aprender. Ratón era su último alumno, y hacía grandes progresos.

—Sabes que la doncella es la hermana de Johnny —murmuró Peterson.
—Lo descubrí esta mañana.
—Él las envió a ti, sabiendo que ibas a protegerlas.
—El error es suyo, no mío.
—Jack, esa mujer pertenece a la nobleza.

Y él también, aunque sus hombres no lo sabían. Cuando Sebastian había aceptado la bolsa de cuero, el sonido de las monedas había marcado la ruptura con su linaje. Ninguno de sus hombres conocía la verdad sobre sus orígenes. Incluso tras regresar a Inglaterra para ayudar a su hermano a recuperar su puesto en la sociedad, Tristan había conseguido mantener separadas sus dos vidas. Con un pie en cada mundo, se preguntaba si no se arriesgaba a perder el equilibrio.

—Relájate, Peterson. Nunca he provocado la cólera de una mujer.
—Siempre hay una primera vez, capitán.

Lady Anne no entendía por qué estaba nerviosa. Solo se trataba de una cena. Antes de encerrarse en su duelo, había cenado con toda clase de personas, incluso miembros de la realeza. Y nunca le había preocupado. Era muy capaz de seguir una conversación y sabía cómo comportarse.

Cenar con un capitán de barco no sería para tanto. Pero cuando estaba con él no podía evitar preguntarse cuándo le iba a exigir el pago. Deseaba que lo hiciera pronto. No le gustaba deberle nada a nadie.

—¿Desea cambiarse de ropa? —preguntó Martha.
Anne contempló el baúl. Había metido un vestido de noche, cediendo a un inexplicable impulso. También había incluido el vestido color lila, el favorito de Walter, pero ese solo se lo pondría cuando estuviera a punto de desembarcar en Scutari.
—No es un evento formal —ella sacudió la cabeza—. Estoy segura de que su invitación no fue más que un gesto de cortesía.
—A mí no me ha parecido especialmente cortés.
—No sé cómo puedes decir eso cuando hizo que uno de sus hombres te prepararan algo para asentar tu estómago —Anne sonrió.
—No me gusta cómo la mira.
—¿Y cómo me mira?
—Como si estuviera a punto de devorarla.
—Mantiene una actitud constantemente intimidante para desalentar cualquier motín a bordo.
—¿Ya le conoce así de bien?
—Tu hermano lo recomendó —ella apoyó las manos en las caderas.
—Sí, y empiezo a pensar que había perdido la cabeza.
—No seas tonta. Todo el mundo se muestra amable. Nadie ha hecho nada inapropiado.
Un golpe de nudillos en la puerta dio por finalizada la conversación. ¿Ya era la hora? El corazón de Anne saltó en el pecho.
Pero, cuando Martha abrió la puerta, vio que quien estaba al otro lado era el muchacho, Ratón, con un cubo en las manos.
—El capitán pensó que le gustaría un poco de agua caliente.
—Sí, gracias —Martha hizo ademán de tomar el cubo.
—Yo puedo llevarlo adentro —el muchacho dio un paso atrás.
—Sí, bueno...
—Nos gustaría mucho —Anne interrumpió el empeño de Martha por no dejarlo entrar. La doncella la miró confusa, pero Anne estaba convencida de que las palabras del chico habían sido dictadas por su orgullo.

Ratón entró en el camarote con su paso desigual. Tenía la pierna gravemente deformada.

—¿Llevas mucho tiempo con el capitán? —preguntó ella.

—Desde que me salvó del tiburón —contestó el chico sin darle mayor importancia, como si les estuviera contando que el capitán le había untado la tostada con mermelada.

—¿Un tiburón? —Anne esperó a que hubiera vertido el agua caliente en el barreño.

—Nací contrahecho y nadie me quería —Ratón la miró de frente—. Me utilizaban como cebo para los tiburones.

—No lo entiendo —le aseguró ella, aunque temía entenderlo demasiado bien y la idea la horrorizó.

—Me lanzaban al agua. Por aquel entonces yo no sabía nadar, aunque el capitán me enseñó después. Así que yo solía salpicar agua. Cuando el tiburón estaba lo bastante cerca para poder arponearlo, me sacaban del agua.

Martha soltó una exclamación ahogada y Anne temió marearse.

—¿Y el capitán?

—Ellos pasaban con su barco. El capitán saltó al agua, cortó la cuerda y me subió a bordo —el chico sonrió travieso—. Después lanzó un cañonazo e hizo estallar el barco en mil pedazos. Los tiburones tuvieron un festín ese día.

—Entiendo —el estómago de Anne se había encogido en un doloroso nudo.

Pensar que ella estaba furiosa porque su padre quería que volviera a relacionarse en sociedad, atender a bailes, cenas y veladas. Allí no corría ningún riesgo de ser comida.

—¿Necesitará algo más? —preguntó él como si no acabara de narrar la historia más terrible que hubiera oído jamás.

—No. Gracias.

Ratón saludó con un movimiento de la gorra y salió del camarote.

—Supongo que no creerá que todo eso ha sido cierto, ¿verdad? —Martha se dejó caer en una silla.

—¿Y por qué iba a mentir?

—Por simpatía. O quizás porque le gusta inventarse una buena historia.

—Sé que es extraño, Martha —Anne cruzó los brazos sobre el pecho—, pero no me cuesta imaginarme al capitán Crimson Jack lanzándose al agua para salvar a alguien.

—No empezará a gustarle ese tipo, ¿verdad?

—¿Qué? ¡No! —ella se acercó a la ventana y contempló el mar—. Sin embargo, acabo de decidir que me pondré el vestido de noche.

Martha soltó un bufido de desaprobación, aunque a su señora no pudo importarle menos. Esa noche iba a pagar la deuda. Acabaría con ese asunto para que la dejara en paz, porque cuantas más cosas averiguaba sobre el capitán, más curiosidad le despertaba. Y ese camino solo podría conducirle al desastre.

CAPÍTULO 6

Se había puesto un espectacular vestido de noche sin mangas y con un pronunciado escote que dejaba a su experta vista una buena cantidad de piel de alabastro. Lo único que le agradaba más era la expresión apreciativa que había iluminado el hermoso rostro cuando él había entrado en el camarote. Pues Tristan también se había molestado en vestirse adecuadamente para la cena, como si asistiera a una velada en Londres.

Jenkins había hecho un trabajo estupendo: mantel blanco y almidonado, dos velas encendidas, vino tinto, y cuatro platos que habrían hecho que Mary se sintiera orgullosa. No estaba especialmente hambriento, solo tenía hambre de la visión de Anne. Consideró verbalizar sus pensamientos, aunque sospechaba que lo tomaría como un falso halago. Si algo había aprendido de ella era que parecía ignorante de su atractivo. Era en extremo modesta, lo que la hacía parecer aún más cautivadora.

Lo único que arruinaba la escena era el rápido entrechocar de las agujas de tejer de la maldita doncella, sentada en un rincón, vigilando a su señora.

—Estoy muy impresionada —observó Anne tras probar un bocado del pollo glaseado—. No esperaba tantas comodidades.

—Paso mucho tiempo lejos de los puertos. Al conseguir mi primer barco, lo primero de la lista fue contratar a un cocinero de lujo.

—Su tripulación es extremadamente amable. Temía que fueran a ser más rudos.

—Pueden serlo cuando la situación lo exige —Tristan estudió su rostro por encima de la copa de vino, preguntándose adónde quería llegar—. Puedo permitirme el lujo de decidir a quién contrato, y soy bastante claro al respecto. Si voy a pasar meses con un mismo hombre, al menos quiero que me resulte agradable.

—Parece bastante educado.

—Mi padre insistió en ello —Tristan hizo girar el vino en la copa. En el remolino le pareció adivinar lo que habría sido su vida si su tío no hubiera matado a su padre—. Durante muchos años tuve un tutor. Y a los catorce años me hice a la mar.

—¿Por qué? —ella se inclinó hacia delante.

—¿Por qué se hace un joven a la mar? Por las aventuras —aunque en su caso había sido para escapar de las garras de su tío.

—Pues, por lo que yo sé, las encontró de sobra. El chico, Ratón, me contó que lo salvó de ser comido por los tiburones.

—Ese chico se pasó semanas sin hablar después de que lo subiéramos a bordo —Tristan apuró la copa de vino y se sirvió otra—. Y ahora es una cotorra.

—¿Entonces lo que me contó es cierto?

Lady Anne tenía el ceño fruncido, evidenciando su preocupación. Tristan había planeado utilizar la cena para atraerla con sus encantos, no para hablar de los aspectos más brutales de su vida.

—Navegábamos cerca de la costa frente a una pequeña isla del Pacífico. Dado que había nacido deforme, se consideró que no tenía valor alguno. Abandonábamos la isla cuando los vimos cazando tiburones. Yo no podía marcharme sin hacer algo.

—Me contó que lo había encontrado en la bodega. Yo supuse que era un polizón. Debió imaginarse lo que yo pensaba.

—Es cierto que lo encontramos en la bodega. En más de una ocasión —él se encogió de hombros—. Tenía miedo y se escondía allí.

—El chico también me contó que hizo saltar por los aires el barco en el que había estado. ¿Mató a muchos hombres?

—Ninguno que no se lo mereciera.

—Lleva una vida bastante salvaje.

—No tanto como solía ser tiempo atrás.

—La primera noche que lo vi —Anne soltó un bufido, que también podría confundirse con una risa—, pensé que era un canalla. Ahora no estoy tan segura.

El ritmo del entrechocar de las agujas se aceleraba por momentos. Era evidente que la doncella no estaba conforme con la revelación. Quizás podría intentar despertar el interés de Jenkins o Peterson por esa mujer. Estaría bien que dejara de revolotear todo el rato a su alrededor.

—Ya se lo expliqué al principio, princesa. Nunca seré lo que espera que sea.

—¿Por qué me llama así? —Anne dejó los cubiertos a un lado.

—Porque la primera vez que la vi entrar en esa taberna llena de humo, pensé que se parecía a una de esas princesas de los cuentos de hadas.

—Tampoco era muy difícil de lograr, dada la naturaleza de la clientela del local —ella rio divertida.

Tenía las mejillas arreboladas y él se preguntó si le avergonzaría disfrutar de su compañía. Hablaron de libros. Ella prefería los de corte romántico. Tristan bufó al oírlo y Anne lo desafió a leer a Jane Austen antes de pedirle a su doncella que le acercara su ejemplar de *Orgullo y prejuicio* que tenía guardado en el baúl.

Le habló de cómo había sido criarse con cuatro hermanos, de cómo la habían mimado, de ser considerada esa princesa de la que él se burlaba. Protegida.

—Puede que por eso estuviera tan decidida a hacer este viaje según mis condiciones, para demostrar que podía hacerlo.

—No creo que les hayan gustado mucho sus planes —observó él.

—No saben nada. Dejé a mi padre una nota, pero sin explicarle los detalles, de modo que, sí, sospecho que estarán fuera de sí. Estoy a punto de cumplir veintitrés años y siento la necesidad de rebelarme. Una mujer debería tener un momento en su vida en que debería rebelarse, ¿no cree?

—Si ello la sitúa en mi barco, sí, desde luego.

Lady Anne soltó una carcajada que a Tristan le recordó el tintineo del cristal fino. Era incapaz de imaginársela alborotadora, escandalosa o grosera. Era una dama hasta la médula y el caballero con el que estaba prometida era el hermano de un joven lord. Un hombre que no huía de su posición social. Tristan no quería ni pensar en el afortunado bastardo que la tendría en su cama, mientras que él solo podía aspirar a un beso.

—Demos un paseo por cubierta —le propuso tras apurar la copa de vino.

—¿Nunca pide las cosas?

—Supongo que estoy acostumbrado a dar órdenes. Aunque no lo haya parecido, ha sido una invitación. Si quiere, puede negarse.

—Me iría bien un poco de aire fresco.

El entrechocar de las agujas de tejer se detuvo y Tristan se puso en pie. Sujetó la silla de Anne y se agachó.

—¿De verdad cree que es necesario llevar carabina? —le susurró al oído

De los labios de la joven surgió inconfundiblemente la respiración entrecortada.

—Martha, procura ordenar el camarote para que podamos retirarnos a dormir en cuanto regrese.

El corazón de Tristan casi se estrelló contra las costillas al imaginarse a Anne y a él retirándose...

Hasta que la fantasía se desmoronó al comprender que ella hablaba de la maldita doncella, no de él. Menudo imbécil. De esa mujer solo iba a obtener el beso prometido. Era un idiota por considerar que podría concederle algo más.

En cubierta el aire era fresco y el viento les azotaba. Anne no lo había previsto y se había dejado el abrigo en el camarote. Pensó en regresar a buscarlo, pero Tristan se le adelantó quitándose la chaqueta y echándosela sobre los hombros. El agradable calor de su cuerpo la envolvió. Cerró la chaqueta sobre su pecho y contempló el negro horizonte del mar.

Tristan estaba lo bastante cerca como para protegerla del

viento. Le bastaría con moverse mínimamente para poder apoyarse contra él. Quizás había tomado demasiado vino, pues se sentía un poco inestable y muy inclinada a permitir que él la sujetara.

Mientras contemplaba el cielo nocturno, una estrella fugaz lo atravesó, seguida de otra.

—No creo haber visto nunca una estrella tan de cerca —ella rio encantada.

—Porque no hay nada entre ellas y nosotros. No hay aire sucio, no hay luces de farolas, ni niebla.

—¿Cree que caerá al mar?

—Estoy seguro. Así nacen las estrellas de mar.

—Qué bonito —ella lo miró—. No me parece el tipo de hombre con ideas así.

—He visto sirenas —Tristan le dedicó una blanca y deslumbrante sonrisa.

—No.

—Parecían sirenas —él ladeó la cabeza—. Pero al salir del agua tenían dos piernas en lugar de cola.

—No puedo imaginarme cuántas cosas habrá visto.

—Ninguna comparable con usted.

—Es imposible —Anne soltó una carcajada.

—¿Por qué no me cree?

La seriedad del tono del capitán le indicó que le había sorprendido su reacción, que no la comprendía.

—Poseo varios espejos, capitán. Mis rasgos no son especialmente atractivos.

—¿Su prometido nunca…?

—Me dijo que era bonita. Bonita no es hermosa. Pero no quiero hablar de él —esa noche no. No después de haber disfrutado de una cena con un hombre encantador, un hombre que despertaba sus sentidos como nadie había hecho en mucho tiempo.

Un profundo gemido surgió a lo lejos.

—¿Qué ha sido eso? —preguntó ella.

—Una ballena.

—Qué sonido tan triste, ¿no?
—Seguramente está buscando a su pareja.
—¿Alguna vez se siente solo aquí? —Anne lo escrutó.

Tristan se tomó un tiempo para contestar, aunque le sostuvo la mirada, como si intentara calibrar hasta dónde debería revelar, hasta qué punto podía confiar en ella.

—A veces —admitió al fin—. Pero ahora mismo no.

Anne no había sido consciente del momento exacto en que se había acercado a ella. El movimiento del barco les obligaba a rozarse de cuando en cuando. Él se mantenía con más firmeza, pero ella dejó de intentar evitar apoyar su cuerpo contra el suyo. No había mucha luna, pero, sin la niebla, las estrellas llenaban el firmamento hasta el infinito. El rostro del capitán le pareció menos oculto en las sombras, aunque quizás se debiera a que empezaba a conocer sus nobles rasgos.

Qué sencillo sería ponerse de puntillas y besarlo. Darle ese beso que le había pedido. Sin duda sería lento y agradable, tal y como le había prometido. Pero también increíblemente cálido y muy embriagador.

Oyó el gemido de otra ballena, algo distinto al de la anterior. ¿Sería su pareja? ¿Alguna otra criatura solitaria? Hasta ese momento no había sido consciente de lo sola que se sentía, de lo mucho que ansiaba llenar el vacío en su interior.

Y no le cabía duda de que ese hombre que estaba a su lado sería capaz de llenarla, hasta hacerla rebosar. Pero luego se marcharía, y ella volvería a estar vacía. ¿Qué sería mejor, experimentar la plenitud unos instantes o no haberla conocido jamás? ¿Merecía la pena el dolor que, sin duda, experimentaría?

Sentía un cosquilleo en los labios, en los pechos. Los dedos de los pies se le encogieron y fue consciente de estar aferrando la chaqueta del capitán con fuerza. ¿Cuándo iba a dejar de agarrarse a la chaqueta para agarrarle a él en su lugar? Estaban el uno frente al otro. Tampoco recordaba haberse colocado así. Pero allí estaban, tan cerca que sus alientos se mezclaban, el del capitán calentándole la mejilla.

—¿Va a besarme ahora?

—No.

—¿Por qué?

—La anticipación hará que el momento resulte aún más inolvidable.

—También podría defraudarnos, creando unas expectativas que no se cumplirán.

—Eso es imposible.

—Supongo que es consciente del tormento al que me somete...

—Eso no es nada —él sonrió—. Aún no. Solo voy a obtener un beso, princesa. Cuando lo reclame, quiero que lo desee tan desesperadamente que no se contenga.

—Ahora mismo tampoco me contendría.

Tristan se inclinó y ella cerró los ojos, sintiendo los labios acariciarle la mejilla.

—Aún no —insistió él susurrándole al oído, provocándole escalofríos de placer.

Lady Anne estuvo tentada de agarrarle los cabellos y tirar de ellos, de obligarle a besarla. Pero, si él podía resistirse, ella también lo haría. Respirando hondo, abrió los ojos.

—Es un hombre muy cruel, capitán.

Para su sorpresa, el capitán la colocó frente al mar y, con una suave risa, se puso detrás de ella, abrazándola por la cintura.

—Eso me han dicho.

Ella no supo por qué, en esos momentos, protegida por el fornido cuerpo, se sentía más feliz de lo que había estado en mucho tiempo.

¿Por qué demonios se atormentaba de ese modo? No tenía ni idea. Podría haberla tenido esa misma noche, y no solo el beso, mucho más. Estaba casi seguro. Y era precisamente ese «casi», el que le había hecho esperar. Desgraciadamente, a pesar de todas sus palabras tranquilizadoras, un beso no iba a bastar para dejarlo satisfecho.

¡Maldita fuera! Ninguna mujer lo había atormentado como

esa. Al acompañarla de regreso al camarote, había estado tentado de entrar tras ella, echar a la estúpida doncella y sus irritantes agujas de tejer. Pero se había limitado a aceptar el libro de Jane Austen. Un pobre sustituto.

Dado que la doncella no utilizaba el camarote del primer oficial, Tristan decidió instalarse en él. No era tan cómodo como el suyo. Había hecho fabricar todos los muebles a mano, adaptados a su estatura y envergadura. También había pagado más por la comodidad que allí reinaba. Pocos hogares podían presumir de mejores comodidades de las que disfrutaba él. ¿Qué sentido tenía acumular riquezas si uno no podía disfrutar del fruto de su trabajo?

A sus oídos llegaban los suaves murmullos de voces provenientes del camarote contiguo. A punto estuvo de apoyar un vaso contra la pared para poder distinguir las palabras con claridad. Pero se limitó a tumbarse en la cama, con la lámpara encendida, y escuchar las voces femeninas. Al final se hizo el silencio y Tristan abrió el libro. En el interior de la cubierta había escrita una dedicatoria: *A mi querida Anne, con todo mi amor. Siempre tuyo, Walter.*

Tristan se preguntó qué otros regalos le habría hecho el pichón. Dado que valoraba mucho los libros, no podía desdeñar ese presente, pero se preguntó si la dama tendría joyas, cintas o guantes regalados por su prometido. Quizás a su regreso a Londres le enviaría un regalo para que no olvidara. Algo travieso. Unas medias, quizás. Algo que se deslizara por sus pies, los tobillos. Algo que resbalara por su pierna, la rodilla, el muslo.

¿Por qué permitía que sus pensamientos divagaran por esos derroteros que no le provocaban más que una profunda tortura? No recordaba la última vez que había estado con una mujer. Dos años atrás, se había aburrido rápidamente de las que había tenido a su disposición en Londres. Y desde entonces, ninguna había logrado atraerlo. De no haber reaccionado con tanta fuerza a la presencia de Anne, pensaría que se había convertido en un eunuco. ¿Qué tenía esa mujer que tanto llamaba su atención?

Tras el breve flirteo en cubierta, se había conformado con abrazarla. Tristan se preguntó si ella había sido consciente del suspiro que había emitido al acurrucarse contra él. De no haber llevado un vestido con tantas capas de enaguas, habría notado lo difícil que le había resultado no besarla allí mismo. Se habría dado cuenta de su inmenso deseo.

No podría dormir. No sin antes zambullirse rápidamente en las frías aguas para calmar su ardor. No era aconsejable hacerlo de noche, pero empezaba a dudar de su propia inteligencia.

Tratándose de lady Anne Hayworth, al parecer perdía todo el sentido común.

CAPÍTULO 7

La ignoraba. Sin duda una nueva estrategia diseñada para atormentarla y, al mismo tiempo, atraerla. Pues ese hombre iba a descubrir que ella estaba hecha de un material muy resistente. No obstante sí había tenido detalles con ella, como el de colgar una especie de toldo para que una parte del alcázar estuviera a la sombra. Martha y ella podían sentarse allí sin tener que preocuparse de que el viento hiciera volar el parasol. Además, Martha había descubierto aquella mañana dos sombreros de caballero colgados del picaporte de la puerta. Ambas los llevaban puestos a modo de protección adicional. A lo lejos veían jugar a unos delfines. Anne se sorprendió deseando poder ser tan libre.

Se sentía un poco culpable al ver a los hombres trabajar sin parar mientras ella se limitaba a disfrutar del día. Algunos fregaban la cubierta, otros tejían cuerdas, unos pocos trepaban por las jarcias.

Sospechaba que, de no estar Martha y ella en cubierta, una buena parte iría sin camisa, pues casi todos llevaban la mayor parte de los botones desabrochados y lo que mostraban era una piel bronceada por el sol. Pieles ásperas y oscuras. Pero no la del capitán. Su piel era de un tono broncíneo perfecto.

—¿Cuántos años crees que tiene? —preguntó.

—¿Quién? —Martha la miró sobresaltada y Anne comprendió que había estado absorta mirando al señor Peterson.

—El capitán.

—No tengo ni idea. Final de la treintena o principio de la cuarentena, supongo.

—¿Tanto? No, yo creo que es mucho más joven.

—Es dueño de su propio barco.

—Aun así. No me lo imagino siendo otra cosa que el capitán del barco. Creo que se volvería loco si otro ejerciera el mando. Para él tener su propio barco debió haber sido una prioridad siendo muy joven.

—Parece hechizada por él.

—Debes admitir que se trata de un espécimen fascinante. No se parece a ningún caballero que haya conocido en los salones de baile —nada que ver con Walter o su hermano. Ni con sus propios hermanos.

—Le podría ocasionar muchos problemas, milady.

Eso ya lo sabía. «Pero solo si yo se lo permito».

—Confía en mí, por favor, Martha. No soy una total inexperta cuando se trata de un caballero.

—Caballeros sí, pero este es más un canalla.

Era la tentación en estado puro. Anne no podía evitar imaginar que, si el diablo decidiera seducir a las mujeres para que sacrificaran su alma a cambio del placer, utilizaría al capitán de señuelo.

—Los lores se alegrarán de que regrese a la vida social —observó Martha.

—Supongo —la dote era más que aceptable, algo que el capitán no necesitaba—. Opino que las damas no deberían ir acompañadas de una dote. Así no es fácil saber si el caballero elige a la dama o su seguridad económica.

—Cualquier caballero la elegiría a usted.

—Quizás —Anne sonrió ante la devoción de su doncella y señaló hacia el horizonte—. ¿Qué crees que estará pasando ahí fuera?

—No me gusta nada el aspecto —Martha contempló los negros nubarrones que parecían tocar el agua.

—¡Señor Peterson! —llamó lady Anne y esperó hasta obtener la atención del marinero—. ¿Cómo interpreta esa oscuridad a lo lejos?

—Se acerca una tormenta.
—¿No cree que alguien debería advertir al capitán?
—Ya está al corriente, milady. Ahora mismo está ocupado intentando determinar el mejor modo de evitarla.
—De acuerdo —contestó ella, tanto para sí misma como para Martha—, entonces no hay nada de qué preocuparse.

Un par de horas después de ponerse el sol, la tormenta les alcanzó. O ellos alcanzaron a la tormenta. Anne no estaba muy segura, salvo por el hecho de que le habían defraudado profundamente las habilidades del capitán. Tras rodar de un lado a otro del camarote como dos muñecas de trapo, Martha y ella subieron a cubierta y contemplaron horrorizadas cómo entraba el agua por los lados del barco.

El capitán la agarró con fuerza del brazo y le dio la vuelta. La furia que reflejaba su mirada era equiparable a la de la tormenta.
—¡Bajen y quédense abajo!
—¿Y usted qué hará?
—¡Ahora!

A continuación la empujó, ¡la empujó!, mientras el voluminoso Peterson hacía lo mismo con Martha.
—¡Al camarote, ahora mismo!

Lady Anne y su doncella se acurrucaron en la cama, turnándose para vomitar en un cubo, aunque hacía rato que ya no les quedaba nada en el estómago. Ella intentó consolarse con la idea de que el barco, sin duda, había sobrevivido a muchas tormentas, y que el capitán, sin duda, sabía lo que hacía. Sin embargo, la ferocidad con la que el barco se agitaba era aterradora. Su estómago se hundía y volvía a elevarse con los vaivenes del mar. Anne quiso morir, deseó estar muerta.

El barco gruñó y crujió. ¿Cómo aguantaría un bombardeo? ¿Y si no lo hacía?

Le pareció oír un golpeteo. ¿Se estaba partiendo el barco en dos? Pero el golpeteo se repitió y la puerta se abrió. El capitán apareció en el camarote, los cabellos empapados y sueltos. Se quitó el impermeable y lo arrojó al suelo.

—¿Vamos a hundirnos? —preguntó ella.

—No, ya hemos pasado lo peor.

—Pues a mí no me lo parece —Anne quería explicarle que, en todo caso, parecía haber empeorado, pero su estómago dio un vuelco y tuvo que echar mano del cubo. ¡Cómo dolía vomitar sin tener nada en el estómago!

—Tranquila —de repente, el capitán estaba agachado a su lado y le frotaba la espalda—. ¡Peterson! —gritó.

—¿Sí, capitán? —el hombre apareció por la puerta.

—Llévate a la doncella a tu camarote.

—Sí, capitán.

Agachándose sobre la cama, tomó a una débil Martha en brazos, como si no pesara más que una pluma.

—Tranquila, mujer. Nadie va a hacerte daño.

Para sorpresa de Anne, Martha se acurrucó contra el hombre y empezó a llorar.

—Lo sé, lo sé, niña. Da miedo, pero ya ha pasado. Enseguida te encontrarás como nueva.

A Anne también le sorprendió el tono de su voz, y se preguntó si habría estado observando a Martha en cubierta, tanto como ella le había estado observando a él. Los dolorosos calambres se interrumpieron y volvió a tumbarse de espaldas.

—Él no le… hará daño, ¿verdad?

—No, pero con la cama atornillada al suelo, y una parte apoyada contra la pared, es demasiado difícil intentar cuidar a ambas. Él es grande, pero delicado como un corderito.

—¿Y usted?

—Tan delicado como no lo he sido jamás. No me puedo creer que siga llevando puesto ese maldito corsé.

—Pensé que quizás tendríamos que abandonar el barco.

—Y precisamente por eso debería habérselo quitado.

—No quería aparecer en la orilla sin ir vestida adecuadamente.

—Cielo, estamos tan lejos de tierra firme que se habría ahogado primero. Y entonces ya no le habría importado.

A Anne no le gustaba que la regañara, e iba a explicarle que Martha le había aflojado algunas cintas del corsé, pero los dedos del capitán desabrochándole el corpiño la distrajeron. Con las pocas fuerzas que le quedaban, le golpeó las manos.

—No lo haga.

Tristan ya había terminado con los botones y empezaba a aflojar el corsé. Aunque Anne llevaba una camisa debajo, intentó infructuosamente apartarse de él.

—No sea tan recatada —gruñó él—. No estoy mirando.

—¿En serio? —ella pareció relajarse.

—Pues claro que estoy mirando. Soy un hombre, ¿no?

—Es tan refrescantemente sincero —Anne soltó una carcajada antes de gemir ante el dolor que sintió en el estómago—. Creo que me he lastimado algo.

—Siempre es más duro cuando el estómago intenta vaciarse y no hay nada dentro que devolver.

—Qué conversación tan agradable.

—Pero es la verdad. Estará dolorida un par de días.

Suponiendo que sobreviviera, lo cual, en esos momentos, no le parecía ni siquiera una posibilidad. Aflojado el corsé, Tristan se lo quitó con una eficacia ante la que habría protestado de no sentirse tan aliviada. Después le deslizó el vestido y las enaguas por las piernas y la cubrió con una manta antes de que ella pudiera quejarse por la indecencia de su situación. A través de los ojos entornados, ella lo vio atareado por toda la habitación, pero no tuvo fuerzas para preguntarle qué hacía. El barco seguía bamboleándose. ¿Cómo conseguía ese hombre mantener el equilibrio con tanta facilidad?

Se lo imaginó moviéndose con la misma gracia por los salones de baile. Pura poesía en movimiento. Y la mujer a la que tuviera en sus brazos se sentiría transportada. ¿Cómo no sentirse así? Tristan regresó a la cama y se sentó en el borde.

—Colóquese mirando a la pared —le ordenó.

—¿Por qué?

—Para que pueda hacer algo con sus cabellos antes de que se conviertan en un nido de ratas —le explicó mientras sostenía un cepillo en la mano.

—Puedo sentarme —Anne estaba a punto se conseguirlo

cuando la habitación empezó a dar vueltas y el estómago se volvió a agitar.

Cayó de espaldas y rodó sobre un costado, deseando que el mundo dejara de dar vueltas.

—¡Ah, princesa! Le hice daño cuando subió a cubierta.

Ella sintió los dedos ásperos deslizarse por sus brazos como si temiera volver a lastimarla.

—Lo siento —añadió—. No debería haberla tratado con tanta rudeza. Perdóneme —deslizó los labios sobre los moretones y, a pesar de su estado, ella sintió un agradable cosquilleo que se extendió hasta los dedos de los pies.

Y también desilusión. Un beso. Cuando él decidiera. Abrió la boca...

—Eso no vale como beso —le indicó él, ronroneando como un gatito.

—Podría poner alguna objeción —Anne rio—, pero no lo haré.

Sintió unos pequeños tirones cuando él empezó a quitarle las horquillas que aún permanecían en su pelo. Los cabellos cayeron sueltos en cascada y él los recogió.

—Glorioso —le pareció oírle murmurar.

Sin embargo, ¿cómo era posible que alguien pudiera encontrar algo glorioso en ella en esos momentos? En esos momentos era una ruina miserable, cansada y dolorida.

De repente sintió el cepillo deslizarse por sus cabellos. Jamás había sentido algo tan maravilloso.

—Esta no es la primera vez que hace algo así —murmuró ella.

—Pues lo cierto es que nunca lo había hecho —Tristan deslizó una mano entre la cabeza de Anne y la almohada y siguió deslizando delicadamente el cepillo por los mechones.

—Lo hace muy bien.

—Aprendo deprisa.

Anne experimentaba sensaciones con las que no se sentía del todo cómoda. Le parecían indecentes. Debería echarlo del camarote. Pero, por otro lado, no quería que dejara de cuidarla. Ella no había esperado tanta ternura de él. Ese hombre era como una tempestad, poderoso e incontrolable.

Nada de ese hombre parecía ajustarse a lo que había anticipado.

—Peterson dijo que iba a evitar la tormenta —protestó ella, recriminándose por el tono acusatorio de sus palabras.

—No había bastante espacio para maniobrar. Podríamos haberla bordeado, pero me pareció mejor continuar hacia delante y rodearla todo lo posible. No me pareció tan peligrosa.

—Pero lo fue.

—No tanto.

—¿Ha vivido tormentas peores? —ella miró hacia atrás.

—Mucho peores —él sonrió—. El cabo de Hornos es famoso. Al menos aquí no tenemos que tratar con icebergs.

—¿No le teme a nada?

El rostro de Tristan se volvió sombrío y su mirada se deslizó por el cuerpo de Anne antes de concentrarse de nuevo en los cabellos. Consciente de que no le iba a contestar, ella se volvió de nuevo hacia la pared y se dedicó a analizar los nudos en la madera, deleitándose en la sensación de las ásperas manos que sujetaban los sedosos mechones y los domaban con el cepillo. Supuso que debería sentirse escandalizada al vestir en paños menores bajo la manta, mientras un hombre se sentaba en la cama y le acariciaba los cabellos. De no haberse sentido tan mal, le habría pedido que abandonara el camarote. Pero se sentía fatal, salvo en cada lugar que él tocaba. ¿Por qué no iba a permitirse ese consuelo?

Tristan separó los cabellos en secciones y empezó a trenzarlo.

—En realidad es una persona muy agradable, ¿verdad? —preguntó ella a la pared.

—¿Lo dice porque no me aprovecho de una mujer que podría vomitar sobre mí? Realmente, sus niveles de exigencia no son muy altos, princesa.

¡Cómo le gustaría soltar una carcajada ante ese comentario! Sin embargo, sabía que el costado y su estómago se rebelarían en contra, de modo que se conformó con una amplia sonrisa que él seguramente no podría ver. Terminada la tarea, el capitán le colocó la trenza sobre un hombro y ella acarició la cinta de cuero con la que la había atado.

La enorme y cálida mano empezó a acariciarle la espalda.

—Ya me siento mejor —le indicó ella—. No hace falta que se quede.

—Me quedaré hasta que esté dormida.

La sensación era tan agradable. Anne no recordaba la última vez que había sido objeto de tantas atenciones. Ese hombre tenía muchas facetas, complejas e interesantes.

Los ojos empezaron a cerrarse. No quería dormirse, no quería renunciar al contacto de la mano sobre su espalda. Pero el letargo la venció y la llevó al olvido.

—¿No le teme a nada? —le había preguntado.

La temía a ella. En realidad, esa mujer lo aterrorizaba. Al verla subir a cubierta en medio de la tormenta, había sentido terror. Podría haberse caído, ser golpeada por un mástil roto, ser arrastrada por la borda. Podría haber sucedido cualquier cosa, y se moría solo de pensar en perderla.

Antes de recibir el pago. Eso era lo que le inquietaba de toda la maldita situación. La mujer no parecía sentir la menor preocupación por las deudas contraídas. Y él la habría seguido hasta el infierno para reclamar lo que era suyo.

Desgraciadamente, sospechaba que ella se dirigía al cielo, un lugar que le estaba vedado.

Frotándole la nuca, Tristan oyó la suave respiración. Tenía el brazo desnudo y la visión de los cardenales, allí donde la había agarrado con fuerza, volvió a agarrotarle el estómago. Si pudiera traspasarlos a su propio cuerpo con una caricia, lo haría encantado. Seguramente nadie la había tratado antes con tanta brutalidad.

Era, en efecto, el bárbaro del que todo Londres hablaba.

Un bárbaro mojado y helado, a pesar de haber llevado puesto el abrigo. De no haberse sentido tan mal, ella seguramente se habría fijado en ese detalle y habría insistido en que se pusiera ropas secas. Jamás lo hubiera hecho estando ella despierta. Pero una vez dormida...

Apartó las manos de su cuerpo. Anne no se movió. Después se levantó de la cama con agilidad y se sentó en una silla para quitarse las botas. Con una toalla se secó los cabellos y los peinó con los dedos. Estaba agotado. Le dolían todos los músculos tras luchar con la tormenta.

Lo que de verdad le apetecía era tumbarse en su cama, acurrucarse contra ella, y dormir el sueño de los justos. Sin embargo, esa noche tendría que elegir entre el suelo del camarote o una hamaca en la zona donde dormía su tripulación.

Vencido por el cansancio, se obligó a ponerse en pie y se dirigió al arcón en el que guardaba la ropa de repuesto. Se quitó la camisa y la arrojó a un lado antes de levantar la pesada tapa.

—¡Cielo santo! ¿Qué le han hecho en la espalda?

Tristan se detuvo, congelado, luchando contra el impulso de ocultar las marcas de los latigazos que afeaban su espalda. Tomó una camisa seca y se obligó a hablar en un tono casual que estaba muy lejos de sentir.

—Creía que se había dormido.

—No, solo estaba adormilada. Son marcas de latigazos, ¿verdad?

Tristan dejó caer la tapa del baúl y se puso la camisa con brusquedad y rapidez. Una vez en su sitio, la fealdad quedaba de nuevo oculta.

—No tiene importancia.

—Debieron de dolerle terriblemente.

—Durante un tiempo, sí —masculló él entre dientes.

—Y sin embargo el daño seguramente lo recordará para siempre.

Decidido a ignorar la lástima que reflejaban los ojos de color plata, el capitán la miró. Estaba sentada, sujetando la manta contra la garganta con ambas manos, como si ese pedazo de tela pudiera protegerla de él. Sus ojos, enormemente abiertos, estaban húmedos. Él nunca presumía de sus cicatrices y odiaba que ella las hubiera visto.

—Esa es, precisamente, la cuestión, princesa.

CAPÍTULO 8

Estaba enfadado con ella, en realidad estaba furioso, a juzgar por la tensión que evidenciaba su rostro. También se le veía profundamente orgulloso allí de pie, magnífico, casi desafiante, intentando aparentar que las cicatrices no importaban, que no eran nada. Anne deseó no haber visto el daño que le habían infligido. Pero lo había visto, y ya no se podía deshacer. En esos momentos se sentía más enferma de lo que se había sentido durante lo peor de la tormenta.

No había sido más que un crío al hacerse a la mar, un crío en busca de aventuras, más joven que Ratón. ¿Había sido tan delgado y vulnerable como ese crío? ¿Había tenido su edad cuando había probado el látigo por primera vez? ¿Había gritado? ¿Había llorado? ¿Les había suplicado que pararan?

—¿Cómo puede un hombre ser capaz de hacer algo así a otro hombre? —preguntó.

—Es lo habitual en un barco cuando alguien no se comporta... adecuadamente —espetó él.

—¿También utiliza el látigo contra sus hombres?

—No, pero tampoco obligo a nadie a subir a mi barco en contra de su voluntad. Reciben una parte del botín. Trabajan en equipo porque juntos añaden más monedas a la bolsa.

—Dijo que se había embarcado en busca de aventuras. ¿Le obligaron...?

—No —la interrumpió Tristan antes de que pudiera terminar la pregunta.

Un golpe de nudillos sonó en la puerta y el rostro del capitán se tiñó de alivio, como si la interrupción fuera a dar por finalizada la conversación, una conversación que, era evidente, aborrecía. Ella lo vio dirigirse hacia la puerta, los cabellos sueltos sobre los anchos hombros, y se preguntó qué le contestaría si le ofreciera cepillárselo, alisárselo con los dedos, tal y como había hecho él con el suyo. Al abrirse la puerta, Ratón entró en el camarote y depositó una bandeja con una tetera y algunas tazas sobre el escritorio.

—El señor Peterson pensó que lo necesitarían.

—Buen chico.

—¿Ella se pondrá bien?

—Debería. Solo está un poco mareada —Tristan apoyó una mano sobre el hombro del chico.

El gesto resultó muy tierno, a pesar de que estaba empujando al muchacho hacia la puerta. ¿Había alguien apoyado una mano amable sobre el hombro o la frente del capitán después de que le hubieran desgarrado la espalda?

De nuevo solos, él se acercó al escritorio y sirvió una taza de té a la que añadió un chorrito de un líquido color ámbar.

Anne se reclinó sobre las almohadas, muy preocupada por sujetar la manta bien arriba.

—Esto debería ayudar a calmar un poco el estómago —le aseguró el capitán mientras le ofrecía la taza. La porcelana parecía muy delicada en esa enorme mano.

Tristan se sirvió a sí mismo una generosa copa de licor antes de acercar una silla a la cama y sentarse en ella.

Lady Anne pensó que estaría bien que Martha se uniera a ellos, pero no quiso sugerirlo por si acaso la doncella estuviera dormida. No quería molestarla. Y tampoco estaba segura de estar preparada para que él se marchara. Tomó un sorbo de la taza y sonrió al reconocer el sabor.

—Brandy.

—Si no recuerdo mal, es su debilidad.

—Solo porque era la botella más fácil de sacar del armario de las bebidas de mi padre —ella lo miró atentamente. Parecía más mayor que antes y comprendió que luchar contra la tormenta le había pasado factura. Echaba de menos la sonrisa fácil y sus bromas.

Los ojos azules reflejaban una distancia, como si estuvieran mirando hacia dentro en lugar de hacia fuera, y se preguntó hacia dónde estarían viajando sus pensamientos, si estaría pensando en el dolor que había sentido al recibir los latigazos, o cómo se enfrentaba al mar, o...

Sabía muy poco sobre él, pero sería una estupidez intentar saber más. Tras el regreso a Inglaterra no volvería a verlo jamás. Sus caminos se separarían. El de ella la conduciría a los salones de baile, el suyo de regreso al mar.

Tenía ganas de hablar, pero el brandy empezaba a hacerle efecto, caldeándola por dentro, aletargando sus huesos. Nada extraño si consideraba que tenía el estómago vacío.

Tras apurar la taza de té en un último y prolongado trago, nada digno de una dama, dejó la taza y el plato sobre la mesita de noche. Después se acurrucó bajo las mantas, deslizó una mano entre la almohada y su mejilla, y se dedicó a contemplar a Jack. El capitán tenía los ojos entornados, la copa vacía... y ella se preguntó si se sentiría tan lánguido como ella.

—¿Por qué lo azotaron? —para su propia sorpresa, las palabras surgieron lentamente, casi arrastradas.

—No quiero hablar de mi espalda, Anne.

Su voz seguía cargada de ira y contemplaba el vaso como si fuera mucho más interesante que ella. Anne se sorprendió por lo mucho que le molestó ese gesto.

—¿Dónde creció? —preguntó al fin.

—En el mar —contestó mirándola.

—Antes de eso —ella sonrió, o al menos eso creyó haber hecho.

—Yorkshire.

—Bonito lugar.

—Debería dormir, princesa —Tristan se inclinó hacia delante y le apartó unos mechones que se habían soltado de la trenza.

—Y usted también —Anne frunció el ceño—. Por cierto, dado que yo ocupo su cama, ¿dónde duerme?

—En el camarote de al lado, o en una hamaca con mis hombres —le acarició la mejilla con el pulgar.

—No suena muy cómodo.

—No lo es.

—Debería haber aceptado mis doscientas libras. Al menos así le compensaría.

—Me compensa.

El capitán parecía sincero, pero, ¿cómo podía un beso compensar por las incomodidades que se veía obligado a sufrir?

—¿Va a besarme?

—No mientras esté demasiado débil para corresponderme con entusiasmo.

—Parece tener una opinión muy elevada sobre sus habilidades para besar. Puede que no despierte ningún entusiasmo en mí.

—Lo haré.

«Menudo sinvergüenza arrogante», pensó ella mientras luchaba por mantenerse despierta.

—Esta noche creí que íbamos a morir —susurró.

—Jamás habría permitido que sucediera.

Lo aseguró con suma confianza, como si dominara el mar. Y ella confió en él, creyó en sus habilidades y, a regañadientes, tuvo que admitir que ese hombre le gustaba.

—Ha tenido una noche muy dura, ¿verdad?

—Muy dura.

—Debe de estar agotado.

—Terriblemente.

No debería dormir en una hamaca, esa noche no. Debería poder disponer de su cama. Pero ella estaba allí. Y, desde luego, ella no iba a dormir en una hamaca.

—Podría dormir aquí... encima de las mantas —aclaró apresuradamente.

La respuesta fue una sonrisa tan tierna que a Anne le dio un vuelco el corazón. No recordó haberse movido, pero, en un

abrir y cerrar de ojos, el camarote estuvo sumido en la oscuridad, ella tumbada de lado y él, acurrucado contra su cuerpo. En unos lejanos rincones de su mente, pensó en hincarle un codo en las costillas, ponerse rígida o apartarlo tras recriminarle el que se hubiera pegado tanto a ella.
Pero lo que hizo fue acurrucarse contra él, suspirar y deslizarse a la tierra de los sueños.

La sensación del femenino cuerpo pegado al suyo era mejor de lo que había supuesto. Incluso separados por la ropa y las mantas, no recordaba haberse excitado nunca tanto y con tan poco esfuerzo. Sobre todo porque sentía su cuerpo como si se hubiera transformado en un ancla que tirara de él hacia abajo.
Había dicho la verdad, estaba agotado. Más allá de lo imaginable. No estaba seguro de haber podido llegar hasta la hamaca. Lo más probable era que se hubiera dejado caer de la silla y aterrizado inconsciente en el suelo.
La fatiga lo había invadido en cuanto hubo terminado de trenzar los cabellos de lady Anne, en cuanto notó que parecía encontrarse mejor. En cuanto había admitido para sus adentros que sobreviviría, que se recuperaría. Hasta ese instante había estado tan centrado en ayudarla que no había tenido tiempo de pensar en sus propias necesidades.
Nunca había sido egoísta con las mujeres. Siempre había dado prioridad al placer de ellas, pero nunca se había sentido tan atraído hacia una mujer como se sentía hacia esa. El dolor, el cansancio, todo había dejado de existir para él hasta estar seguro de que Anne estaba fuera de peligro.
Era muy extraño. Y no acababa de entenderlo.
Pero lo que sí entendía era que estar tan cerca de esa mujer era peligroso. Muy, muy peligroso.
Desde la primera vez que la había visto la había deseado en su cama, hundirse dentro de ella con tal ferocidad que el barco se bamboleara hasta en las aguas más calmas. Pero al abrazarla como en esos momentos, empezó a temer que no tendría bas-

tante con una sola vez. Iba a desearla de nuevo. Cuando estuvieran de regreso en Inglaterra.

Deseó tener la energía suficiente para acariciarle la mejilla, el cuello, los hombros. Cuando despertaran juntos era probable que no se sintiera capaz de resistirse a un beso, pero iba a tener que ser fuerte, más de lo que había sido jamás.

Porque acababa de comprender con sorprendente claridad que no podía besarla antes de llegar a Scutari. No, iba a tener que esperar hasta más adelante, hasta estar cerca de Inglaterra.

Su prometido sin duda la besaría en cuanto la viera, la besaría al despedirse, y los labios fundidos borrarían todo rastro de su beso. Por tanto, lo más razonable sería alargar el purgatorio un poco más.

Porque al arribar a las costas inglesas, cuando ella se alejara de él, quería que llevara su beso pegado a los labios.

El despertar de Anne resultó agridulce. El capitán había desaparecido, lo que le evitó la incómoda situación de estar en sus brazos. Decidió ignorar la desilusión que le provocaba el que se hubiera marchado tan silenciosamente.

Y eso la dejaba sola frente a la sensación de culpa y el inmenso deseo de querer tener algún recuerdo de haber pasado toda la noche abrazada por Walter. Él la había deseado, se lo había pedido, y ella se lo había negado. Por supuesto, le había pedido algo más que abrazarla, pero en esos momentos ya tenía una pista de lo agradable que podría haber sido. Ya no tenía que imaginárselo todo. Ya conocía la sensación de tener el cuerpo de un hombre pegado al suyo, de olerlo. Ya conocía el sonido de su respiración, acunándola como si se tratara de una nana.

Empezaba a lamentar haber emprendido ese viaje, pero ya era demasiado tarde.

Subiendo a cubierta con una recuperada Martha a su lado, lady Anne se protegió los ojos del brillante sol que se reflejaba en las azules aguas. Después de lo que habían vivido horas antes, había esperado encontrar algún rastro de la tormenta. Pero parecía que nada hubiera sucedido. Los hombres trabajaban y la brisa jugueteaba con las velas.

—De no estar segura, podría pensar que me había imaginado los horrores de anoche —observó Martha.

Pero eso era imposible, y Anne lo sabía. La cinta de cuero con la que el capitán le había atado los cabellos estaba guardada en un bolsillo secreto de su falda.

—Cielo santo, ¡tierra! —se dirigió a un extremo del barco y se agarró a la barandilla—. Ya no podemos estar demasiado lejos de nuestro destino, ¿no crees?

—No demasiado lejos —repitió una voz gutural a sus espaldas.

Anne se volvió bruscamente y el corazón se le paró en el pecho al encontrarse de frente con el capitán. Su aspecto también hacía creer que la noche anterior no había sucedido, como si no la hubiera abrazado, como si no hubieran compartido una extraña intimidad. Quiso alargar una mano y tocarlo, retorcer la camisa entre sus dedos, y hundir el rostro en su hombro, inhalar profundamente la familiar fragancia. Pero lo único que hizo fue apretar dolorosamente los puños con fuerza.

—¿Cuándo?

—Unos cuantos días más.

Esos días resultaron ser los más largos y solitarios de su vida. El capitán no cenó con ella. Si subía a cubierta, él bajaba o se dirigía al lado opuesto del barco. Anne era consciente de que lo mejor era que no estuvieran juntos. Cada día se encontraba un poco mejor, pero a medida que se acercaban a su destino, el cansancio se abatía sobre ella.

Un día al fin contempló las torres de la ciudad mientras atracaban en el puerto. Allí estaban. Habían llegado.

Sin embargo, una parte de ella, aún doliente, deseaba que no lo hubieran hecho.

CAPÍTULO 9

De pie en cubierta, Tristan esperaba a que despuntara el alba. Habían arribado a puerto el día anterior al mediodía. Había esperado que Anne saliera corriendo del barco para ir en busca de su prometido. ¿Sabría dónde estaba? Seguro que sí.

Sin embargo, la joven se había retirado al camarote, con la doncella pegada a sus talones. Ratón le había informado de que había pedido agua caliente, la suficiente para llenar la bañera de cobre. Tristan se había obligado a sí mismo a permanecer en cubierta, porque nada desearía más que irrumpir en el camarote y observarla mientras se bañaba. Al principio se había imaginado un trapo enjabonado deslizándose por su cuerpo, pero de repente el trapo se había transformado en sus manos. Empezando por el cuello, él deslizaría sus grandes manos por los hombros y dibujaría círculos hacia abajo hasta llegar a los pechos. Casi sentía su peso en las palmas de las manos. Pensó que quizás había llegado el momento de reclamar el beso. Inclinado sobre la bañera, tomaría posesión de sus labios como si fuera el dueño y señor. Reclamando el beso. Reclamándola a ella. Dejándole claro que, cuando regresara al barco, él la estaría esperando.

La noche anterior apenas había dormido, dando vueltas en la maldita hamaca, a punto de volcar, y estaba de pésimo humor al subir a cubierta antes del amanecer. Quería estar allí para verla marcharse. Y allí seguiría cuando regresara.

De repente se le ocurrió que nunca le había preguntado

cuánto tiempo deseaba permanecer allí. Dado que le había anunciado que quería viajar según su propio calendario, sin duda permanecería en Scutari durante días, quizás semanas.

Tristan se había obsesionado tanto con ese beso que apenas había pensado en los inconvenientes que rodeaban al viaje.

No le gustaba ese lugar. La guerra había terminado, pero los fantasmas perduraban. Sebastian había estado allí, recuperándose de las heridas sufridas en la devastadora batalla de Balaclava. Tristan se había encontrado en esos momentos en la otra punta del mundo, pero había sentido las heridas de su hermano. Quizás al ser gemelos idénticos, estaban de algún modo conectados. Él parecía tener un vínculo más fuerte, y a menudo se encontraba mal cuando Sebastian sufría. Solo esperaba que su hermano jamás hubiera sentido lo mucho que él había sufrido durante el tiempo que habían vivido separados.

Lo curioso era que, aunque no estaban juntos, Tristan ya no había vuelto a sentirse separado de él. Lo único que les separaba era la distancia, no esconderse de su temido tío. Era increíble cómo la muerte de ese canalla había restaurado el orden natural de las cosas.

Mientras el sol iniciaba su ascenso sobre el horizonte, empezó a distinguir las torres de un gran edificio. Se preguntó si Sebastian también las habría contemplado y cuánto habrían cambiado en los pocos años que habían transcurrido.

—Ese es el hospital —susurró Anne, de repente a su lado, acompañada de su olor a lavanda y limón.

Llevaba los cabellos recogidos bajo un elegante sombrero de ala ancha decorada con cintas y lazos. Bajo el abrigo, un vestido de color lila con botones y cuello alto. A Tristan no le gustó la idea de que su prometido desabrochara esos botones al atardecer, si no antes.

—Florence me explicó que lo reconocería por las torres —continuó ella.

—¿Florence Nightingale?

La voz de Tristan había surgido, tensa, enfadada, aunque ella parecía no haberse dado cuenta. Lamentaba haberla llevado a ese lugar, y deseó que el barco se hubiera hundido en la tormenta, que ambos hubieran llegado a nado a una isla desierta donde poder vivir solos para siempre.

—Sí. Hay otros hospitales, pero ese es el hospital Barrack, donde ella llevó a cabo la mayor parte de sus buenas acciones. Me proporcionó un mapa para que pudiera encontrar el camino. Tengo que ir al Hospital General.

Anne clavó la mirada en los azules ojos que la miraban sorprendidos ante las dudas e incertidumbres que ella le estaba transmitiendo.

—Me preguntaba si sería tan amable de acompañarme —le pidió—. Martha aún no se ha recuperado del todo del mareo que le produjo la tormenta.

Las palabras, evidentemente mentira, surgieron a borbotones y él se preguntó por qué deseaba tenerlo a su lado cuando se reencontrara con ese Walter. Sin duda debía imaginarse lo incómodo de la situación.

—A su prometido no le agradará mi presencia.

—Le aseguro que no le importará. Además, sospecho que estaré más segura caminando por las calles con usted.

—Puedo hacerla acompañar por algunos de mis hombres.

—No, no quiero… a otras personas. Es parte del motivo por el que no compré un pasaje convencional para venir aquí. No quería encontrarme con algún viejo conocido, o que hubiera conocido durante el viaje. Necesito que esto sea privado.

¿Iba a cortar con su prometido? ¿Por qué no escribirle una carta? ¿Para qué tantas molestias? Pero no, lo único que necesitaba de Tristan era que la acompañara, el aspecto privado sería entre su prometido y ella. Seguramente le pediría que regresara al barco. ¿Sería capaz de hacerlo? ¿Sería capaz de dejarla con otro hombre?

Estuvo tentado de besarla allí mismo, o pedirle otro beso como pago por acompañarla por las calles de la ciudad. Si no lo hubiera estado mirando con ese gesto suplicante, habría negociado.

—¿Cuándo quiere partir? —tal y como estaban las cosas, era lo único que podía decir.

—Ahora.

—De acuerdo. Sin duda sería lo mejor, antes de que tuviera tiempo para considerar las consecuencias y cambiar de idea. Chica lista. Consideró la posibilidad de afeitarse, arreglarse un poco, pero, ¿qué podía importarle lo que ese tipo pensara de él? Y, si ella aprovechaba la oportunidad para compararlos, podría arreglar cualquier desaguisado al regresar al barco. Hacía frío y llevaba puesto el abrigo. Lo mejor sería acabar con ello cuanto antes.

—Adelante, pues.

Tras desembarcar, ella le entregó el mapa. Tristan deseó estar familiarizado con la ciudad. Era capaz de navegar por todo el mundo, y sabía leer un mapa, pero prefería guiarse por las estrellas. Sin embargo, a esas horas no había ninguna, de modo que estudió los garabatos y flechas dibujadas en el papel. Florence Nightingale era meticulosa, pero no sabía dibujar a escala.

Anne apoyó una mano en su brazo. De vez en cuando lo apretaba, sin duda su manera de hacer frente al nerviosismo. Supuso que después de cuatro años era normal sentirse inquieta ante la perspectiva de encontrarse con ese hombre. Si su prometido estaba en el hospital, Tristan se imaginó que estaría recuperándose de las heridas, pero parecía poco probable después de todo el tiempo transcurrido. Quizás fuera médico y se había quedado para ayudar. Quizás ella había hecho el viaje para intentar persuadirle de que regresara a Inglaterra.

Se esforzó por no gruñir ante la idea de llevar a ese hombre a bordo de su barco.

El trayecto se le hizo eterno, sin duda una sensación distorsionada del tiempo ante su falta de deseo de ir allí donde Anne deseaba ir, pero al fin llegaron al Hospital General. De inmediato el letargo pareció abandonar a la joven, sustituido por un firme propósito.

—Es por aquí —anunció ella con seguridad al llegar a la puerta principal.

Una señal los recibió: Cementerio británico.

Tristan ya no la guiaba, la seguía a través de la entrada. Anne pasó frente a varias tumbas hasta que llegó a una zona sin lápidas, donde la tierra simplemente se extendía hasta las aguas azules del estrecho del Bósforo.

De repente se detuvo con los ojos anegados en lágrimas.

—Hay más de cinco mil enterrados aquí —gimoteó—. Sin ninguna marca. ¿Cómo voy a poder encontrarlo?

—¿Está muerto?

La respuesta le llegó cuando ella se dejó caer de rodillas y empezó a sollozar mientras Tristan se sentía un auténtico bastardo. Había contemplado la posibilidad de matar a ese hombre. Y se sentía irracionalmente furioso contra el prometido de Anne por hacerle sentir tanto dolor.

Arrodillándose a su lado, la tomó en sus brazos y la sostuvo mientras los delicados hombros se agitaban con la fuerza de su dolor, y las lágrimas humedecían su cuello allí donde ella había apoyado el rostro. De haber tenido el corazón de un caballero, se le habría roto ante los sollozos y estremecimientos de la joven.

De haber tenido un corazón, habría sabido cómo consolarla. Pero lo único que sabía hacer era abrazarla y soltar juramentos mientras pronunciaba su nombre.

¡Cuánto dolía! Sabía que lo haría, que por mucho que se hubiera preparado para el momento, la realidad la haría desmoronarse.

También sabía que el capitán la abrazaría y consolaría, tal y como había hecho durante la tormenta. Martha también la habría consolado, pero con su pequeña envergadura no le habría hecho sentirse tan reconfortada. El capitán era fuerte, sólido y firme. Sus grandes manos le acariciaron la espalda, los brazos, hasta que se le acabaron las lágrimas. Y entonces la acompañó por la orilla del mar, donde los pájaros se zambullían en picado para atrapar peces.

—Aunque sabía que Walter descansaba en una tumba sin nombre, pensé que sería capaz de encontrarlo, que sabría dónde estaba. Que sentiría su presencia. Pero no la siento. Tenía tantas cosas que decirle.

Caminaron en silencio. Por mucho que se lo hubiera imaginado, no pensaba que pudiera ser así. Pensó que podría recuperar parte de lo perdido. Y, en cambio, había descubierto que permanecía fuera de su alcance.

—¿Por qué no dijo que su prometido había fallecido? —preguntó él por encima de los gritos de las gaviotas.

—Jamás he pronunciado esas palabras en voz alta. Harían que todo fuera más real. La carta de su hermano anunciándome su muerte y sus condolencias, la reseña en el periódico, todo parecía tan distante. Murió de cólera. Un final ignominioso. Ni siquiera sé si llegó a entrar en batalla.

—Eso no hace que sea menos héroe. Estaba dispuesto a luchar. A morir.

—Gracias por sus palabras —ella lo miró de frente.

—No estoy murmurando palabras sin más. Era un soldado, y eso dice mucho de su carácter —un músculo se tensó en su mandíbula—. Mi hermano luchó en Crimea. Sufrió terribles heridas y perdió la mitad del rostro.

—¡Dios mío, cuánto lo siento!

—No lo estoy contando para ganarme su simpatía. Lo que quiero es que comprenda el precio que su prometido estaba dispuesto a pagar. Estoy seguro de que hubiera preferido quedarse con usted antes que venir aquí.

Y podría haberse quedado con ella, pero había elegido el Ejército porque estaba harto de vivir a la sombra de su hermano.

—Era el segundo hijo de un noble —le explicó ella, protegiéndose los ojos del sol—. Quería labrarse su propio camino en el mundo.

—Y eso le hace aún más merecedor de su amor.

Anne no pudo evitar sonreír. Adular a las mujeres parecía algo natural en ese capitán. Sospechaba que la mayoría de las veces ni siquiera pensaba en los cumplidos que pronunciaba. Surgían sin más. Se volvió y contempló de nuevo el cementerio.

—Cuánta paz hay aquí, ¿verdad?

—Bastante. Y él se encuentra con sus compañeros de armas.

En efecto, lo estaba. Habiendo llegado hasta allí, habiendo visto dónde descansaba, Anne al fin se sintió capaz de pasar página.

CAPÍTULO 10

En cuanto regresaron al barco, ella le anunció que estaba dispuesta a zarpar. Tristan no se había esperado una estancia tan corta, ni una partida tan apresurada. Pero rápidamente puso a sus hombres en marcha.

En los días que siguieron parecía que hubiera un espectro sobrevolando el barco. Anne apenas hablaba, jamás sonreía, no reía. Cenaba sola. Pasaba demasiado tiempo en el camarote. Cuando al fin aparecía por cubierta, su mirada era distante, la boca curvada hacia abajo. Hablaba en un tono monosilábico, tan plano como el lejano horizonte. ¿Dónde estaba la tormenta cuando se la necesitaba? Cualquier cosa para sacarla de esa melancolía.

Tristan deseaba darle un beso que le fundiera los huesos, incendiara su cuerpo. Ya no estaba prometida. No sufriría por la culpa ni traicionaría a nadie. Podría disfrutar del beso tanto como quisiera, pero no mientras deambulara por el barco sumida en esa maldita depresión.

Apoyado contra la barandilla, cruzó los brazos sobre el pecho y contempló la luna llena. El viento soplaba a su favor. No llevaban ningún cargamento que ralentizara su marcha. Habían pasado el agitado estrecho de Gibraltar. El barco se deslizaba con facilidad sobre el agua. Y se le acababa el tiempo.

—Esa mirada no presagia nada bueno.

Tristan sonrió a Peterson, que se había unido a él.

—¿Qué estás maquinando ahora? —preguntó su primer oficial.

—Estaba pensando en nuestro pasajero —él elevó la vista al cielo estrellado.

—Tenemos dos.

—Sí, pero a mí solo me interesa una. Y a ti la otra.

—Es una chica muy guapa —Peterson ni se molestó en discutir—, pero no se muestra muy entusiasmada con un hombre casado con el mar.

—Es raro encontrar una mujer a la que le guste eso.

—¿Alguna vez has pensado en abandonar esta vida?

—Hace dos años, cuando estuvimos en Inglaterra —Tristan oyó una ballena a lo lejos—, tenía la sensación constante de que me iba a salir de la piel. Llevo demasiado tiempo en el mar, Peterson, para poder estar contento en tierra firme.

Y eso debía agradecérselo al puerco de su tío. De no haber tenido que huir habría sido un hombre muy diferente. Habría sido un hombre que frecuentaría el establecimiento de Rafe y disfrutaría de los vicios disponibles allí. Habría sido bien recibido en los bailes. Las madres querrían que sus hijas lo atraparan, en lugar de ocultarlas de su vista. Sería una persona adecuada. Sería manso.

No habiendo conocido otra cosa, ¿sería feliz? La respuesta importaba poco. Era lo que era, vivía a su manera y era demasiado mayor para cambiar. Jamás se acomodaría al matrimonio. Jamás sería recibido por la buena sociedad.

En cuanto regresaran a Inglaterra se despediría de Anne para siempre.

Pero tenían un acuerdo. Y ya era hora de recibir el pago por sus servicios, quisiera dárselo o no.

Tumbada en la cama, Anne observaba el sol filtrarse por las ventanas. Estaba triste, inmensamente triste. No le había sorprendido llorar en el cementerio. Sabía que el dolor la destrozaría, pero había supuesto que, tras llorar, todo habría terminado.

Sin embargo, seguía pensando en la última vez que había visto a Walter y lo horrible que había sido. La discusión, las duras palabras, el enfado. Si pudiera deshacer aquella noche...
Pero no podía, y eso era lo que más dolía. Había cometido un terrible error y no había modo de arreglarlo.
Ante la insistencia de Martha, al fin se decidió a salir de la cama. Levantando los brazos se estiró hacia un lado y al otro.
—Debo haberme acostumbrado a estar en un barco —observó—. No me parece que hagamos nada más que balancearnos.
—Es que no hacemos nada más que balancearnos —precisó Martha—. Cuando subí a cubierta hace un rato, las velas estaban recogidas.
—¿Por qué? —Anne bajó los brazos.
—No lo sé. Tendrá que preguntárselo al capitán.
—¿Se estará preparando otra tormenta?
—A mí no me lo ha parecido.
¿Por qué entonces estaba el capitán retrasando su regreso a Inglaterra? Lo había contratado para hacer un viaje rápido. No quería que su familia se preocupara por ella más tiempo del necesario.
—Rápido. Ayúdame a vestirme.
Acababa de terminar de abrochar el último botón del cuello cuando sonó un golpe de nudillos en la puerta. Martha y ella intercambiaron una rápida mirada antes de que la doncella se apresurara a abrir.
—¿Puedo pasar? —preguntó el capitán, aunque la autoridad en su voz revelaba que, en realidad, no se trataba de una pregunta.
Lo había visto muy poco desde que abandonaran Scutari. Lady Anne casi había olvidado que se trataba de un hombre acostumbrado a ser obedecido siempre.
Martha abrió la puerta del todo y él entró en el camarote. A Anne le sorprendieron las profundas arrugas que habían aparecido en su rostro, como si él tampoco durmiera apenas. No quería reconocer las innumerables noches que había considera-

do la posibilidad de buscarlo, de pedirle que la abrazara mientras intentaba dormirse. Sintió cómo recorría su cuerpo con la mirada, y no parecía muy contento con lo que tenía enfrente. Ella se irguió y alzó la barbilla. Tenía derecho a vivir su duelo, pero ese viaje debía haberla ayudado a superar su aflicción. ¿Por qué no lo había hecho?

—Se está consumiendo —observó él.

Anne tironeó de la falda. El vestido le quedaba más suelto que cuando se lo había puesto para recorrer las calles de Scutari.

—El mar no es amigable conmigo. ¿Por qué nos hemos parado?

—Tengo una sorpresa —Tristan le lanzó un atadillo de ropa y ella lo atrapó con inseguridad—. Póngaselo.

—Son pantalones —exclamó Anne. También había una camisa.

—Suelo ser muy consciente de lo que llevo en las manos.

—Las damas no llevan pantalones.

—Las que quieren mirar el horizonte subidas en lo alto del palo mayor, sí.

Anne sujetó las prendas contra el pecho, abrió la boca y la volvió a cerrar. ¿Había entendido bien?

—¿Y cómo se supone que voy a llegar hasta ahí arriba?

—Trepando.

La seguridad del capitán era tal que ella no pudo evitar una carcajada.

—¿Y si me caigo?

—No lo hará. Estará sujeta con una cuerda. Y yo estaré a su lado.

—Es demasiado peligroso —ella sacudió la cabeza.

—No me pareció que fuera una cobarde.

—Soy práctica —se defendió Anne.

—Está asustada —la provocó él.

—¡No es verdad! —ese hombre la hacía sentirse como una niña. No era la altura lo que le asustaba, era la idea de caerse, no a la cubierta, sino a sus brazos.

—Le mostraré el mundo como quizás nunca pueda volver a verlo.

—No puedo pasearme delante de sus hombres vestida con pantalones.

—Están todos bajo cubierta, salvo por los tres que necesito que me ayuden para que suba al palo mayor.

—¿Treparán ellos con nosotros?

—No, pero hemos preparado un cabestrante y una polea. Alguien tiene que manejarlo —Tristan le acarició levemente una mejilla—. Confíe en mí, princesa.

¿No lo había hecho desde el principio, cuando solo tenía su palabra? Sin embargo, algo en ese hombre, algo profundo, le resultaba tranquilizador, acallaba sus dudas. De creer en la magia, habría pensado que el capitán era un mago que le había lanzado un hechizo. Sin embargo, cuando menos, su espalda demostraba que no era más que un hombre.

—Necesitaré unos minutos —asintió ella al fin mientras intentaba ahogar la emoción que sentía ante lo que iba a hacer.

—La estaré esperando —Tristan se dirigió hacia la puerta y se detuvo antes de volverse—. Nada de zapatos, será más fácil así. Pero póngase guantes.

—¿Crees que debería ponerme corsé con esta indumentaria? —cuando el capitán se hubo marchado, Anne se volvió hacia su doncella.

—No, milady —Martha sonrió—. Sospecho que para esta aventura lo mejor será que lleve lo menos posible.

Vestida con la camisa y los pantalones, Anne se sentía casi salvaje. Una cuerda enganchada a la cinturilla sujetaba los pantalones a su cintura. Tuvo que doblar los bajos para no pisárselos, lo cual dejaba al descubierto los tobillos. Escandaloso. La camisa, de buen tejido, le quedaba suelta y la hacía sentir como si no llevara ropa. Martha le había trenzado los cabellos, atándolos con la cuerda de cuero que aún no había devuelto al capitán.

No había espejo de cuerpo entero y Martha descolgó de la pared el que el capitán utilizaba para afeitarse. Sin embargo, solo le permitió ver algunos retazos, como piezas de un puzle.

—Estoy segura de que bastará así —concluyó Anne. A fin de

cuentas, ¿qué importancia tenía su indumentaria cuando no iba a volver a ver a esas personas en cuanto desembarcara?

El capitán la esperaba en cubierta. Sus pies también estaban desnudos. Anne sintió que los dedos de los pies se le encogían ante la íntima imagen. Tenía unos pies largos y delgados, y tan bronceados como el rostro. Nunca había visto los pies de un hombre, ni siquiera los de sus hermanos.

Con la mano desnuda, él tomó una mano enguantada de Anne, que sintió el irracional impulso de quitarse la prenda para poder sentir su piel. Qué absurdo. ¿De dónde salían esas ideas?

Tristan la condujo hasta el palo mayor. El mar estaba en calma, aunque una suave brisa mecía suavemente el barco. Lady Anne echó la cabeza hacia atrás para mirar hacia arriba.

—Qué alto está.

—Imagine las vistas.

Sus miradas se fundieron y en las azules profundidades ella leyó que entendía sus miedos. No se estaba burlando de ella. Esperaba pacientemente a que se decidiera.

—No quiero imaginarlo —Anne respiró hondo—. Quiero experimentarlo. Verlo.

Con un movimiento brusco de la cabeza, el capitán ordenó a Ratón y a Jenkins que se acercaran a ellos. Llevaban el extremo de una cuerda envuelta con telas para que resultara más acolchada. Ella alzó los brazos y el capitán le aseguró la cuerda alrededor del cuerpo, a la altura de las axilas.

—Esto es solo para detener una caída —le explicó—. No servirá para empujarla hacia arriba, eso tendrá que hacerlo sola —a continuación le explicó el procedimiento para trepar, mostrándole las ranuras y los asideros.

Lady Anne deseó no haber sido criada con tanta formalidad, sin permitirle correr descalza por el campo detrás de sus hermanos, o trepar a los árboles. Claro que, si no hubiera sido tan remilgada, no estaría abrumada por el peso del arrepentimiento y, seguramente, no se encontraría allí en ese momento. Habría accedido a la petición de Walter. Se habría mofado de las reglas de la buena sociedad, tal y como había deseado hacer él. En cambio, había permanecido inflexible en su determinación.

Y allí estaba, vestida con una ropa que se le marcaba como si no llevara nada puesto. Y eso no era nada formal y remilgado.

De todos modos, allí no había nadie más, aparte de los cuatro hombres, Martha y algún delfín que pudiera saltar fuera del agua de cuando en cuando.

Ante una señal de apremio del capitán, se pegó al palo mayor y utilizó las muñecas de él como asideros. Se preguntó cómo hubiera funcionado de no ser él mucho más alto que ella. El capitán introdujo el pie derecho en una ranura y le indicó que colocara su pie derecho encima del suyo. Ella obedeció...

Y se quedó paralizada.

Sentía el empeine del pie del capitán, suave y cálido, bajo la planta de su propio pie. Ardientes sensaciones recorrieron su cuerpo. Sensaciones traviesas, prohibidas. Nunca había tocado tan íntimamente a un hombre. Resultaba inquietante, y a la vez tranquilizador. Era maravilloso. Era...

—El otro —la voz suave le acariciaba la oreja.

—¿Disculpe?

—Coloque su pie sobre el mío. Estoy colgando, princesa. No puedo seguir colgado eternamente.

¿Por qué no? ¿Por qué no podía quedarse allí donde su cercanía la distraía de sus dudas?

—Sí, por supuesto. Lo siento —ella se irguió y colocó el pie sobre el suyo.

—Vamos allá —murmuró él—. Ahora, relájese y trepe conmigo.

¿Relajarse? ¿Acurrucada contra el fuerte cuerpo? ¿Aferrada a él con la misma fuerza con la que se agarraba al palo?

—Si tiene vértigo, le aconsejo no mirar hacia abajo —añadió él.

Ella no creía sufrir de vértigo, claro que hasta entonces solo había mirado por una ventana. Aquello, comprendió mientras ascendían lentamente, era un asunto muy distinto.

El pie del capitán resbaló y ella gritó. Tristan le rodeó la cintura con un brazo y la estrechó contra su cuerpo mientras con el otro brazo se sujetaba al palo. Mientras que él no parecía siquiera respirar, ella lo hacía con dificultad.

—No la dejaré caer —le susurró con calma.
—Sí, de acuerdo —Anne asintió.
—Respire con calma.
—¿Cómo puede estar tan tranquilo?
—Porque he hecho esto miles de veces.
—¿Subir a una mujer a lo alto del palo mayor?
—No —él tuvo la osadía de reír—. Pero he subido las suficientes veces como para conocer de memoria cada nudo. Sé dónde colocar pies y manos para lograr mi objetivo. Nunca me he caído, princesa. Y hoy tampoco lo haré. Además, ya casi estamos.

—No estoy segura de que conozca bien el significado de «casi» —ella miró hacia arriba.

—Vamos, sigamos —él volvió a reír.

El capitán la guio con palabras amables, manos y pies. Poco después se encontró subiendo por un lado de la cesta, en lo alto del palo mayor. Le sorprendió lo pequeño que era el espacio y lo insignificante que parecía la cesta. Sobre todo cuando él se unió a ella. Debería haberse sentido acorralada, pero lo cierto fue que le apetecía acurrucarse contra él.

También descubrió que no tenía vértigo, sobre todo cuando do ante ella se extendía una vista tan increíble. El agua, de un intenso color azul, se fundía con el azul, más claro, del cielo ribeteado de nubes blancas.

—¡Oh! —exclamó Anne casi sin aliento—. Es impresionante. ¿Qué es esa sombra a lo lejos?

—Inglaterra.

—Ya casi hemos llegado a casa —el estómago se le hundió.

—Mañana por la noche, seguramente.

—Mañana.

Encerrada en el camarote, viviendo su duelo, llena de tristeza, luchando contra los remordimientos, había perdido la noción del tiempo. Un día había dado paso al siguiente sin haberlos contado. El propósito del viaje había sido prepararse para regresar a la vida social. Iba a tener que asistir a bailes, responder a las insinuaciones de los caballeros, animar su interés por ella. Corresponder a los flirteos. Regresar al mercado del matrimonio.

—No sé si estoy preparada.

—Una palabra, princesa, y pasaremos de largo.

Lady Anne echó la cabeza hacia atrás para mirarlo a la cara. La idea era de lo más atrayente, pero no podía hacerle algo así a su familia. Convertirse en una vagabunda, una gitana. Dar la espalda a todo lo bueno y correcto. Lamentándolo, tuvo que sacudir la cabeza.

—No, eso solo confirmaría que soy una cobarde.

—Una cobarde no me habría contratado para llevarla hasta un lugar cuyo pasado está teñido de horror, solo para despedirse de alguien que le importaba.

—Alguien a quien amaba —le aclaró ella. Aunque no lo suficiente. De haberlo amado lo suficiente, no sentiría tantos remordimientos—. Pensé que serviría para cerrar este horrible agujero en mi corazón, y aun así a veces me parece estar ahogándome en la pena —las lágrimas le quemaban los ojos—. Ojalá me lo hubiera traído a casa. Odio pensar que sigue allí.

—¿Qué ve cuando mira al horizonte? —Tristan le acarició la mejilla con ternura.

—Muchísima agua.

—Hasta el horizonte y más allá. Cuando un hombre muere a bordo de un barco, es entregado al mar. Con los años, Anne, he aprendido que lo importante no es dónde esté enterrado un hombre. Lo único que importa es dónde se le recuerda.

Lady Anne hubiera jurado que ya había llorado todas sus lágrimas en Scutari, pero al parecer aún le quedaban unas cuantas por verter. Rodaron por las mejillas y él las fue recogiendo con sus pulgares.

—Si pudiera le quitaría ese dolor —le aseguró Tristan con voz ronca.

Y, cuando ella pensaba que el corazón no podía dolerle más,

él se inclinó y dulcemente la besó en los labios antes de tomarla en sus brazos y abrazarla con fuerza.

Nada de lo que hubiera podido hacer o decir la habría desarmado más. Ese hombre entendía la pérdida, entendía el dolor, entendía la huida cuando lo que uno quería era quedarse.

Por primera vez en muchísimo tiempo, los restos fracturados del corazón parecieron al fin capaces de sanar.

CAPÍTULO 11

¡Maldición! Durante las largas noches y sus días desde que la había conocido, cuando se imaginaba reclamando el beso, jamás había supuesto que sería tan anodino. Jamás había pretendido que fuera un gesto de consuelo, poco más que un breve roce.

¡Maldito fuera! Se suponía que debería haberla dejado jadeante y aferrada a él. Se suponía que ella debía suplicarle que continuara. Se suponía que debía terminar con un revolcón en la cama.

Se arrancó la indómita corbata para intentar, por enésima vez, volvérsela a atar. No recordaba haberse sentido nunca tan furioso consigo mismo. No era capaz de ofrecerle el beso de sus sueños si ella se le echaba a llorar. De ahí había surgido la idea de subirla a lo alto del palo mayor.

Pero incluso allí arriba le había parecido tan vulnerable, el dolor reflejado en sus ojos... ¿En qué demonios había estado pensando para soltar esa estupidez sobre el lugar donde se enterraba a las personas?

Por si no fuera lo bastante vergonzoso, se había inclinado sobre ella y había rozado sus labios como si no sintiera el cuerpo permanentemente duro solo con pensar en ella.

Y esa noche iban a cenar juntos, la última cena juntos, tras lo cual no podría reclamar esos labios como si fueran suyos porque, ¡maldito fuera otra vez!, ya le había reclamado el beso prometido.

Y no solo eso. No se había molestado en darle un beso que cualquier mujer querría volver a experimentar. No había habido calor, pasión, sus lenguas no se habían enredado.

Por Dios santo que lo mejor habría sido que no hubiera sucedido.

Pero había sucedido, y ella podía aferrarse a ello. La deuda estaba saldada y toda esa porquería.

Si pretendía volver a besarla iba a tener que seducirla. Esa noche. Porque las velas habían capturado el viento y estaban muy cerca de las costas inglesas.

¿En qué había estado pensando esa tarde? Evidentemente no había pensado. Esa mujer poseía la habilidad de privarle de todo sentido común. Resultaba inquietante la extraña influencia que ejercía sobre él.

La corbata al fin tuvo el aspecto que pretendía. Tomó la chaqueta y se la puso. Se había bañado y afeitado. No se había molestado en cortarse el pelo porque no quería parecer totalmente civilizado. No quería que ella pensara que podría ser otra cosa que el capitán de barco que era.

Se preguntó si ardería en los infiernos si pasaba de largo y no la dejaba en Inglaterra. Habiendo pasado un considerable número de años en ese horrible pozo, supo que no podía considerarlo siquiera. Aun así, ahí estaba esa tentación de conservarla a su lado, al menos hasta que se cansara de ella. Él siempre se acababa cansando de las mujeres. Jamás había conocido a ninguna a la que deseara conservar durante un tiempo. Pero aún no se había saciado de esta.

No había recibido un beso como era debido.

Una vez más soltó un juramento, antes de salir del camarote de Peterson para dirigirse al suyo.

Si algo había aprendido Anne de su experiencia con Walter era que tenía más tendencia a lamentar las cosas que no había hecho que las que sí.

De modo que mientras cenaba unas exquisitas viandas y bebía un buen vino, totalmente a la altura de lo que podría servirse en la mesa de su padre, consideraba el arrepentimiento que la atormentaría en lo concerniente al capitán Crimson Jack. En cuanto llegaran a puerto, desembarcaría y jamás volvería a verlo, salvo en sus sueños. Estaba bastante segura de que los frecuentaría a menudo. Para su desesperación.

No había esperado que ese hombre le gustara, sentirse atraída hacia él, fascinada por él. No había esperado ser capaz de ver en su interior y descubrir una simiente de bondad que rivalizaba con los lores más generosos que hubiera conocido jamás.

—¿Cuál será el siguiente destino cuando abandone Inglaterra de nuevo?

Tras vaciar el plato, él se reclinó en la silla e hizo girar el vino en la copa, aunque con la mirada fija en Anne. Ella ya no se mostraba incómoda ante la intensidad de su mirada, más bien le resultaba tranquilizadora, incluso halagadora por ser capaz de atraer tanta atención hacia su persona, como si fuera el ser más importante del universo.

—Lejano Oriente, lo más probable. ¿Le gustaría acompañarme?

El corazón de lady Anne dio un brinco ante la inadecuada sugerencia, aunque un pequeño rincón de su mente sí lo consideró. ¿Cómo sería poder vivir libre de toda atadura social? Sospechaba que, con el tiempo, las echaría de menos. Era la vida que conocía, la que comprendía.

—No estoy hecha para esta vida errante que lleva. ¿No le cansa viajar de un lado a otro sin tener nada permanente en su vida?

—Sí tengo algo permanente, princesa. Los hombres que sirven conmigo, el mar que me rodea siempre, y saber que en cada viaje haré un nuevo descubrimiento.

—¿Incluso en este?

—Sobre todo en este —sin dejar de mirarla, Tristan tomó un sorbo de vino.

Anne sentía un gran deseo de preguntarle qué había descubierto, pero sabía que era por vanidad. No podía negar que entre ambos se había formado un fuerte vínculo de intimidad. Pero también había sucedido algo que no se esperaba.

—¿No es un poco escandaloso estar aquí sin la doncella para que la vigile? —preguntó él.

—El entrechocar de las agujas de tejer estaba a punto de acabar con mis nervios —contestó ella.

Una verdad solo a medias. ¿Se atrevería a confesar el verdadero motivo por el que estaba a solas con él?

—Sobre todo cuando se aceleraban cada vez que desaprobaba algo —Tristan rio.

—Sí —Anne sentía el calor acumularse en el rostro.

Martha, desde luego, no aprobaría el camino que habían tomado sus pensamientos. Porque esos pensamientos llevaban a imaginarse que el capitán se quedaba en el camarote hasta el amanecer.

—Yo... —ella carraspeó—. Yo le he dado instrucciones para que se quede en el camarote de su primer oficial. Toda la noche.

—¿En serio?

—Creo que le gusta —Anne asintió—. Su primer oficial. El señor Peterson.

—Él está bastante enamorado de ella.

—¿De verdad? —lady Anne no pudo reprimir una sonrisa—. Me alegro por ella. Supongo. Aunque me temo que sería una vida muy solitaria, ¿no? Su esposo todo el tiempo navegando.

Antes de que él pudiera contestar, un golpe de nudillos en la puerta la sobresaltó. No entendía por qué estaba tan nerviosa. Quizás porque el que Martha no estuviera allí tenía muy poco que ver con el irritante entrechocar de las aguas de tejer, y mucho con el hecho de que estaba considerando seriamente ofrecerle a ese hombre mucho más que un beso.

Quería asegurarle que confiaba en él, pero en lo único en lo que confiaba era en que el capitán se comportara indecorosamente. En realidad contaba con ello. El viaje parecía haberla cambiado, volviéndola tan libre como ese barco. Un barco que tenía el poder de llevarlos a cualquier parte, de revelarle paisajes que jamás había visto antes. Eso la tentaba, él la tentaba, a explorar más allá. ¿Qué descubriría de ese hombre? ¿Y de ella misma? ¿Quería saberlo? ¿Prefería permanecer ignorante siempre?

Decían que la ignorancia era una bendición, pero ella estaba descubriendo que era bastante irritante. Mejor saber que hacerse preguntas eternamente.

El capitán se levantó de la mesa y abrió la puerta. Ratón y Jenkins entraron en el camarote y retiraron los platos. Cuando la puerta volvió a cerrarse a sus espaldas, Anne se encontró de pie, no muy segura de qué hacer.

Él la estudiaba, apoyado contra la pared, los brazos cruzados sobre el pecho. ¿Había considerado seriamente que ese hombre podría pasar por un caballero? Sus ropas estaban bien cortadas, a medida. Sospechaba que no le habrían resultado baratas. Aun así, bajo esas ropas acechaba un elemento indómito, como la tormenta que se formaba inesperadamente. Su vida era dura y le había convertido en la fascinante criatura que era. Pero al igual que su barco no permanecía mucho tiempo en el puerto, sospechaba que tampoco él permanecería en su vida más que un breve periodo.

Solo disponían de ese momento. Un momento que llegaba rápidamente a su fin.

—¿Puedo ofrecerle un poco de brandy? —preguntó Tristan.

Ella asintió, agradeciendo tener algo que hacer con las manos que solo querían tocarlo, acariciarle el torso, los hombros, la espalda.

—Sí, por favor, gracias.

El capitán se dirigió al armario del rincón donde guardaba las bebidas y ella le observó servir dos generosas copas de brandy antes de regresar junto a ella, que permanecía rígida como un maldito mástil. ¿Qué le sucedía?

—Por el final de un exitoso viaje —él alzó su copa y chocó con la suya.

—¿Hay algo que celebrar?

—Hemos sobrevivido.

—¿Hubo alguna posibilidad de que no fuera así?

—Siempre la hay, princesa. No podemos controlar el mar.
«Ni nuestros propios destinos, al parecer».

Anne tomó un buen sorbo y saboreó el licor, sintiendo el familiar calor que descendía hacia su estómago mientras los vapores subían hasta la nariz. Sonrió.

—¿Qué le divierte tanto? —preguntó Tristan.

—Estaba recordando la primera vez que probé el brandy, tras robarlo del armario de mi padre. Me dio un tremendo ataque de tos. Temí que mi padre me oyera y se acercara a mi habitación —sin atreverse a mirarlo, Anne tamborileó en la copa con un dedo—. Siempre he procurado ser tan malditamente formal...

—Lo dice como si no estuviera muy contenta con ese aspecto de su carácter.

Ella lo miró a los ojos. ¿Cómo podía conocerla tan bien? Tragó nerviosamente.

—Opino que llega un momento en que una no debería serlo tanto.

—¿Por ejemplo al trepar a lo alto del palo mayor? —preguntó él, los ojos brillantes.

—Fui bastante atrevida, ¿verdad? Y la recompensa... la vista desde lo alto mereció la pena —ella respiró hondo—. Y allí reclamó su beso.

—Sí, lo hice, ¿verdad? —Tristan emitió un prolongado suspiro antes de apurar la copa.

Ella lo imitó y, en esa ocasión, los vapores parecieron ir directamente a su cerebro. Se sentía un poco aturdida, y osada.

—No fue tal y como prometió que sería.

—¿Y eso? —él enarcó una ceja.

—Prometió que sería lento, sin prisas, y largo. Y no fue nada de eso. Sinceramente, capitán, no estoy segura de haberle pagado todo el precio del pasaje.

—Dije que sería un beso en el momento que yo eligiera.

—Pero creo que fue un beso surgido de la lástima.

—Jamás. Yo no le tengo lástima, princesa. Simplemente no aguantaba más, y lo cierto es que teníamos público.

—Ahora no lo tenemos.
—No, no lo tenemos.
El capitán la miraba fijamente y ella comprendió que jamás la forzaría, jamás tomaría lo que ella no estuviera dispuesta a darle. Por supuesto, todo eso lo comprendió instintivamente. De lo contrario, jamás se habría subido a ese barco. Y en esos momentos era consciente de que era ella quien ostentaba todo el poder.
—Y ese beso largo y lento del que hablaba, ¿hasta dónde nos conduciría?
—Hasta donde quiera.
Anne sintió el peso de la responsabilidad, pero, sobre todo, sintió la profundidad del deseo de algo que le había sido negado.
—Creo que me gustaría... explorar las posibilidades.
—¿Y exactamente hasta dónde quiere que nos lleve?
—No quiero decirlo, por si acaso me asusto y cambio de idea. Pero hemos compartido tanto en este viaje... Me gustaría un poco más.
—Bastará con decir «para» —él le acarició la mejilla.
—¿Y parará?
—Aunque me mate.
—Se enfadará.
—No lo haré.
Walter se había enfadado. La había llamado «provocadora», porque le había permitido besarla hasta quedar ambos sin aliento. Pero Anne no quería pensar en ello en esos momentos. Se sentía atraída hacia ese hombre que tenía delante y no quería mirar atrás con remordimientos. Si alguna vez sabía de la muerte del capitán, no quería tener que cruzar medio mundo para pedirle perdón. Sabía que el beso que le había dado en lo alto del palo mayor no era el que había deseado darle desde aquella noche en su dormitorio cuando hicieron un trato.
Durante los días y las noches que habían seguido, había llegado a anticipar lo que él le había prometido. Y no quería abandonar el barco sin conseguirlo, y quizás un poco más.

—Como iba diciendo, capitán, no creo que el beso de esta tarde, por encantador que fuera, salde mi deuda en absoluto.

—Pues no quisiera que desembarcara mañana con la sensación de no haber cumplido con su parte del trato —él sonrió.

Sin apartar la mirada de los ojos de plata, el capitán le quitó el vaso de la mano y lo dejó sobre el escritorio. Sus movimientos eran tan lentos que ella quiso gritarle. ¿Quería o no quería besarla? ¿No la encontraba deseable? Quizás ese era el verdadero motivo por el que estaba dispuesto a contentarse con un ligero roce de sus labios.

Pero, cuando se volvió hacia ella, vio el deseo arder en su mirada y, alarmada, vio lo bien que se le había dado controlar sus verdaderos sentimientos. Anne estuvo a punto de echarse atrás, pero, antes de ser plenamente consciente del terror que le inspiraba lo que veía en los ojos azules, él la tomó por la cintura y la atrajo hacia sí. Tomando el rostro entre sus ásperas manos, agachó la cabeza.

Aquella vez no hubo un ligero roce de los labios. No hubo dulzura ni ternura.

Parecía un hombre famélico, devorando su primera comida tras años de privaciones. Su boca presionaba firmemente la suya y su lengua la instaba a separar los labios. La exploró como todo lo que hacía: con valentía y sin titubear. Su lengua empujó y se paró, suavizó la caricia y bailó. Por decisión propia, los brazos de Anne le rodearon el cuello, y su cuerpo se pegó más a él. Tristan le acarició el cuello y se detuvo. Ella sentía el pulso latir en las fuertes manos mientras sus labios continuaban devorándola. Sabía a brandy, a vino, a naranja amarga. Sabía a deseo. El capitán tenía una boca ardiente, húmeda y muy, muy, hábil.

Anne se sentía flotar y el calor la invadió hasta concentrarse entre sus muslos. Los dedos de los pies se encogieron y sus manos se hundieron en los cabellos negros, sujetándole la cabeza pegada a ella. Aunque no creía que fuera a marcharse.

Aunque no lo hubiera creído posible, el beso se hizo más apasionado, hasta que todo dejó de existir a su alrededor, excepto él y las increíbles sensaciones que despertaba en ella. Había estado muerta durante tanto tiempo... Pero en esos momentos se sentía revivir, en cuerpo, alma y corazón.

Todo su cuerpo recuperaba una sensación de consciencia. Era capaz de sentir de nuevo. Quería sentir de nuevo. Anne pensó que debería estar aterrorizada ante la intensidad de lo que estaba experimentando, pero la sensación predominante era la de agradecimiento, un agradecimiento que estaba a punto de hacerle llorar por todo aquello que se había negado a sí misma durante tanto tiempo.

La boca del capitán seguía ejerciendo su magia, sin despegarse de la suya, sin dejar de explorarla. Ella empezaba a preguntarse si alguna vez la habían besado de verdad, porque no se parecía a ningún beso que hubiera experimentado antes. Afectaba a todo su cuerpo, despertaba en ella deseos de recorrer todo su cuerpo, deseos de fundirse con él hasta ser solo uno. En el camarote hacía tanto calor que quiso arrancarse la ropa. Aunque quizás fuera ella la que irradiaba el calor de dentro afuera, o de fuera adentro. Ya no sabía nada. El único pensamiento racional que cruzaba por su mente era «placer, placer, placer».

Largo. Lento. Sin prisas. Estaba todo ahí y, aun así, a pesar de todo, el beso era salvaje, implacable. Dominaba, tentaba, seducía. Profundamente, irrevocablemente. Y, en esos momentos, Anne entendió mejor su contención, porque lo que ese hombre estaba liberando tenía el poder de conquistarla, de hacerla retorcerse en sus brazos sin importarle las consecuencias. Quería todo lo que él le estaba ofreciendo, lo quería todo. No quería que nada quedara inexplorado.

Las manos de Tristan tomaron un pecho. Ella gimió ante la intimidad del gesto, ante el placer que la inundó cuando le acarició el pezón con el pulgar.

Anne interrumpió el beso y deslizó la boca por la mejilla del capitán, la mandíbula, el cuello... Maldijo la corbata y los condenados botones que le impedían llegar hasta donde quería llegar, hasta saborearlo plenamente. ¿Por qué, entre tantas noches, había elegido esa para vestirse formalmente?

Tristan tomó el rostro de Anne entre sus manos ahuecadas y la obligó a mirarlo a los ardientes ojos.

—Me equivoqué, Anne. No podré parar. De modo que dímelo ahora, ¿te llevo a la cama o me lanzo al mar para enfriarme?

Ella quería reír, pero solo fue capaz de suplicar.

—No saltes.

«Gracias a Dios», pensó Tristan. «Gracias a Dios».

Había esperado que esa mujer fuera exquisita, pero nada le había preparado para la realidad de su respuesta, su sabor, su calor. El creciente deseo que despertaba en él le asombraba. La deseaba más de lo que había deseado ninguna cosa en su vida. Incluso su antigua sed de venganza quedaba empequeñecida por el deseo de poseerla completa y plenamente.

Quiso hacer gala de la lentitud con la que la había atormentado, pero el deseo era insoportable. Y llevaba demasiada ropa. Entre beso y beso desabrochó botones, desató cintas, deslizó enaguas.

Y entre beso y beso, ella le desató la corbata, liberó los botones tironeó de la ropa.

Entre caricia y caricia, Tristan le quitó los zapatos y le bajó las medias.

Y, entre caricia y caricia, Anne le quitó las botas y la camisa.

Parecía que hubieran pasado horas, aunque solo habían sido minutos, cuando al fin, jadeantes, pudieron contemplarse desnudos.

—Eres tan hermosa... —exclamó él con voz ronca.

Anne tenía unos pechos altos y firmes, los pezones de un tentador color rosa pálido. El estómago plano, las caderas estrechas. Ella lo observó detenidamente, de pies a cabeza, y de los ojos grises se desprendió un brillo de apreciación. Sin ánimo de resultar arrogante, Tristan era consciente de lo mucho que tenía que ofrecer a una dama, pero también sabía que para una virgen la clara evidencia de su deseo podría infundir algo de miedo. Debería haber bajado la llama de las malditas lámparas. Debería haber...

—Te deseo —ella apoyó una cálida mano en su hombro y lo miró a los ojos.

Hacía falta muy poco para que él se desmoronase. Tomándola en brazos la llevó hasta la cama y la tumbó delicadamente sobre las sábanas antes de unirse a ella.

Anne recibió encantada el peso de Tristan, tendido sobre su cuerpo, tomando su boca de nuevo. Quería tocarlo entero. Tenía un cuerpo magnífico, de largas y fuertes piernas. Ya había visto esos músculos tensarse cuando trabajaba en el barco. En su inocente imaginación, jamás había considerado que un hombre pudiera ser tan hermoso. De rostro atractivo, sí, pero no con un cuerpo tan hermoso que encerraba promesas que iban más allá del placer. Era una idea extravagante que se había formado en su mente al verlo desnudo. Pensó que quizás debería sentirse asustada por lo que la aguardaba, pero solo parecía capaz de sentir anticipación.

Acarició el fuerte torso, los hombros, la espalda, con sus manos. Sintió las cicatrices que afeaban los impresionantes músculos, y sintió ganas de llorar ante el castigo que ese hombre había sufrido. Lo abrazó con fuerza, deseando poder liberarlo de los dolorosos recuerdos.

Sin embargo, también supuso que esos hechos eran, en parte, responsables de que se hubiera convertido en el hombre que era, un hombre que la fascinaba, un hombre al que deseaba más que el aire para respirar.

Tristan dejó de besarle los labios para deslizar la boca por el cuello. A punto de gritar ante la pérdida de esos labios, ella recibió de buen grado las nuevas sensaciones que despertaban en ella las exploraciones a las que era sometida. Él parecía decidido a no dejar un centímetro de su cuerpo libre de las caricias de su lengua. Tras mordisquearle delicadamente el cuello, descendió hasta los pechos. Estaba acomodado entre sus muslos y ella le acarició las pantorrillas con los pies y alzó las caderas.

—Todavía no, princesa.

—¿Esto también va a ser largo, lento y sin prisas? —preguntó ella casi sin aliento.

—Largo y lento sí, pero me temo que, en cuanto estemos metidos en el asunto, no será sin prisas.

Anne quiso reír, pero gimió al sentir la boca de Tristan cerrarse sobre un pezón y comenzar a chupar suavemente. Una mezcla de sensaciones la invadía. La tensión luchaba con el letargo. Quería relajarse bajo el fuerte cuerpo, y también tensarse a su alrededor.

Él cambió de pecho, dedicándole las mismas atenciones que al primero. Jamás se había imaginado una dedicación como esa, nunca había pensado en todo lo que implicaba acariciar, lamer, tocar y hacer el amor. Siempre había creído que sería rápido, pero empezaba a descubrir que podría durar eternamente.

Tristan deslizó la lengua por el valle entre sus pechos, besando alternativamente uno y otro. Ella hundió la uñas de las manos en su cabeza, enroscando los negros mechones de cabello entre sus dedos. Cuando él introdujo la lengua en su ombligo, ella se tensó.

—Quiero otro beso —Anne se incorporó ligeramente e intentó atraerlo hacia ella.

—Y tengo la intención de dártelo —él la miró con los ojos entornados y un brillo travieso—. Pero en otros labios.

—¿Qué...?

—Relájate, princesa. Llevo demasiado tiempo soñando con esto como para negarme a mí mismo el placer.

—El placer...

El aliento del capitán revolvió los rizos entre los muslos de Anne y cualquier palabra que ella hubiera estado a punto de pronunciar desapareció de su mente. Una dama seguramente debería objetar, pero esa noche era cualquier cosa salvo una dama.

Y a medida que la lengua de Tristan la acariciaba se alegró de su decisión. Jamás había experimentado nada tan maravilloso. Hundida en el colchón, levantó las rodillas y se deleitó en las intensamente sensuales sensaciones que la invadían. Hundió los dedos en los hombros de Tristan. Necesitaba agarrarse a algo para no ser arrastrada por el viento de la tormenta.

Largo. Lento. Sin prisas. Se preguntó si ese sería el beso en el que había estado pensando el capitán al cerrar el trato. ¿Había tenido intención de tomarla desde un principio? ¿El otro beso no había sido más que una artimaña?

Daba igual. Siempre había sospechado que el trato no sería tan inocente como él había dado a entender, pero no podía enfadarse cuando sus sentidos bailaban salvajemente ante la tempestad de placer que la inundaba.

—¡Oh, Dios mío! —exclamó cuando esa tempestad amenazó con ahogarla.

—Déjate llevar, princesa —murmuró él contra su sensible piel—. Suéltate.

Y, cuando la lengua de Tristan regresó a su tarea, lo hizo. Se dejó arrastrar por la tormenta y se encontró lanzada a un vórtice de intenso placer. Gritó, segura de que moriría, pero cuando pasó, seguía respirando, aunque con dificultad, y abrió los ojos para encontrarse con él, mirándola sonriente, satisfecho. ¿También lo había sentido él? ¿Cómo podía parecer tan satisfecho de no ser así?

Tristan volvió a besarla en la boca, apasionadamente, y ella sintió el sabor de la sal de su propio cuerpo. Totalmente sensual.

Lo sintió moviéndose entre sus muslos y levantó las caderas para recibirlo. Había oído que dolería y no pudo negar la incomodidad que sintió, pero fue ampliamente superada por la dicha al sentirlo llenándola. Tristan deslizó una mano bajo su trasero y la elevó ligeramente para hundirse con más fuerza en su interior.

—Por Dios qué ardiente estás —él jadeó junto a su oreja—. Húmeda. Tensa.

Anne cerró los ojos y apretó con fuerza, disfrutando de la intimidad. Disfrutaba con las palabras que oía y le parecía increíble que su cuerpo no estuviera en llamas.

Y entonces el capitán empezó a bascular el cuerpo contra

ella y Anne respondió encantada. Las sensaciones empezaron nuevamente a acumularse. Con los pies firmemente plantados en la cama, se unió a él, aferró el masculino trasero con las manos y sintió los músculos contraerse con cada fuerte embestida, una y otra vez. Aquello era la locura. De nuevo se sintió perdida en la tormenta, solo que, en esa ocasión, él estaba perdido con ella. Lo supo por los gemidos, la tensión de su cuerpo, el ritmo creciente. Cuando la tormenta llegó al punto máximo, Anne gritó y abrió los ojos. Vio la cabeza del capitán echada hacia atrás, la mandíbula encajada. Con una última y profunda embestida, soltó un gruñido entre dientes.

Tristan abrió los ojos y, durante un instante, la miró como si no recordara quién era. Las lágrimas llenaron los ojos de Anne pues, a pesar de todo, en esos momentos se odiaba a sí misma.

CAPÍTULO 12

¡Maldición! Tristan se quitó de encima de Anne y se quedó tumbado, contemplando el reflejo de la luz en el techo mientras esperaba a que su corazón se calmase y la respiración se relajase. No tenía nada que ver con ninguna mujer que hubiera conocido. Se entregaba por completo, voluntariamente. Jamás se había sentido tan descompuesto, tan vulnerable, tan... perdido.

Quería tomarla de nuevo, pero no solo su cuerpo. Y ese extraño deseo carecía de todo sentido. Jamás había experimentado algo así. Siempre había disfrutado de las mujeres, disfrutado de los placeres que podía compartir con ellas. Pero nunca había ido más allá. Nunca lo había querido. Nunca se había sentido impulsado a hacerlo.

Quizás todo se debiera a su condición de virgen. Nunca había tomado a una virgen. Y sentía cierta responsabilidad hacia ella, una necesidad de proteger.

Ella se sentó con la sábana a la altura de la cintura y rodeó las piernas encogidas con los brazos. El maravilloso pelo caía en cascada sobre la espalda y se arremolinaba en las caderas. Tristan deslizó un dedo por su brazo, pero ella ni siquiera lo miró.

—¿Ya te arrepientes, princesa? —preguntó él, preparándose para la brutal verdad, preguntándose por qué debería preocuparle que ella tuviera remordimientos. Ya había obtenido lo que deseaba de ella, lo que había deseado desde el momento en que la había visto entrar en la taberna esa noche lluviosa.

Con los nudillos, Anne se secó una lágrima que rodaba por su mejilla y Tristan se negó a admitir que le dolía el alma al pensar que sus acciones la habían hecho llorar. Sintió el impulso de borrar cada lágrima con un beso, pero sabía que en cuanto la rodeara con sus brazos sería incapaz de evitar otra apasionada sesión.

—Mentí —anunció ella con voz ronca.

—¿Sobre qué exactamente? —él sintió el estómago agarrotarse y la inquietud invadirlo.

—Walter. No fui a despedirle a la estación. Supuse que vestiría el uniforme y estaría tan atractivo como siempre. No sé si dijo algo sobre regresar a tiempo para la caza del faisán. Oí que el hermano del duque de Ainsley lo hizo y se lo robé para amueblar mis recuerdos, porque yo no tenía ninguno. La noche antes tuvimos una tremenda discusión y por eso no fui a despedirme. Nuestras últimas palabras fueron de ira. Él quería esto de mí y yo se lo negué.

—¿Esto? —sonaba como un maldito eco, pero Tristan no deseaba la presencia del prometido muerto en esos momentos, entre las sábanas y con ellos.

Por Dios que el fantasma de ese hombre había estado presente durante todo el viaje. ¿No podía al menos disfrutar de esa noche sin que los atormentara?

—Esto —Anne señaló la cama y se frotó los ojos llorosos mientras moqueaba—. Estábamos en el jardín. Él quería que me escapara por la noche para reunirme con él en las caballerizas. Dijo que me llevaría a un hotel y que nadie lo sabría jamás. Pero me negué.

Aferrando la sábana contra su pecho, ella se volvió. Sin embargo no consiguió cubrirse del todo y un pezón asomó por encima, distrayendo al capitán.

—Una dama decente debería negarse —continuó ella—. Por eso quería que esto —volvió a señalar la cama y el espacio entre ambos— no significara nada. Pero ha sido tan íntimo, tan personal. Buscaba la prueba de que lo que le había negado no era para tanto. Pero no es verdad. Es muy importante, mucho más de lo que esperaba que fuera. Debió morir odiándome por habérselo negado.

—No —Tristan le tomó el rostro entre las manos y la atrajo hacia sí hasta apoyar la cabeza contra su hombro—. Te aseguro que no te odió.

—¿Cómo puedes estar tan seguro?

—Porque eres la clase de mujer a la que un hombre nunca podría odiar.

Esperaba que ella se tensara en sus brazos, pero, como de costumbre, se acurrucó contra él. Tristan no estaba acostumbrado a hablar después. Normalmente se limitaba a quedarse dormido, pero en ese caso se sintió en la obligación de decir algo, aunque la conversación girara en torno a otro hombre, un hombre al que empezaba a aborrecer.

—Deberías saber, Anne, que un hombre siempre intenta llevarse a la mujer a la cama. Está en nuestra naturaleza. Incluso cuando cree que la dama va a rechazarlo, intentará convencerla. Puede que se sienta decepcionado cuando ella se niegue, su orgullo resultará herido, pero no la odiará. Aquella noche, habló su orgullo, no su corazón.

—Y sin embargo —ella lo abrazó con fuerza y las lágrimas humedecieron el torso del capitán—, estoy aquí contigo, con alguien a quien no amo. Disfrutando de esta intimidad.

—Es más fácil cuando no amas a la otra persona. Si sale mal, te puedes marchar sin más. Además, no estamos en la ciudad. Aquí apenas hay reglas. ¿A quién puede importarle lo que hagamos?

—Y además nunca volveré a verte —añadió Anne con calma—. Podré fingir que esto jamás ha sucedido.

¿En serio podría? ¿Tan poco había significado para ella? ¿Y por qué le importaba no significar nada para esa mujer? ¿Qué podía importar que él solo hubiese sido para ella un hombre con quien saciar sus instintos? ¿A cuántas mujeres había dejado en puertos de todo el mundo sin siquiera volver a pensar en ellas?

¿Por qué estaba tan segura de que a esta mujer no iba a

olvidarla tan fácilmente? La única mujer a la que debería olvidar.

Tristan percibió la suave y uniforme respiración de Anne. Lentamente se apartó de ella y la tapó con las mantas. Nunca había tenido a una mujer tumbada en su cama del barco. A partir de ese día, siempre la vería allí.

Tras vestirse, abandonó silenciosamente el camarote. El barco crujía y se mecía, llevándole un familiar consuelo mientras se dirigía al alcázar. Agarrado a la barandilla, contempló el extenso y negro mar y el cielo cubierto de estrellas. Recordó la primera vez que lo había hecho, lo pequeño e insignificante que se había sentido, lo asustado. Poco podía imaginarse entonces lo que le aguardaba en la vida. Jamás se había sentido tan solo y traicionado. Lo único que había pensado era que se vengaría de su tío por haberle enviado a ese infierno.

Con el tiempo había superado el miedo, y dominado el infierno con tal maestría que ni siquiera contemplaba abandonarlo. Era el capitán de un barco. Lo único que sabía hacer era navegar por el mundo. A pesar de lo que él y sus hermanos habían conseguido dos años atrás, no se imaginaba abandonando esa vida errante, ese barco, esa existencia sin ataduras.

No tenía ni idea de por qué sus pensamientos avanzaban por ese camino.

Quizás porque ella no lo había buscado a él, había buscado las sensaciones. Pensó en todas las mujeres con las que se había acostado a lo largo de los años, por puro placer. ¿Habían abandonado su lecho sintiéndose, como él, utilizadas, insatisfechas? ¿Se habían quedado, como él, con ganas de más?

¿Por qué? ¿Por qué, de repente, lo que había compartido con Anne no le parecía suficiente?

—¿Jack?

—Tristan —respondió él en un susurro, tanto que no estuvo seguro de si ella lo habría oído.

Anne se acercó y él pudo sentir el calor que emanaba de su cuerpo, oler el aroma a lavanda y limón que formaba parte de ella, aunque matizado por el olor del sexo.

—Me llamo Tristan. Jack es... el nombre que utilizo cuando navego.

Por el rabillo del ojo la vio agarrar la barandilla. Después de todo lo que habían compartido, debería rodearle los hombros con un brazo, pero le pareció demasiado íntimo, más que lo que habían hecho en el camarote. Se sentía boquear como un pez arrojado a la orilla. No le gustaba, pues no estaba seguro de cómo recuperar el terreno perdido. Sentía el suelo hundirse bajo sus pies.

—¿Por qué? ¿Por qué utilizas otro nombre?

—Mentí —se obligó a admitir, repitiendo las palabras que ella había utilizado poco antes— cuando aseguré que me había embarcado para vivir una aventura. Me hice a la mar porque alguien me buscaba para matarme.

—¡Dios santo! ¿Quién?

—Eso no importa. Forma parte de mi vida —él se aferró a la barandilla con más fuerza. ¿Cómo no iba a importar cuando le había convertido en el hombre que era? No quería que importara, no quería pensar que, de un modo perverso, su tío había ganado—. No tiene importancia.

Anne deslizó su delicada mano por la barandilla hasta cubrir la mano de Tristan. Él quiso apartarla. No quería consuelo. Nadie le había consolado en años, catorce exactamente. Había vivido la mitad de su vida sin ternura ni cuidados. Eso lo había deshumanizado. Los ojos empezaron a arderle. ¡Maldito aire salado! Aunque quizás fuera la brisa la que le hacía lagrimear. Desde luego ella no era. No podía permitir que fuera ella.

De no haber sido por su tío, podría haberse convertido en un hombre merecedor de Anne. Habría sido bien recibido en los círculos sociales, en lugar de ser considerado un paria. Podría haberla conocido en un baile antes de que llegara a enamorarse de su prometido. Incluso podría haber sido ese joven caballero al que ella hubiera negado sus placeres, aunque no se imaginaba rindiéndose sin convencerla para que compartiera su lecho. Desde el momento en que la había visto, la había deseado con desesperación.

—¿Por qué Crimson Jack? —preguntó ella.
Él tragó nerviosamente. No deseaba contárselo, pero, al mismo tiempo, se sentía incapaz de contenerse.
—El capitán me llamó Jack. Sabía que huía de alguien. Al principio yo estaba furioso y deseaba golpearlo todo. Me peleé con uno de los compañeros. Le di una buena paliza. El capitán me ordenó que le pidiera perdón, pero yo me negué. Me azotaron con el látigo, y seguí negándome. Cuando al fin perdí el conocimiento, mi espalda no era más que una masa sanguinolenta.
Anne soltó una exclamación de horror. Tristan sabía que si la miraba vería lágrimas en sus ojos. Y por eso no la miró. Era más fácil no sentir.
—De ahí el nombre de Crimson, por el color carmesí de la sangre, ¿no?
—Eso es. Después de aquello fui conocido como Crimson Jack, y nadie se atrevió a molestarme.
—No soporto pensar en el daño que te hicieron —ella le apretó la mano.
No quería su simpatía. Le hacía sentir débil, no el hombre que sabía que era.
—Al final todo salió bien —en esa ocasión sí se volvió hacia ella.
Llevaba los cabellos sueltos, ondeando al viento. Había luna llena y sus hermosos rasgos estaban iluminados por el pálido fulgor. Tristan le acarició la mejilla y sintió la humedad de sus lágrimas.
—¿Qué voy a hacer contigo?
—Recordarme, quizás —Anne sonrió con dulzura aunque el tono de voz encerraba interrogación, duda, inseguridad.
—Eso por supuesto.
Tristan tomó sus labios y se deleitó con las sensaciones y el sabor. Ya se ocuparía otro día, otra noche, del terror que esa mujer le infundía. De momento deseaba más de lo que ella le había ofrecido. La dejaría en el puerto. La vería alejarse, desaparecer envuelta en la niebla.
Él sería el abandonado, pero en esa ocasión era lo que de-

seaba. Quería regresar al mar. Quería comandar su barco, a sus hombres. De ella solo deseaba los recuerdos.

Anne bailaría en los salones de baile, caminaría por los parques y flirtearía con los caballeros. Sería solicitada, deseada. Tendría un esposo e hijos. Poseería todo aquello que él no tenía ningún interés en poseer.

Y con cierto pesar por lo que no podría ofrecerle, la tomó en sus brazos y regresó a la cama.

«Tristan, Tristan, Tristan».

Anne murmuró su nombre mientras le mordisqueaba el cuello y la oreja y él la llevaba en brazos hasta el camarote como si no pesara más que una de esas nubes que se veían en el horizonte. Extrañamente, nunca había pensado en él como en Jack, nunca le había llamado por ese nombre, el que creía era su nombre, hasta después de haber hecho el amor.

Y todo para descubrir que su verdadero nombre era Tristan. Le iba bien. Jack era demasiado común, pero Tristan encajaba con el apuesto capitán de barco.

Sin soltarla, él entró en el camarote y cerró la puerta de una patada. Solo entonces la dejó en el suelo, junto a la cama, para que ella misma se desabrochara los botones del vestido y lo dejara deslizarse hasta el suelo. No llevaba nada más. Ese vestido era lo único que se había molestado en ponerse antes de buscarlo en cubierta.

Los ojos de Tristan se oscurecieron de apreciación mientras se quitaba la camisa y luego desabrochaba los pantalones para que cayeran al suelo. ¿Alguna vez se cansaría de la visión palpitante del deseo de ese hombre?

Pero, cuando él se acercó para darle otro beso, ella lo detuvo posando una mano sobre el torso.

—Todavía no.

Sabía que, en cuanto se besaran, se perdería en el mar de sensaciones y le permitiría dirigir el placer.

—Necesito estar unos minutos al mando.

—Por supuesto —él sonrió, masculino, predador.

Por el rabillo del ojo, ella lo vio titubear cuando se colocó detrás de él.

—Anne...

—No digas nada, Tristan —Anne observó detenidamente las cicatrices de la espalda—. ¿Cuántos? ¿Cuántos latigazos fueron?

—¿La primera o la segunda vez?

En su voz no había emoción, como si le hubiera preguntado si prefería mermelada o jalea.

—¿Sucedió más de una vez?

—Había mucha ira en mi interior.

—¿Cuántos años tenías? —ella deslizó un dedo por la cicatriz más profunda de todas. Crimson Jack cubierto de sangre.

—Princesa, esta no es conversación para seducir.

—¿Cuántos años?

Ella lo sintió tensarse bajo sus caricias, lo oyó tragar nerviosamente.

—Catorce.

Anne cerró los ojos con fuerza. Había esperado equivocarse. Esperaba que hubiera sido ya un hombre, más capaz de soportar el dolor y la humillación. Le besó la espalda, por el chico que había sido, por el hombre que era.

—El hombre que te hizo esto, ¿sigue vivo?

—Sí. Es un capitán llamado Marlow. Nuestros caminos se cruzan de vez en cuando.

—Espero que le dieras una paliza.

—Jamás lo culpé de nada. Necesitaba mantener el orden en su barco y yo estaba empeñado en provocar el caos. Al que culpo es al hombre que quería matarme. Pero él ya está muerto.

—Me alegro.

—No más que yo.

Tristan se volvió y tomó el rostro de Anne entre sus manos, enjugando las lágrimas con los pulgares. Solo entonces fue ella consciente de que estaba llorando.

—No llores, cariño. Ya te he dicho que aquello pasó hace mucho. Nunca pienso en ello.

¿Cómo no iba a pensar en ello? Le había forjado como persona, formaba parte de su vida. Anne supuso que era una manifestación de su carácter que él hubiera seguido adelante, que hubiera triunfado a pesar de saber que el mundo era un lugar poco amable. No se autocompadecía ni se lamentaba por la injusticia cometida con él.

Le gustaría ser así de fuerte, recordar los buenos momentos que había compartido con Walter, dejar marchar los remordimientos. Los remordimientos ya no le servían de nada, al fin lo comprendía. Debía despedirlos. Debía seguir adelante.

Igual que Tristan. Debía volverse hacia el horizonte en el que le aguardaban mejores cosas. Y aunque sabía que él no estaría en ese futuro, esperándola, en esos momentos estaba a su lado.

Y no podía desperdiciar esos momentos con tristeza o lamentos. Necesitaba deleitarse con la felicidad de estar junto a él.

Mirándolo a través de sus ojos entornados, ella sonrió con picardía.

—Ya veo que tu interés por mí ha amainado. ¡Qué pena!

—Las velas volverán a ondear en lo alto antes de que alcances la cama —él rio.

Soltando una carcajada, la agarró y la tumbó sobre las sábanas revueltas. El aroma del sexo los envolvió. Tristan se acomodó entre sus muslos y ella descubrió que había sido fiel a su promesa. Estaba preparado.

—¿Te duele? —le preguntó él.

—Un poco, pero solo tenemos esta noche.

Una emoción que no consiguió descifrar cruzó un instante la mirada azul.

—Dime si te molesta —Tristan le mordisqueó una oreja—. Conozco otras formas de darnos placer.

Eso ya lo sabía Anne. Supuso que habría alguna forma parecida de darle placer a él, pero, cuando sintió los labios del capitán devorando los suyos, ya no supuso nada más.

CAPÍTULO 13

—El hecho de que estemos en el muelle no significa que tengamos que desembarcar.

Convencida de que el sombrero estaba todo lo recto que debía, Anne se apartó del espejo y se volvió hacia el hombre que se apoyaba contra la puerta. Llevaba unos pantalones negros que se abrazaban a los muslos, botas y la familiar camisa suelta con los rebeldes botones. Tan solo una hora antes había estado tumbado gloriosamente desnudo sobre la cama. Ella sospechaba que, a pesar del tiempo que le había llevado vestirse con su ayuda, a la menor señal de ánimo habría conseguido desnudarla y tenerla debajo de él en un suspiro.

—Mi familia estará desesperada por saber de mí. Si no me marcho ahora, solo estaríamos retrasando lo inevitable.

—Si puede retrasarse, entonces quizás no sea inevitable. Envíales una nota. Cuéntales que has decidido ver mundo. Podríamos estar navegando al amanecer.

—Tengo responsabilidades aquí —la tentación empezaba a resultarle insoportable, pero tenía que participar en la temporada de bailes, buscar marido, contentar a su padre.

Anne se acercó al capitán y le puso la mano en el pecho, sobre el corazón.

—Tú y yo pertenecemos a mundos distintos y, por maravilloso que haya sido, no puedo quedarme en tu mundo. No a largo plazo.

—Pues entonces hazlo a corto plazo. Un año. Dieciocho meses.

—Volvería siendo una mujer arruinada, sin esperanzas de encontrar marido o tener hijos —ella sacudió la cabeza.

Se moría por oírle decir que él se casaría con ella, pero, si se lo ofrecía, sería lo bastante estúpida como para aceptar. No podía dedicarse a vagabundear por el mundo. ¿Qué clase de vida sería para sus hijos? Tampoco soportaría pasarse meses esperando en casa el regreso de su capitán. Además, sospechaba que él no era hombre de casarse voluntariamente. Había vivido toda su vida sin ataduras.

—Sabes que no podemos estar juntos.

A modo de respuesta, reconocimiento o rechazo, él atrapó los carnosos labios con su boca, hundió una mano en los rubios cabellos y utilizó la otra para sujetarle el trasero firmemente contra su cuerpo. Anne jamás se cansaría de esos besos, del calor y la pasión entre ellos dos, del modo en que la llenaba. Poniéndose de puntillas, le rodeó el cuello con los brazos.

Iba a ser su último beso y debía mantenerse fuerte. En cuanto Tristan liberara su boca, se marcharía. Y no obstante la tentación para quedarse era enorme, incluso sabiendo que terminaría en desastre. Desde el principio sabía que su unión tenía fecha de caducidad. Compartían una pasión desaforada, pero sin amor. Ni si quiera consideraba la posibilidad de llegar a amarlo porque, ¿cómo podría otro hombre estar después a la altura de su valiente, fuerte e inquebrantable capitán?

Iba a tener que olvidarlo, arrinconar en su mente los recuerdos que tuviera de él, para ser visitados solo ocasionalmente.

Las lenguas iniciaron un sensual baile, ya familiar. Anne recorrió la boca de Tristan con desesperación, buscando algo que aún no hubiera encontrado allí. No quería lamentarse después de no haberse llevado otra caricia, otro mordisco, de no haberlo saboreado más. Con ese hombre no quería remordimientos. Tristan le había regalado una noche que la acompañaría el resto de su vida. Pero había llegado el momento de despedirse.

—Debes saber que jamás te olvidaré —Tristan interrumpió el beso y apoyó la frente contra la de ella.

Anne cerró los ojos con fuerza, porque ella no podía hacerle la misma promesa, aunque fuera verdad. No sería justo para el hombre con el que finalmente se casaría. Debía olvidarlo. Debía condenarlo a ser un leve susurro en su memoria.

Tristan se volvió y abrió la puerta del camarote. Anne salió y se sintió sonrojar al ver a Martha junto al señor Peterson. Se preguntó si habrían oído los gemidos, los suspiros y gritos durante la noche. Y entonces decidió que le daba igual lo que hubieran oído y que ya era demasiado tarde para preocuparse por ello.

El capitán la acompañó a cubierta. Sabía que era de noche, por supuesto, y en cierto modo le pareció el mejor momento para separarse. Sin embargo, se sentía tentada de permanecer junto a él hasta el amanecer. Pero su familia ya llevaba demasiado tiempo aguardando su regreso.

Le oyó dar la orden para que alguien recogiera el baúl. Y luego descendió con ella la rampa y la escoltó por los muelles. El fuerte brazo permanecía inapropiadamente alrededor de su cintura y ella no se sentía capaz de apartarse de él.

Al llegar a la zona de carga, Tristan alquiló dos coches de caballos y el baúl fue cargado en uno de ellos.

—Debería ir contigo —sugirió él.

—No. Quiero despedirme aquí, recordarte aquí —volviéndose hacia él, lo miró de frente y le acarició la barbilla con una mano enguantada—. Que los vientos siempre te lleven a puerto seguro.

—Anne...

Ella se puso de puntillas y lo besó sutilmente en los labios antes de montar en el coche. Martha se instaló a su lado y las ruedas empezaron a girar.

—Jamás hablaremos de esto, Martha —anunció ella secamente mientras se esforzaba por no llorar.

—Sí, milady.

—Debemos olvidarlo. Cumplir con nuestras responsabilidades.

—Sí, señora.
Por mucho que les doliera hacerlo.

Tristan observó alejarse los coches, engullidos por la noche, y experimentó el mismo vacío ya vivido catorce años atrás en los muelles de Yorkshire.

—¿Y ahora qué, capitán? —preguntó Peterson.
—Ahora me voy a emborrachar. ¿Me acompañas?

—En el nombre de Dios, ¿en qué estabas pensando?

Anne estaba de pie en el estudio de su padre. Saber que iba a tener que responder de sus acciones no le había facilitado la tarea. Su padre y sus hermanos aún no se habían marchado a sus respectivos clubes al regresar ella a su casa. Era esa noche de la semana en que su padre insistía en que todos cenaran juntos. Había llegado demasiado tarde para cenar, pero demasiado pronto para evitar la reprimenda.

Sus hermanos se habían instalado en el estudio, brazos cruzados, cuerpos erguidos, evidentemente apoyando al cien por cien las duras palabras que su padre le lanzaba.

—Tal y como te expliqué antes de irme, y también en la carta que te dejé, necesitaba despedirme de Walter para poder seguir con mi vida, participar activamente en la temporada de baile, presentar un aspecto atractivo y convencer a algún lord de que soy merecedora de convertirme en su esposa. Ese es mi deber, ¿no?

—Tu deber es obedecer a tu padre, y yo te había prohibido ir.

—Sí, bueno, he regresado a casa, de modo que no parece tener mucho sentido seguir insistiendo en lo que he hecho. Alcancé mi meta y ahora estoy preparada para regresar a la vida social.

Jamás había visto a su padre tan desconcertado. El hombre parpadeó, abrió la boca y la volvió a cerrar.

—¿En qué barco reservaste el pasaje? —preguntó Jameson. A medida que su padre envejecía, su hermano empezaba a po-

sicionarse, a prepararse para el día en que ocuparía su puesto—. Hice algunas averiguaciones, pero...
—Alquilé un barco.
—¿Qué quieres decir con que alquilaste un barco?
—Sinceramente, Jameson, ¿has dejado de entender nuestro idioma durante mi ausencia?
—Contesta a tu hermano —espetó su padre, recuperando sus facultades.
—Contraté a un capitán dispuesto a llevarme cuando yo quisiera.
—¿Qué capitán? ¿Qué barco? —rugió Jameson.
—No veo qué tiene eso de relevante. Lo hecho, hecho está.
—¿Tienes idea de lo que podría haberte sucedido?
—Tenía muy buenas referencias.
—¿De quién?
—Estas preguntas sin sentido empiezan a resultar agotadoras.
—Tu reputación...
—¿Habéis contado por ahí lo que he hecho? —espetó ella.
—Por supuesto que no. Anunciamos que aún no estabas preparada para abandonar el luto, que necesitabas algún tiempo más de reclusión, y que habías regresado al campo.
—Entonces mi reputación permanece intacta. Y, dado que estoy bastante cansada del viaje, si me disculpáis, me gustaría retirarme.
Anne se volvió para marcharse.
—Todavía no he terminado contigo —gritó su padre.
—Pues entonces continúa —ella se dejó caer en un sillón, juntó las manos sobre el regazo y miró a su padre a los ojos.
—Creo que no eres plenamente consciente de la gravedad de tus actos.
—Y yo creo que no eres plenamente consciente de que ya está hecho. Es poco probable que vuelva a tener necesidad de abandonar las costas de Inglaterra. Con suerte pasarán muchos años antes de que vuelva a perder a otro ser querido e, incluso entonces, lo más probable será que muera en suelo inglés. No habrá más aventuras.

«Por desgracia», gritó una vocecilla en su cabeza.

—Es que te queremos y estábamos preocupados —insistió su padre.

—Lo sé —ella sonrió con ternura—. Creo que os esperan en el club.

—Cierto.

Agradecida de haber zanjado el tema, Anne se levantó del sillón.

—La semana que viene se celebrará el baile de los Greystone —le informó Jameson—. Doy por hecho que asistirás.

—Desde luego. Y pondré mi mejor cara.

Anne salió de la habitación sintiéndose extraña porque la casa no se mecía. Al parecer al final se había acostumbrado a navegar, aunque demasiado tarde.

En el dormitorio encontró a Martha recogiendo los últimos objetos que quedaban en el baúl.

—¿Ha ido todo bien? —la doncella la miró con gesto de culpabilidad.

—Todo lo bien que podía ir —ella procedió a quitarse los guantes.

—Encontré algo en el baúl. No estoy segura de qué puede ser. Lo dejé en el tocador.

Anne se acercó al tocador y descubrió un paquetito envuelto en papel. El papel, más adecuado para una carta, estaba doblado y atado con una cuerda alrededor de un objeto. Lentamente, desató la cuerda y retiró el papel, dejando al descubierto una estrella de mar.

En el papel había una nota: *Para que puedas pedir un deseo cuando no haya estrellas en el cielo.*

Con los ojos anegados en lágrimas, ella pronunció el único deseo que importaba de verdad: «Cuídate, capitán. Por favor mantente a salvo en todos tus viajes».

Con sumo cuidado, estiró la hoja de papel y la guardó, junto con la estrella de mar, en su joyero.

—Estoy cansada, Martha. Ayúdame a prepararme para irme a dormir.

Vestida para dormir, y después de que Martha se hubiera ido, Anne se sentó en un sillón junto a la ventana y contempló la creciente niebla. Las farolas intentaban inútilmente mantenerla a raya, aunque sí iluminaban un camino hasta la puerta de la casa. Ella deseó no haber abandonado el barco tan pronto. Quizás Tristan estuviera pensando lo mismo. Podría trepar por el árbol. Podría acudir a su encuentro. Ella no lo rechazaría. Solo una noche más.

Pero la mañana la encontró dormida en el sillón. Sola.

CAPÍTULO 14

—Me alegra que hayas regresado a Londres, te echaba muchísimo de menos.
—Yo también te he echado de menos —sonriendo, Anne alargó una mano y apretó la de su mejor amiga, lady Sarah Weston.
—Puedo ser tu carabina esta temporada.
Anne soltó una risa. Hacía tres años que Sarah se había casado con el conde de Fayrehaven. Ella había asistido a la boda como dama de honor. Siempre había pensado que Sarah estaría a su lado cuando intercambiara los votos con Walter. Habían decidido ignorar las normas sociales que insistían en que una dama casada no podía situarse junto a la novia en el altar. Iban a hacerlo. Pero en esos momentos parecía ridículo preguntarse si esa decisión podía haber sido responsable de los funestos acontecimientos que el destino le había reservado.
—Encontrarás a alguien, ya verás —continuó Sarah.
Anne quiso confesarle a su amiga que ya había encontrado a alguien, pero solo había sido algo temporal. Habían pasado tres días desde su regreso, y había estado a punto de correr al muelle cada uno de esos días para comprobar si el *Revenge* seguía anclado en el puerto. Pero una dama no iba a los muelles, aunque eso no le había impedido hacerlo antes.
Se preguntó si él seguiría acudiendo a la misma taberna donde lo había visto la primera vez. ¿Esperaba a que otras da-

mas se acercaran a él? ¿Las compararía con ella? ¿Las encontraría desmerecedoras? Que Dios la ayudara, pues quería que las encontrara desmerecedoras a todas.

—He oído… —Sarah se inclinó hacia delante, como si las flores del jardín tuvieran la habilidad para esparcir rumores— que Chetwyn ha puesto sus ojos en ti.

—A mí no me ha dicho nada.

—Bueno, es que no llevas el tiempo suficiente en Londres, ¿no? Vine a verte hace un mes, al llegar a la ciudad, y me dijeron que no estabas aquí. Me sentí muy decepcionada. Y me alegró muchísimo recibir tu nota anunciando que habías llegado. ¿Necesitabas pasar un poco más de tiempo en el campo?

—Pues lo cierto es que no —Anne se mordisqueó el labio—. ¿Puedes guardar un secreto?

—Por supuesto.

Anne comenzó a hablar en un susurro, ridículo, puesto que no había nadie más a su alrededor.

—Estuve en Scutari para despedirme de Walter. Fue un viaje increíble. Muy liberador.

—¿Te llevaron tus hermanos? —Sarah frunció el ceño.

—No, fui sola. Bueno, con mi doncella. He llevado pantalones, he trepado a un mástil. He mirado el horizonte desde lo alto del palo mayor. Me sentía muy pequeña, pero importante a la vez. Una extraña dicotomía.

Anne fue consciente de estar balbuceando toda la información de manera incoherente, pero había sido incapaz de compartirla con nadie más y allí estaba, saliendo a borbotones por su boca.

—Huelga decir lo escandaloso que me resulta —observó Sarah con un tono de desaprobación que su amiga luchó por ignorar.

—Sí, lo sé. Y por eso no debes mencionarlo a nadie. No le he contado nada a mi padre ni a mis hermanos. Solo les he dicho que viajé a Scutari. Ellos no lo entenderían.

—No estoy segura de entenderlo yo tampoco.

—¿Nunca se te ha ocurrido que nos comportamos de determinada forma solo porque es lo que se espera de nosotras, pero que nadie nos ha explicado realmente por qué debemos comportarnos así?

—Nos comportamos como lo hacemos porque es el modo en que hay que comportarse.

Hubo un tiempo en que Anne también había opinado lo mismo, pero en esos momentos se cuestionaba la sobriedad de su vida. ¿Cómo podría entenderlo Sarah si ella nunca se había apartado de esa vida?

Al oír acercarse a un sirviente, levantó la vista y vio llegar a una de las doncellas más jóvenes, portando una bandeja. Poco antes había pedido que les sirvieran el té. Sentada a la mesa frente a unos bollitos y un cuenco de naranjas troceadas, Anne no pudo evitar pensar en aquella primera mañana en el barco cuando había mordido un gajo.

—¡Qué buena pinta!

—Están muy buenas, milady —asintió la doncella—. La cocinera nos las hizo probar para estar segura de que no hubiera nada raro. Ha aparecido una caja entera en las escaleras de la entrada.

—¿De la tienda? ¿Las ha comprado la cocinera?

—No, señorita, no sabemos quién las ha enviado.

Tristan. No le cabía la menor duda de ello. Anne se preguntó si sería un último regalo de despedida, consciente de que jamás volvería a probar una naranja sin pensar en él, y se preguntó si él pensaría en ella al comerlas también. No había previsto que hubiera tantas cosas que le recordaran al capitán.

—¿Estás enamorada? —preguntó Sarah.

—¿Disculpa? —Anne volvió bruscamente la mirada hacia su amiga.

—Miras ese cuenco de una manera muy rara, como si las naranjas tuvieran una enorme importancia para ti. Si te apetece un trozo, tómalo.

Y Anne lo hizo. Un trozo de naranja dulce y suculenta, tal y como se esperaba.

—Continúa con la historia —la apremió Sarah—. ¿Qué se

siente al llevar pantalones? ¿Y por qué lo hiciste? ¿Eras un polizón o algo igual de atrevido?

—Pagué el pasaje —Anne sonrió—, pero después de visitar Scutari me quedé muy triste. El capitán pensó que me animaría echar un vistazo al mundo desde lo alto. Y no podía trepar por el palo mayor llevando una falda.

—¿Trepaste por el palo?

—Sí —ella soltó una carcajada.

«También me subí encima del capitán del barco», pero ese recuerdo estaba reservado a ella sola.

—Mejor será que no se lo cuentes a nadie. Los caballeros prefieren damas menos aventureras.

—No tengo ninguna intención de contárselo a nadie. Pero quería compartirlo contigo, aunque ahora comprendo que me faltan las palabras para relatar con precisión lo que fue la experiencia —Anne tomó otro trozo de naranja—. Sarah, ¿te hace feliz ser la esposa de un lord?

—Desde luego. Fayrehaven me trata con amabilidad. A ese respecto soy afortunada. Me atrevería a decir que, al finalizar la temporada, tú también estarás en camino de convertirte en una esposa.

—Quizás.

—No puedes perder el tiempo, Anne. El año que viene tus posibilidades serán menores que este. Una nueva hornada de damas entrarán a formar parte del mercado del matrimonio.

—Haces que suene tremendamente atractivo.

—Es estupendo. De verdad. Con el esposo llegan los hijos —Sarah había dado a luz quince meses después de la boda—. Es una lástima que se te haya negado todo esto durante tanto tiempo. Por eso me siento tan feliz de tenerte en Londres para la temporada. Te encontraremos un marido sin perder ni un segundo. Si no es Chewyn, será otro que te guste.

La imagen de Tristan revoloteó brevemente por la cabeza de Anne. Había decidido permitirse pensar en él hasta asistir al primer baile. Después iba a tener que empaquetar los recuerdos, almacenarlos en un rincón de su corazón y no volver a visitarlos jamás. Salvo, quizás, cuando fuera vieja y empezara a recordar la vida que había vivido. Escribiría sus memorias, sin omitir el escandaloso viaje y el impresionante capitán de barco que la había hecho sentirse feliz de nuevo después de haber estado años muerta por dentro.

—¿Alguna vez has conocido a una dama que no se haya casado con un noble? —le preguntó a Sarah.

—La antigua duquesa de Lovingdon. Se casó con ese tal Dodger. Pero, claro, es tan rico que sus pecados son fácilmente perdonados.

No le cabía duda de que Tristan era rico, pero no se lo imaginaba acatando pacientemente las normas de la sociedad. Siempre estaría impaciente por regresar al mar.

—¿Qué habría pasado si Walter no hubiera pedido tu mano? —le preguntó su amiga—. ¿Con quién te habría gustado casarte?

—Nunca pensé en ello. Desde que conocí a Walter... éramos tan afines —Tristan y ella ni se acercaban a eso, salvo cuando se unían físicamente. Entonces encajaban a la perfección.

—¿Te has ruborizado? —preguntó Sarah.

Anne se tocó las mejillas. ¿Era cierto? Ese hombre tenía la habilidad de hacer que se ruborizara cuando ni siquiera estaba cerca.

—No, es que hoy hace mucho calor.

—Creo que no estás siendo sincera, que hay otro, aparte de Walter, que ha llamado tu atención. Susurra su nombre y si sigue soltero...

—No hay nadie —espetó ella, intentando no recordar la de veces que había susurrado el nombre de Tristan durante lo más álgido de la pasión.

—Lo habrá, no te preocupes. En cuanto asistas al primer baile de la temporada, haré todo lo que esté en mi mano para ayudarte.

Anne pensó que estaría preparada para el carrusel que la aguardaba. Había anticipado su primera temporada con una mezcla de excitación y vértigo. Pero en esa segunda ocasión solo deseaba que todo acabara cuanto antes.

Hacía años desde su último baile y su llegada causó bastante revuelo, hasta hacerle desear no haber demorado tanto su regreso a la vida social. La gente se acercaba con cierto aire de incomodidad. ¿Deberían mencionar a Walter? ¿No deberían hacerlo? ¿Deberían ofrecerle sus condolencias? ¿Deberían comportarse como si no hubiera sucedido nada?

Los caballeros parecían no estar seguros de si debían invitarla a bailar. ¿Cómo se comportaba uno con una dama que cargaba con el estigma de ser viuda, pero sin serlo?

El único que parecía cómodo a su lado, mientras se deslizaban por la pista de baile, era Chetwyn.

—Mi hermano se alegraría al verte sonreír de nuevo —observó.

Curiosamente, Anne no veía mucho de Walter en su pareja de baile. Sus cabellos rubios parecían más dóciles. Y en su piel no se vislumbraba ni una sola peca, mientras que el rostro de Walter había estado repleto de ellas, dándole un aspecto encantador.

La sonrisa de Chetwyn era más majestuosa y formal. La de Walter había reflejado diversión y travesura. Pero lo que de verdad le sorprendía era ser capaz de pensar en su prometido sin sentir dolor o culpa, o añoranza de lo que nunca podría ser. Había acertado al realizar el viaje. Estaba preparada para afrontar lo que el destino la deparara.

—Me temo que voy muy retrasada con los cotilleos —se excusó con una cálida sonrisa, intentando alejar la conversación del pasado y la pérdida compartida con Chetwyn.

—¿Teniendo como hermanos a los mayores chismosos de todo Londres? —Chetwyn puso los ojos en blanco—. Lo dudo.

Ella rio. Sentaba muy bien reír bajo las arañas de cristal mientras la orquesta guiaba a los bailarines con sus suaves armonías.

—Me agradaría que Jameson se casara esta temporada.

—Él opina lo mismo de ti.

A Anne no le pasó inadvertida la especulación y el interés

que se reflejó en la mirada de Chetwyn. No era mala persona, pero no hacía que su corazón se acelerara ni su cuerpo ansiara una mayor cercanía. Claro que, sospechaba, pocos hombres serían capaces de ejercer ese efecto sobre ella.

—Quería preguntarte si conocías a alguien capaz de convencer a mi hermano para caminar hasta el altar —Anne esperaba desviar la conversación de un camino por el que no le apetecía transitar. Su propio matrimonio estaba muy alejado de sus pensamientos. Aquella noche simplemente aspiraba a sobrevivir a su regreso a la vida social.

—Quizás podría ir a visitarte esta semana para llevarte una lista —sugirió él.

Anne llevaba demasiado tiempo alejada del juego de la seducción y sintió que había caído en una trampa.

—¿No te preocupa el hecho de que tu hermano siempre se interpondría entre nosotros?

—No. Éramos muy diferentes. Mi madre aseguraba a menudo que, de no haber estado presente en los dos nacimientos, habría pensado que no éramos hermanos.

Ella se sintió ruborizar. No era precisamente el tema de conversación más adecuado y se preguntó si él también se sentiría un poco nervioso en su compañía. No podía ser fácil estar con una mujer que ya tenía un pasado con su hermano.

—Bueno, entonces supongo que una visita esta semana estaría bien.

La música concluyó y, sin decir una palabra más, él la acompañó hasta donde estaba la tía de Anne, hermana de su padre, que ejercía de carabina esa noche. A pesar del ofrecimiento de Sarah para ejercer ese papel, su padre había pensado que necesitaba una dama más experimentada. Sobre todo porque él había elegido pasar esa noche en el club.

—Es un bribón muy atractivo —observó la tía Penelope cuando el marqués se hubo marchado.

—Sí, lo es.

—He oído que ha puesto su mirada en ti.

—Eso me han dicho.

—Podría irte bastante peor, mi niña.
—Vaya ánimos.
—¿Qué has querido decir con eso? —todas las arrugas del rostro de su tía entraron en movimiento.
—Es que opino que una debe poner el listón más alto y no conformarse simplemente con que no sea lo peor.
—Estás a punto de quedarte solterona. No puedes mostrarte demasiado quisquillosa. Has vivido un amor, más de lo que muchas mujeres pueden decir. Ahora debes sentar la cabeza y cumplir con tu obligación.
—¿El amor solo está permitido una vez?
—Yo diría que una no puede aspirar a más que eso.
—Qué triste situación para una mujer, ¿no?
—Así son las cosas, querida. Estoy muerta de sed. Quizás te apetezca acompañarme a tomar algo.
¿Para que pudiera seguir bombardeándola con comentarios tan demoledores?
—No, gracias. Creo que me quedaré a observar a las parejas que bailan.
Después de que su tía se hubiera marchado, Anne se retiró a un rincón. No estaba a disgusto allí. Le gustaba la alegría, la música y los bonitos vestidos. Disfrutaba viendo flirtear a los caballeros, pero no le entusiasmaba que lo hicieran con ella. De vez en cuando sorprendía a alguien mirándola furtivamente, y sabía que la estaban evaluando. Había olvidado lo calculado que estaba todo. Quizás podría meter el nombre de todos los solteros en un sombrero y extraer uno al azar. Si su tía estaba en lo cierto y el amor no formaba parte de la ecuación, le parecía tan buena solución como otra cualquiera. Desde luego le ahorraría tiempo, humilla…
—Nunca pensé que fueras un pasmarote.
La respiración de Anne se detuvo ante la familiar voz que acarició sus oídos. El aroma a naranjas la envolvió. Luchando por recuperar la compostura, se dio lentamente la vuelta. El corazón le dio un vuelco al ver a Tristan, endemoniadamente atractivo con su chaqué negro. El rostro estaba afeitado y los

cabellos, aunque seguían largos, habían sido recortados. Los ojos azul claro emitían un destello travieso.

—¡Tú! —exclamó ella con voz ronca.

—Yo —él sonrió con complicidad.

—¿Qué estás haciendo aquí?

—Es evidente que hablar contigo.

—Pero... —ella luchaba contra el pánico. Ese hombre no debería estar allí. ¡No podía estar allí!—. ¿Cómo has conseguido entrar?

—Por la puerta.

—Hace falta invitación —el capitán la estaba poniendo furiosa.

—Y yo conseguí una.

—¿Cómo?

—Esperaba que te alegrara un poco más verme en lugar de buscar respuestas a cuestiones tan triviales.

—Pero este no es tu mundo.

—Desgraciadamente, sí lo es —una emoción que ella no logró descifrar pasó fugazmente por los ojos de Tristan. Pérdida, pesar, tristeza—. Me parece que no nos hemos presentado formalmente. Permíteme —él inclinó levemente la cabeza—. Lord Tristan Easton.

¿Lord? Imposible. Era un hombre que vivía sin ataduras, hacía siempre su voluntad. Se había criado en el mar, se...

De repente el nombre hizo saltar una alarma en el fondo de su mente.

—¿Easton? —preguntó Anne casi sin aliento—. Tu hermano es...

—El duque de Keswick.

Ella intentó recordar todo lo que sus hermanos le habían contado, lo que había oído durante años. En el momento de su desaparición ella solo era una niña, pero recordaba las pesadillas sufridas, el temor de que ella también pudiera desaparecer de repente.

—Uno de los lores perdidos. ¿Por qué no me lo contaste?

—Soy lord por nacimiento y sangre, pero no por mi vida. Tal y como podrás suponer, dado que conoces algo de mi vida lejos de Londres, no encajo bien aquí. Para serte sincero, no tenía especial interés en reclamar mi lugar en la sociedad hasta que comprendí que me facilitaría el acceso a ti.

—Pero eres capitán de barco.

—¿Un hombre solo puede ser una cosa?

Anne había compartido cuerpo, alma, quizás incluso una parte de su corazón con ese hombre, y aun así sabía muy poco de él. La hacía sentirse en cierto modo mancillada.

—El hombre de quien huías, el que quería hacerte daño, era tu tío.

—Sí —el brillo travieso desapareció de la mirada de Tristan.

—¿De verdad iba a matarte?

—Teníamos motivos para pensarlo. Pero eso fue hace muchos años. Ahora mismo me interesa mucho más reclamar un baile que hablar del pasado.

Qué típico de él evitar revelar el misterio oculto tras las historias que lo rodeaban.

—¿Un baile? —preguntó ella con voz chillona, furiosa consigo misma por no lograr mantener la calma como hacía él.

—Sí, se trata de una actividad en la que...

—Ya sé lo que es un baile. Simplemente me cuesta comprender tu presencia aquí. Pensé que no volvería a verte.

Ese detalle había facilitado lo sucedido en el barco. Lo que habían compartido zarparía con él. Pero él no había zarpado. Estaba allí. Y si le contaba...

—¿Anne?

Ella se volvió bruscamente ante la voz de Jameson, que la observaba detenidamente mientras lanzaba furiosos destellos hacia Tristan.

—Jameson, te presento a lord Tristan...

—Easton. Sí, lo sé. Desgraciadamente lo vi llegar con su hermano.

¿El duque estaba allí? Eso sin duda habría desatado toda clase de habladurías. ¿Cómo no se había dado cuenta? ¿Tan absorta estaba en sus propias preocupaciones que no había prestado atención a lo que sucedía a su alrededor?

—Lord Tristan, mi hermano, el vizconde Jameson.

—Milord —Tristan hizo una leve reverencia—. Un placer. Estaba a punto de invitar a su hermana a un baile.

—Me temo que su carnet de baile está completo.

—¿Disculpa? —balbuceó ella sin poderlo evitar ante la rudeza de su hermano.

—Me parece que el siguiente baile es para mí —insistió Jameson mientras tomaba a Anne del brazo.

Nunca había bailado con ella y, desde luego, a ella no le agradaba su intervención.

—Al contrario. Es de lord Tristan.

—Anne.

La advertencia en la voz del vizconde era inequívoca, pero Anne necesitaba hablar con Tristan y un abarrotado salón de baile era el lugar perfecto. Si se aventuraban en el jardín, él sin duda se ampararía en la oscuridad para aprovecharse de ella y terminaría aplastada contra un rosal, sus labios devorados por el capitán. El beso la absorbería tanto que ni siquiera notaría las espinas del rosal.

—Suéltela —rugió Tristan, en apenas un susurro aunque sin disimular el tono amenazador.

—¿Y si no lo hago? —lo desafió Jameson.

Tristan sonrió, aunque no hubo nada agradable en el gesto. Más bien recordaba la expresión de un felino a punto de abalanzarse sobre su siguiente comida.

—Descubrirá que soy el bárbaro que usted y sus hermanos proclaman que soy en los rumores que se dedican a propagar.

—Jameson, por favor. Solo es un baile. Si no me sueltas, tendré que darte una patada. Y un comportamiento tan poco digno de una dama, sin duda me dificultará aún más la labor de encontrar marido. No arruines mi regreso a la vida social.

—Un baile y la deja en paz —consintió Jameson antes de soltarla.

No podía haber elegido peor sus palabras. Tristan jamás se plegaría a ello. Anne lo conocía lo bastante bien como para saberlo.

—No me lo puedo creer, lord Tristan, está aquí.

Anne se volvió hacia la nueva intrusa mientras por el rabillo del ojo vio asomar una emoción que no supo descifrar en el rostro de su hermano. ¿Deseo y resignación? No estaba segura. Dedicó su atención a la hermosa joven de cabellos rubios. Tenía los ojos verdes más enormes que hubiera visto jamás, y estaban clavados en Tristan, como si fuera su golosina preferida.

—Lady Hermione —Tristan inclinó la cabeza.

—¿Por qué no me avisó de su regreso a Londres?

—Eso, milord —intervino Jameson—, por favor, cuéntenos, ¿por qué no informó a la encantadora dama de su regreso?

—Tenía otros asuntos importantes que tratar.

Anne se sintió desfallecer. ¿Qué significaba esa joven para Tristan?

—No importa —contestó lady Hermione—. Ahora está aquí. Me permito informarle de que tengo libre el siguiente baile que está a punto de comenzar.

—Ya se lo he prometido a lady Anne —se disculpó Tristan con una dulzura que a Anne le recordó los murmullos que le había oído cuando lo tenía encima de ella. ¿Se había acostado con esa dama? Desde luego daba la impresión de significar algo para él.

—¡Oh! —lady Hermione se volvió hacia Anne—. Lady Anne, le pido disculpas. Ya ha dado por concluido el duelo por lo que veo. Qué tragedia, perder el amor a tan temprana edad. Me atrevería a decir que jamás podrá reemplazarlo. Lord Tristan es muy amable al apiadarse de usted e invitarla a bailar.

Antes de que Anne pudiera responder al comentario de la joven, esta se volvió de nuevo hacia Tristan.

—Pero insisto en reclamar el siguiente baile, milord. Por favor.

—Será un placer. Quizás lord Jameson quiera ser su pareja de baile en este.

—Yo no acepto las sobras de otro hombre —contestó Jameson antes de darse media vuelta y marcharse.

Anne soltó un respingo ante el vocabulario de su hermano,

pero lady Hermione no pareció alterarse en absoluto. Era evidente que esa mujer solo oía lo que salía de la boca de Tristan.

—Si nos disculpa... —Tristan se dirigió a lady Hermione mientras ofrecía su brazo a Anne.

Anne no estaba segura de poderlo soportar. Tenía la sensación de haberse inmiscuido en algún drama.

—Sí, por supuesto —contestó lady Hermione alegremente—. Aguardaré aquí, conteniendo la respiración, su regreso.

Él enarcó una ceja y Anne fue de repente consciente de que habían llamado la atención de las personas que se encontraban más cerca. Aceptó el brazo tendido del capitán.

—¿Qué significa ella para ti? —se oyó a sí misma preguntar mientras se acercaban a la pista de baile.

—Es una molestia.

—Pues parece locamente enamorada.

—Te juro, Anne —él se detuvo en seco—, que jamás le di motivos para creer que era algo más que mi pareja de baile. Concretamente en dos ocasiones. Hace dos años.

Tristan la tomó en sus brazos y la arrastró por la pista. Que Dios la ayudara, pues si dos años atrás había bailado con esa chica con tal habilidad, mirándola con la intensidad con la que la miraba a ella en esos momentos, entendía perfectamente por qué lady Hermione había sucumbido a su hechizo. Era muy masculino, muy terrenal. Ella misma había caído presa de sus encantos. ¿Por qué no iba a hacerlo cualquier otra mujer?

—Deberías haberme dicho quién eras —insistió Anne hablando entrecortadamente porque debía convencerse de que todo había acabado entre ellos.

—¿Por qué?

—Porque te burlaste de mí.

—Jamás fue mi intención. Ni tampoco fue mi intención regresar a toda esta locura. Tu hermano no es el único que ha manifestado su malestar por mi presencia aquí esta noche.

—Entonces, ¿por qué estás aquí?

—No puedo dejar de pensar en ti —Tristan encajó la mandíbula—. Quería asegurarme de que estuvieras bien. De que tu familia no te había encerrado en un convento o algo así.

—¿Y por qué iban a hacer algo así? —Anne rio.

—He oído que pasa a veces —él se encogió de hombros.

—Me gané una reprimenda, pero nada más. No me enviarán a ninguna parte, pues están desesperados por verme casada.

—Ese tipo con el que bailabas antes… ¿es con el que quieren que te cases?

Anne estuvo a punto de trastabillar al comprender que Tristan no acababa de llegar a la fiesta. Llevaba un rato allí. Observándola.

—El marqués de Chetwyn. El hermano de Walter. Y, sí, al parecer ha expresado su interés. Pero yo no me he decidido —no sabía qué la había empujado a pronunciar las últimas palabras. Quizás porque temía que Tristan se enzarzara en una disputa con Chetwyn en un intento de reclamar lo que consideraba suyo. Lo cual no era cierto.

Al sentir la mano de Tristan apoyada en su cintura, Anne intentó no recordar lo agradable que había sido sentir esas manos deslizarse por todo su cuerpo, verlo alzarse sobre ella, sentir el placer que le había proporcionado. Estaba bastante segura de que tenía las mejillas de color carmesí porque en la mirada azul leyó satisfacción y temió que hubiera adivinado por dónde iban sus pensamientos.

—Recibí tu regalo. La estrella de mar. Gracias. ¿Dónde la encontraste?

—He visto muchas en las costas, pero esa en concreto la encontré en Yorkshire.

—Imagino que llegó desde el Lejano Oriente, o algún lugar así de exótico —ella rio, aunque el sonido se pareció más a la histeria.

La mirada de Tristan se oscureció, y ella vio que ocultaba muchos secretos.

—No, la tenía desde joven. Desde el día en que abandoné Inglaterra.

—¿Y por qué me la regalaste?

—No lo sé. Quizás por el relato sobre las estrellas que caen al mar. Para que tuvieras algo que te recordara a mí.
Como si hubiera podido olvidarlo alguna vez.
—Las naranjas. También fuiste tú.
—Sí. Soy incapaz de comerme una sin pensar en ti. Esperaba que a ti te sucediera lo mismo.
Por mucho que ella deseara contradecirle, había muy pocas cosas que no le recordaran a él.
—¿No tienes previsto ningún viaje? ¿Ninguna obligación que cumplir? Transportas víveres, ¿no?
—La ventaja de ser el dueño de mi propio barco es que nadie me manda.
Y, aunque no fuera el dueño del barco, sospechó ella, nadie le mandaría.
—Pero debes ganarte la vida, debes... —Anne tenía la sensación de que había muchas cosas que no sabía sobre él.
—Lo único que debo hacer, Anne, es bailar contigo.
Cada vez que la llamaba por su nombre, la voz reflejaba intimidad. Ella hubiera preferido que volviera a llamarla «princesa». La ponía furiosa y la ayudaba a mantener las distancias. Él era un lord, y todo lo que habían compartido cobraba un nuevo significado.
—El duque, tu hermano, nunca lo he visto. ¿Está aquí?
—Está bailando con su esposa, Mary. A tu izquierda.
Lo más discretamente posible, ella miró en la dirección indicada y estuvo a punto de tropezar. El lado izquierdo del rostro de ese hombre estaba destrozado y un parche le cubría el ojo.
—Es mi hermano gemelo —añadió Tristan con calma.
—Hay cierto parecido —los cabellos oscuros, el corte de la mandíbula...
—La mayoría de la gente no mira más allá de las cicatrices.
Anne observó a la duquesa. Sus cabellos eran de un vibrante color rojo y sonreía a su esposo como si lo adorara, como si su rostro no fuera repulsivo.
—A ella no parecen molestarle.
—Pero es que ella lo ama.

Eso era evidente.

—¿Todos los hermanos portáis cicatrices? —Anne devolvió su atención a Tristan.

—Ninguna con la que no podamos vivir.

¿Por qué la gente no era capaz de ver todo lo que esos hermanos habían sufrido para reclamar lo suyo? ¿Por qué no eran bien recibidos? Porque no habían crecido dentro de los confines familiares. Porque destacaban por ser distintos.

Comprendió que la música se había detenido cuando notó que habían dejado de moverse.

—¿Mantendrás la promesa hecha a lady Hermione? —preguntó.

—Sería cruel por mi parte no hacerlo, ¿no crees? Pero quiero volver a bailar contigo.

—No creo que sea buena idea.

Incluso antes de que salieran de su boca, Anne aborreció las palabras. Tristan no discutió. Se limitó a conducirla lejos de la pista de baile. Tenso y furioso, Jameson la esperaba, a punto de estallar. A ella le sorprendió que no se abalanzara sobre ellos y la agarrara del brazo.

—El último baile de la noche es mío —anunció Tristan antes de alcanzar a su hermano.

Y antes de que ella pudiera objetar ante el tono posesivo empleado, o admitir lo contenta que se sentía, la soltó y se marchó.

Por primera vez aquella noche, Anne esperaba con impaciencia la llegada de un baile, y al mismo tiempo sentía pavor. Entre ellos no podía haber nada más de lo que ya habían compartido. A pesar de ser un lord, su vida estaba en el mar. Y la suya allí.

CAPÍTULO 15

—Las damas están todas histéricas —anunció Sarah mientras acorralaba a Anne en el tocador de señoras.
—Las damas siempre están histéricas —respondió ella con frialdad.
Había buscado un momento a solas para recuperar la compostura. Mentira, mentira, mentira. Lo que había buscado era alejarse del salón de baile para no tener que ver a Tristan bailar con lady Hermione. El capitán sonreía a la dama, hablaba con ella, la sujetaba en sus brazos como acababa de hacer con ella. No estaba celosa, sería ridículo. Pero no le gustaba verlo con otra mujer. Sobre todo porque parecía estar disfrutando mucho.
—Has bailado con lord Tristan —continuó Sarah.
—Soy muy consciente de con quién he bailado. No iba disfrazado, por el amor de Dios.
—Es peligroso, Anne.
«También soy muy consciente de eso, y de un modo que ni te imaginas».
—No fue más que un baile.
—Tú no estabas aquí cuando sus hermanos y él regresaron hace dos años. Eran salvajes.
—¿Por reclamar lo que les había sido arrebatado?
—Por la manera en que lo hicieron. Irrumpieron, sin ser invitados, en el baile de lord David y le ordenaron que abandonara la residencia.

—La residencia les pertenecía a ellos, ¿o no? Se trataba de Easton House, y pertenecía a su padre y por tanto a su hijo, el siguiente duque, ¿o no?

—Bueno, sí, supongo que desde un punto de vista literal...

—No veo cómo podría alguien verlo de otro modo.

—Residencia aparte —Sarah la fulminó con la mirada—, se pusieron bastante en ridículo. El mayor de los hermanos casi ahoga a su tío.

Anne no estaba segura de poder culparlo por ello.

—Y la pobre lady Lucretia vive aislada desde entonces —continuó Sarah.

—Ahora es viuda, ¿no? —era la esposa del tío de los hermanos.

—Pues sí. Tras la misteriosa muerte de su esposo. Se cayó de una torre. Eso dicen.

—¿Qué crees que pasó?

—Creo que ellos lo mataron.

Anne no deseaba admitir que no le resultaba nada difícil imaginarse a Tristan matando a alguien. Aunque no sin un buen motivo.

Tristan fumaba un puro en un rincón oscuro de la terraza. Bailar con lady Hermione había demostrado ser un ejercicio de frustración. La muy estúpida no había dejado de hablar. Lo había invitado a montar a caballo con ella en el parque, a cenar con su familia, a bailar de nuevo con ella. Él había inventado una excusa tras otra. Quizás, a la larga, hubiera sido más amable por su parte no bailar con ella, no darle esperanzas.

Dos años atrás, no había buscado más que flirtear un poco. Jamás había considerado llevársela a la cama. Era una cría. Y le faltaba el atractivo de Anne.

En cuanto a Anne... estaba obsesionado con ella. Esa mujer invadía sus horas de vigilia tanto como las de sueño. Mientras estudiaba cartas de navegación o discutía un transporte con los mercaderes, allí aparecía ella de nuevo. En muchas ocasiones se la imaginaba desnuda, los cabellos sueltos, retorciéndose debajo de él. Pero la mayoría de las veces lo que veía era su sonrisa o su risa, o lo que le había hecho sentir de pie a su lado en cubierta, escuchando el lamento de las ballenas. O comiendo con ella. También recordaba los duelos verbales que habían mantenido, el desafío en los ojos grises…

Debería haber zarpado de nuevo y, aun así, se empeñaba en permanecer en un lugar que odiaba. Había pensado que le bastaría con verla una última vez, pero tras verla había deseado más. Hablar con ella.

Y había hablado con ella, pero no había sido suficiente. Había deseado un baile.

Y había bailado, y en esos momentos se moría por volver a bailar.

Se preguntó si podría convencerla para que saliera al jardín para disfrutar de un beso. Solo uno más…

—Lord Tristan.

Al oír la autoritaria voz de lord Jameson, Tristan tomó una última calada del puro y lo arrojó al suelo antes de aplastar la colilla con su bota. Al volverse, se encontró con cuatro caballeros de cabellos rubios que le impedían el paso.

—Los hijos de lord Blackwood, supongo.

—Jamás volverá a ver a nuestra hermana —anunció Jameson.

—Su hermana me parece una dama con opinión propia. Si la afirmación procede de ella, la acataré. Si viene de usted no, milord.

—¿Cómo es que conoce a nuestra hermana? —preguntó uno de los otros. Parecía ser el más joven. Un año, quizás dos, mayor que Anne.

—¿Cómo conoce un caballero a una dama?

—El problema, lord Tristan, es que ninguno de nosotros le considera un caballero —espetó Jameson—. Ya vimos cómo se las gastaba con las damas de Londres hace dos años. Nuestra hermana no sucumbirá a sus encantos.

«Ya lo ha hecho, milord», las palabras permanecieron en la

punta de la lengua de Tristan, haciendo equilibrios como un pobre desgraciado obligado a caminar por la tabla sobre un mar infestado de tiburones. Esas palabras podían hacerle merecedor de una paliza de los cuatro caballeros que tenía ante él. Pero, sobre todo, enfurecerían a Anne, y aún no se había cansado de ella. Por supuesto, tampoco se había cansado de provocar a lord Jameson. No le gustaba ese tipo. Apenas podía creerse que fuera el hermano de Anne.

—Lady Hermione no sucumbió, milord. No hicimos más que compartir un baile.

Aunque estaban en penumbra, del jardín llegaba la suficiente luz para que Tristan viera la furia iluminar los ojos de Jameson. No le había pasado desapercibido cómo miraba a lady Hermione, y le satisfacía comprobar que su suposición parecía ser correcta sobre el motivo subyacente de la animosidad de ese hombre hacia él. «Toda tuya, amigo».

—¿Y por qué demonios iba a importarme eso? —preguntó Jameson.

—Porque esa mujer le gusta, milord.

—No tiene ni idea. Manténgase alejado de nuestra hermana o conocerá el peso de nuestros puños —el hombre se volvió airado y regresó al salón de baile.

Sus tres hermanos se demoraron un poco más. Se tomaron un buen rato para mirar furiosos a Tristan, amenazándolo en silencio, antes de marcharse.

Tristan levantó la vista y contempló el nublado cielo. ¡Cómo odiaba Londres!, la sociedad, las normas. Necesitaba sentir el viento a su alrededor y el mar bajo sus pies. Se había estado alojando en la residencia de Sebastian, pero aquella noche, decidió, dormiría en su barco, aunque solo fuera para sentirse mecido por su movimiento.

—Dime que ese bárbaro no es el capitán de barco al que contrataste.

Anne se alegró de que el interior del carruaje estuviera a oscuras porque, a juzgar por el calor que sentía en las mejillas, debía estar roja como un tomate. Jameson acababa de dejar a su tía en su residencia y, en esos momentos, escoltaba a su hermana hasta su casa. Sus otros hermanos habían abandonado el baile para dirigirse a sus clubes. Jameson, al parecer, se había tomado su papel de hermano mayor muy en serio.

—¡Dios santo! Lo es, ¿verdad? —insistió.

—Yo lo conocía como el capitán Crimson Jack —admitió ella a regañadientes. No podía mentir a su hermano, y no quería que fuera haciendo preguntas por los muelles. Tarde o temprano iba a descubrir la verdad de todos modos. Mejor controlar la situación y las consiguientes consecuencias.

—Qué apodo tan colorido.

—Me fue muy recomendado y se comportó como un perfecto caballero a bordo del barco.

—No es un caballero. Le dio a lady Hermione motivos para creer que iba a pedir su mano, pero no lo hizo. Se marchó sin decirle una palabra y ella lleva desde entonces suspirando por él. Y ahora regresa y ni siquiera se molesta en avisarla.

Anne deseó que hubiera un poco más de luz para poder ver la expresión en el rostro de su hermano. Su voz reflejaba tal repugnancia que le sorprendió que no hubiera escupido.

—Pareces más preocupado por cómo la trata a ella que por mi relación con él.

—Solo quería hablarte de su comportamiento para que comprendas que es un canalla de la peor clase. No es de fiar. Te prohíbo que vuelvas a hablar con él.

¿Prohibirle? Anne estuvo a punto de soltarle que no era quién para prohibirle nada. Pero se limitó a mirar por la ventanilla. Tristan había ido a buscarla para el último baile de la noche. Anne no sabía dónde se había metido durante toda la velada. Tras bailar con lady Hermione, había desaparecido y ella llegó a temer que se hubiera marchado. Era una tontería preocuparse por algo así, pero le había apetecido ese último baile.

Y entonces había aparecido, como caído del cielo. Quizás había estado jugando a las cartas. Tanto daba. El caso era que se encontró de nuevo en sus brazos y, aunque era consciente de que se trataba de un lugar muy peligroso en el que estar, no pudo evitar sentirse feliz. Durante el segundo baile apenas habían hablado. Ni una palabra. Y, sin embargo, había habido mucha comunicación entre ellos. Anne había reconocido la apreciación en los ojos azules, y el deseo que igualaba el suyo propio. Se había hundido en la acogedora profundidad de su mirada, descubriendo el deseo de huir a oscuros rincones donde sus cuerpos pudieran intercambiar secretos.

Aquello estaba muy mal. Pero saberlo no hizo nada por mitigar su deseo.

No quería considerar la posibilidad de que él se hubiera aprovechado de lady Hermione, de que pudiera ser la clase de hombre que dejaba atrás corazones rotos. Sin duda Tristan había comprendido lo vulnerable que era el suyo, aunque no tenía ninguna intención de entregárselo. Lo que habían compartido era solo físico. No podía permitir que fuera nada más. No podía arriesgarse a que volvieran a hacerle daño. El amor conducía a un dolor sin precedentes que no podía ser fácilmente aliviado. Siempre quedaría una última separación.

Era mucho mejor vivir la vida con un hombre que le gustara, pero a quien no se entregara en cuerpo y alma. A su mente acudió Chetwyn. Él sería ese hombre. Sin pasión. Sin riesgo para su corazón. Ni preocupaciones.

Adecuado. Sería todo muy adecuado. Anne sospechaba que incluso haciendo el amor ese hombre sería adecuado. No habría cuerpos sudorosos ni gritos de placer. No habría tórridos momentos sin respiración.

El carruaje se detuvo y ella comprendió que habían llegado a su casa. Sus pensamientos quedaron arrinconados en el olvido.

—¿Tenemos un acuerdo? —preguntó Jameson—. Con respecto a lord Tristan.

—Sí, hermano. He entendido perfectamente lo que has querido decir.

Lo cual no quería decir que fuera a acatar sus órdenes. Simplemente que las había entendido.

Anne se retiró a sus aposentos e hizo llamar a Martha. Una hora más tarde estaba preparada para acostarse, aunque sus emociones estaban tan agitadas que sabía que sería incapaz de dormir. Pensó en bajar a la biblioteca en busca de un libro, pero dudaba que pudiera concentrarse.

—¿Desea algo más, milady?

—No, gracias —contestó ella sentada en el taburete frente al tocador—. Que duermas bien.

Cuando la puerta se hubo cerrado tras la doncella, ella volvió a contemplarse en el espejo. Su primer baile después de tantos años no había ido tan mal. Seguramente lograría sobrevivir a la temporada.

Inclinándose hacia el espejo, vio cómo un par de botas entraban por la ventana, seguidas de unos ajustados pantalones. Poniéndose de pie de un salto, se giró y miró a Tristan que, tranquilamente, entraba en su dormitorio.

—Pensé que nunca se marcharía —sonrió él.

CAPÍTULO 16

—¿Qué haces aquí?

Anne no parecía asustada, como mucho intrigada.

—He venido a verte, por supuesto.

—Mis hermanos están...

—En el club. Igual que tu padre.

—Aun así, esta es la casa de mi padre y si permito que te quedes...

Anne se interrumpió y él intentó disimular la alegría que sentía al comprender que ella consideraba permitirle quedarse. La semana había sido infernal. Sospechaba, y aquella noche lo había confirmado, que la familia de Anne no aceptaría su presencia allí. Antes del baile no había tenido ninguna posibilidad de explicar por qué la conocía. Pero ese baile le había abierto todas las puertas... y ventanas.

—Si me dices que me vaya, me iré —Tristan se acercó a ella y tomó el rostro entre sus manos, levantándolo para poder mirar en sus ojos grises.

—Que Dios me perdone por mi debilidad —susurró ella instantes antes de que sus bocas se fundieran.

Era maravilloso volver a sentirla, olerla, saborearla. ¿Por qué lo obsesionaba tanto? ¿Por qué no era capaz de marcharse sin más? El barco estaba listo para zarpar. Deseaba regresar al mar. Quería volver a oír el viento golpear las velas. Quería mirar a lo lejos y no ver nada. Se había colocado de pie en cubierta, preparado para dar la orden de zarpar, pero las palabras que habían surgido de sus labios le habían sorprendido a él mismo tanto como a sus hombres.

—Permanecemos en el puerto.

Había acudido a casa de Sebastian, consciente de que Mary sabría en qué baile se esperaba la mayor asistencia de la nobleza. No le había confesado su interés por Anne, aunque ella le había dedicado una significativa mirada. En cuanto regresara a casa de su hermano, sin duda sería sometido a un interrogatorio acerca de lo que había visto durante la velada. Un pequeño sacrificio a cambio de todo lo que había ganado.

Anne se mostró tan ansiosa como él, su boca igualando el hambre de Tristan, la lengua lanzándose a una exploración, como si acabara de descubrir el mapa de un tesoro y necesitara memorizar los caminos que la conducirían hasta el oro. Era muy osada. Sus manos se deslizaron por los hombros del capitán, la espalda, se hundieron en los cabellos. Él no se cansaba de sus caricias, pero deseaba sentirla piel con piel, desnudos.

Apartándose, ella dio un paso hacia atrás y se llevó una mano a la boca. Los ojos empañados de dudas.

—En casa de mi padre no.

—Vístete. Nos reuniremos en la parte trasera y encontraremos una habitación en un hotel donde podamos estar a solas.

—¿Como si fuera una vulgar fulana?

—Como si fuera a volverme loco si no te tengo.

—Es demasiado sórdido —ella estalló en una carcajada y sus ojos se iluminaron mientras sacudía la cabeza—. Una habitación en la que se han acostado otras personas.

—No pareció molestarte subir a mi cama en el barco.

—Era otro mundo. Muy lejano. Aquí... no.

Que Dios lo ayudara, pues quería presionarla, pero ya había visto cuánto había sufrido por rechazar a su prometido. No deseaba hacer nada que despertara en ella recuerdos del hombre que una vez, quizás todavía, había sido dueño de su corazón.

—Al menos podrías ser un poco hospitalaria e invitarme a una copa. ¿Sigues teniendo el brandy de tu padre?

Tristan percibió la expresión de gratitud que se dibujó en el rostro de Anne. «Solo de momento, cariño». Juzgar mal a un adversario en el mar podía costarle a un hombre el barco, incluso la vida. Tristan no solía juzgar mal a los demás. Y era muy diestro en esperar el momento adecuado.

Ella asintió y se dirigió hacia el armario. Él se dirigió a la zona de estar y contempló la chimenea vacía sin poder evitar preguntarse cómo sería estar con ella en invierno, acurrucados bajo las mantas, buscando calor.

—Aquí tienes.

Él tomó la copa que le ofreció, contento de ver que ella también se había servido una. El brandy era más útil para seducir que el fuego.

Se preguntó si ella le habría leído la mente, pues su voz poseía un tono de desconfianza al hablar de nuevo.

—¿Te apetece sentarte?

—Encantado.

Anne se sentó en un extremo del pequeño sofá, encogiendo las piernas bajo el cuerpo, mientras que él se sentaba en el otro extremo, con las piernas estiradas. Sujetando el vaso con ambas manos, mirándolo a él, parecía joven e inocente.

—Mi hermano me contó que le diste a lady Hermione esperanzas de que tu interés por ella se extendía más allá de los salones de baile.

—No es verdad.

Solo faltaba que lady Hermione pesara más en la decisión de Anne que estar en la residencia de su padre.

—Pero tienes la costumbre de abandonar a las mujeres... —ella se interrumpió.

—Sí —«una en cada puerto».

—De modo que esto que hay entre nosotros...

—No sé cómo definirlo.

—¿Ni cuánto tiempo durará?

—¿Importa?

—No estoy segura —Anne tomó un sorbo de brandy.

—Tu hermano me advirtió que me mantuviera alejado de ti.

—Sí. Él cree que eres un bárbaro. Le dije que se equivocaba, que en el barco te comportaste como un perfecto caballero.

—¿Le contaste que estuviste en mi barco? —Tristan no pudo ocultar su sorpresa.

—Lo adivinó —ella asintió—. No se mostró nada contento y sin duda seré de nuevo llamada ante mi padre por la mañana.

—¿Exactamente qué le contaste a tu hermano?

—Solo que eras el capitán del barco. Desde luego no mencioné la intimidad que compartimos —Anne sonrió tímidamente—. No estoy segura de si te habría matado o arrastrado hasta el altar.

—Supongo que no hace falta que te diga que ninguna de las dos opciones me resulta atractiva.

—Y aun así lo has dicho —contestó ella con un toque de mordacidad—. ¿Nunca has pensado en tomar esposa?

Tristan echó de menos el fuego encendido en la chimenea para poder posar sobre las llamas su mirada en lugar de sobre los ojos grises. Sin embargo, Anne se merecía que le sostuviera la mirada.

—Supongo que no fuiste tan ingenua como para considerarme uno de los que se casa.

—No —Anne tomó un sorbo de brandy antes de lamer esos labios que él tanto deseaba besar. Estudió el contenido del vaso como si pudiera hallar allí la respuesta—. Es uno de los motivos por los que fuiste una buena elección para una indiscreción puntual. Nunca me exigirías, ni pedirías, algo más que un rápido revolcón.

—Yo no diría que fue rápido —Tristan dejó el vaso a un lado y se deslizó por el sofá hasta que ella abrió los ojos desmesuradamente. Le acarició el cuello y sintió el pulso contra su piel—. Y sigo siendo una buena elección. Nunca he pretendido ser otra cosa. Lo único que quiero de ti es pasión y placer. Para dar y recibir. Tú no me quieres como esposo más de lo que yo te quiero a ti como esposa. Pero no podrás negar que existe una atracción entre nosotros, como entre la luna y las mareas.

—¿Y cuál de las dos soy yo? —preguntó ella en un susurro—. La luna, por supuesto —continuó antes de que él pudiera responder. Yo me quedo en Londres mientras tú vas y vienes donde el mar te lleve.

—Y sin embargo, aquí estoy, y tú me estás atrayendo. Déjame acercarme más, Anne.

Era una mala idea. Una idea horriblemente mala. A Anne se le ocurrían mil motivos para negarse, pero no objetó cuando Tristan le quitó el vaso de la mano, lo vació de un trago y lo dejó a un lado. Tampoco le impidió soltar las cintas que ataban su trenza. No retrocedió, más bien se inclinó hacia delante, cuando él le tomó el rostro en una mano y la nuca en la otra y fundió los labios con los suyos. Qué delicioso. Un tórrido calor la inundó mientras el pulgar de Tristan le acariciaba la barbilla y sus labios seguían ejerciendo su magia. Su boca sabía a brandy, resultando más embriagador en su lengua que en el vaso.

Anne se sentó en el regazo del capitán, pegándose a él todo lo que pudo. Sin interrumpir el beso, lo ayudó a quitarse la chaqueta. La familiaridad de la situación la sorprendió, era como si llevara toda la vida con él, como si los días que habían estado separados no hubieran existido. Tras soltarle la corbata, empezó a desabrochar los botones del chaleco mientras él hacía lo propio con los del camisón. Anne sintió el aire frío sobre su piel, una piel que él enseguida calentó con un reguero de besos desde el cuello hasta el escote. Ella echó la cabeza hacia atrás y se deleitó con los círculos que la áspera lengua dibujaba alrededor de un pezón.

—¡Sí! —susurró cuando él tomó el pezón con la boca y lo chupó.

El placer que la invadió se concentró entre los muslos y fue muy consciente del palpitante bulto bajo los pantalones del capitán.

Tristan se puso de pie bruscamente, con ella en brazos, y se dirigió hacia la cama.

—Vas a ser mi perdición —gruñó él.

Anne reprimió una carcajada. No le parecía correcto disfrutar de tan traviesos placeres allí, en la casa de su padre, pero, aunque su vida dependiera de ello, habría sido incapaz de echar a Tristan. Tras tumbarla sobre la cama, le arrancó el camisón y ella no sintió ninguna necesidad de ocultar su desnudez de la ardiente mirada azul. La apreciación que iluminó esos ojos le generaron el calor que necesitaba y lo observó desprenderse rápidamente de la ropa. Las mayores dimensiones de su dormitorio deberían haber empequeñecido al capitán, pero su aspecto era igual de imponente que en el estrecho camarote. En realidad fue la habitación la que pareció encogerse.

Tristan lo dominaba todo. Subiéndose a la cama, a los pies, deslizó las manos por las piernas de Anne, las caderas, irguiéndose finalmente sobre ella.

—¿Qué clase de hechizo me has lanzado? —susurró él antes de fundir los labios con los de ella.

Tenerlo tan cerca, sentir el peso de su cuerpo sobre el suyo, era maravilloso. El olor a brandy y naranjas la envolvió. Rodeándole con sus piernas, ella deslizó las manos por la espalda, sintiendo sus cicatrices. Su esposo no portaría cicatrices como esas. Su esposo habría llevado una vida resuelta y ociosa, prácticamente carente de peligros. ¿La despertaría a la vida como hacía el capitán? ¿Conseguiría que ella se retorciera y jadeara bajo su cuerpo?

¿Estaba ese abandono salvaje limitado a los traviesos?

—Eres hermosa, tan hermosa… —exclamó él con voz ronca adorando su cuerpo con los labios, manos y palabras.

Anne se había acostumbrado muy rápidamente al baile de ambos bajo las sábanas. Sosteniendo su mirada, Tristan se irguió.

—¿Estás segura, Anne?

—Lo estoy.

Tristan se hundió dentro de ella. Anne gritó de placer. La sensación de ese hombre embistiéndola una y otra vez era maravillosa. Cada embestida les acercaba más a la cúspide. Ella se unió a sus movimientos con una decisión y una ferocidad que la sorprendieron. Quería reclamarlo, poseerlo. Jamás se había sentido así. No le había gustado verlo bailar con lady Hermione. Le habría gustado decirle a esa chica que no podía tener a Tristan porque le pertenecía a ella. Solo que no era cierto.

Él pertenecía al mar.

Y ella sabía que iba a tener que devolverlo a su exigente amante. Anne era solo para el presente. Para aquella noche. Quizás una más. Pues ya estaba pensando en una más.

Pero cada noche solo aumentaría el peso de la pena cuando al final el capitán abandonara las costas de Inglaterra. Sabía que, tarde o temprano, se marcharía. El mar lo llamaría y él respondería a su llamada.

Pero en esos momentos lo único a lo que respondía era a sus gritos. Los gruñidos y gemidos del capitán eran lo único que resonaba en sus oídos. Sosteniéndole la mirada, él medía su placer y lo aumentaba con embestidas más fuertes y profundas. Anne clavó las uñas en sus glúteos, agarrándose a ellos mientras un diluvio de sensaciones la invadían.

Y gritó. Tristan le cubrió la boca con la suya, tragándose sus gritos a la vez que le entregaba sus gemidos antes de arquear el cuerpo hacia atrás y estremecerse en un magnífico despliegue de masculinidad. Saciada al máximo, ella aún encontró fuerzas para deslizar las manos por el sudoroso y brillante pecho.

Él soltó un juramento antes de tumbarse de espaldas y atraerla hacia sí.

—No he pensado en protegerte. ¡Maldita sea! —murmuró con la respiración aún entrecortada.

Después de la primera vez que habían hecho el amor, Tristan siempre se retiraba a tiempo y vertía su semilla sobre las sábanas, no dentro de ella. Anne comprendía la necesidad de tomar precauciones, pero siempre la dejaba con deseo de más. Aunque no quería quedarse embarazada, una parte de ella se regodeaba ante la posibilidad. Sin embargo, sería un desastre. Debería haberle recordado la necesidad de retirarse, pero cuando lo sentía dentro de ella, su único pensamiento era que deseaba que se quedara dentro.

—No siempre sucede —ella le acarició la tensa mandíbula—. Mi amiga Sarah necesitó seis meses para quedarse encinta.

—No pensé en nada salvo en la maravilla de estar de nuevo dentro de ti —Tristan rio.

Anne se sintió ruborizar de pies a cabeza ante la crudeza de la descripción. Uno no hablaba tan abiertamente de esas cosas.

—Después de todo lo que hemos compartido, ¿cómo puedes seguir avergonzándote? —él sonrió.

—Las palabras son tan... francas.

—¿Quieres que te describa lo ardiente que eres por dentro?

—¿Te quema? —ella frunció el ceño.

—No. La sensación es endemoniadamente maravillosa. De ahí mi incapacidad para concentrarme en lo que debería hacer un caballero. Más bien me pierdo en mi papel de canalla.

—¿Se supone que es un cumplido?

—No pienses ni por un instante que exista otra mujer comparable a ti —él enredó las piernas con las de ella y hundió las manos en sus cabellos.

—Si ya has descubierto todos mis secretos, quizás empieces a perder tu fascinación por mí.

—Imposible. Sospecho que siempre habrá algún secreto nuevo por descubrir.

—Yo no poseo tantos como tú. Háblame de tu infancia, de los motivos de tu huida. ¿Qué hizo tu tío para que pensaras que te mataría?

—Eso fue hace... —Tristan suspiró.

—Sí, lo sé —lo interrumpió ella con impaciencia—. Fue hace mucho tiempo. Pero te ha convertido en el hombre que eres, no puedes negarlo. Cuando pensaba que eras el capitán de un barco no importaba, pero ahora que sé que eres un lord... Tristan, no sé qué pensar de ti.

—Soy el mismo hombre que era en el barco.

—Pero hay tantas capas en ti —Anne apretó una mano contra el fuerte torso—. Por favor, revélame este detalle para que pueda comprender por qué no me dijiste antes quién eras.

Tristan la contempló unos segundos antes de suspirar.

—Pembrook. La propiedad familiar. Más castillo que mansión. Fue construido antes de la época de Enrique VIII, pero fue utilizado como fortaleza y prisión por ese rey. Había mazmorras para torturar a los prisioneros. Para unos chicos aventureros, era un lugar maravilloso impregnado de historia. Sebastian y yo solíamos bajar a las mazmorras y asustábamos a los demás diciéndoles que habíamos oído fantasmas. Adoraba ese lugar. Y creo que él también. Era nuestro hogar.

La nostalgia con la que pronunció esas palabras conmovió a Anne. Entendía la historia, las tradiciones, el legado asociado a una residencia ancestral. Había sido educada para apreciar a quienes habían vivido antes que ella, los que habían pavimentado el camino para su familia.

—Yo no era más que una niña cuando la tragedia se abatió sobre vosotros —observó con calma—. Apenas recuerdo los detalles. ¿Qué le sucedió a tu padre?

—Murió al caerse de un caballo, pero ninguno de nosotros creyó que fuera un accidente. Tenía el cráneo aplastado. Nuestro tío aseguró que había aterrizado sobre una roca. Nosotros siempre estuvimos seguros de que el tío David le golpeó la cabeza. Y luego, tras el funeral de padre, cuando todos se hubieron marchado, el tío nos encerró en la torre.

—Vuestra madre...

—Murió de parto.

—Debisteis pasar muchísimo miedo.

—Era invierno y hacía muchísimo frío. No teníamos luz ni mantas. No había luna para iluminar el cielo nocturno.

A Anne no le pasó inadvertido que Tristan no hablaba de sus sentimientos, solo de los hechos que habían sucedido a su alrededor, no en su interior.

—¿Qué edad tenías?

—Catorce.

—Quizás os llevó a la torre por algún otro motivo —ella era incapaz de imaginarse a alguien dispuesto a matar a unos chiquillos.

—Mary le oyó planear nuestra muerte. Ella vivía en la propiedad vecina. Había ido a ver a Sebastian. Eran muy amigos.

Ella recordó a la encantadora mujer a la que había visto bailar con Keswick. No podía ser mucho mayor que ellos.

—¿Os ayudó a escapar?

—Sí.

—Recuerdo vagamente oír que algo les había sucedido a los lores de Pembrook. Supongo que yo tendría unos nueve años por aquel entonces.

—¿Qué cuento te contaron? ¿El de que nos habían devorado los lobos, el de que habíamos muerto de sarampión, o el de que nos habían raptado unos gitanos?

—Lobos —Anne acarició los cabellos de Tristan, incapaz de soportar la idea de que alguien hubiera intentado lastimarlo y, aun así, sabiendo que muchos lo habían hecho—. Mis hermanos se deleitaban con los detalles escabrosos. Recuerdo haber sufrido pesadillas. Y te hiciste a la mar.

—Sebastian pensó que debíamos separarnos. Rafe solo tenía diez años y lo dejamos en un hospicio. Yo me embarqué. Sebastian se alistó en el Ejército. Se suponía que, transcurridos diez años, debíamos regresar para reclamar nuestra herencia, pero la guerra se lo impidió. Y el mar hizo lo mismo conmigo. Sin embargo, al final conseguimos reunirnos y los lores de Pembrook regresaron a la sociedad, para fastidio de la sociedad.

De nuevo hablaba del tema como si solo se hubiese tratado de un leve resfriado. Anne le acarició el rostro. Se había afeitado entre el momento en que había abandonado el baile y su entrada por la ventana. No se imaginaba a sus propios hermanos trepando árboles o entrando por ventanas.

—Eso se debe a que sois distintos a los demás. No saben qué pensar de vosotros.

—Eres demasiado amable con ellos. Nos aborrecen.

—No tanto como, quizás, las vidas aventureras que habéis tenido.

—Yo, para empezar, podría haber vivido feliz sin las aventuras.

Ella estaba lo bastante familiarizada con la espalda del capitán como para imaginarse lo horribles que debían de haber sido algunas de esas aventuras.

—Basta ya de esta conversación sensiblera. —Tristan se incorporó y le separó los muslos con su endurecido miembro—. Quiero tenerte una vez más antes de marcharme.

Anne no podía privarle de ello, no menos de lo que se podía privar a sí misma. Levantó las caderas para recibir su ofrenda y, mientras él se hundía en su interior, se preguntó si llegaría un día en que no soñara con yacer con ese hombre.

CAPÍTULO 17

Después de hacer el amor, Tristan se durmió acurrucado contra Anne, que recostaba una pierna sobre su cuerpo. No debió moverse durante toda la noche pues, al despertar, ella seguía en sus brazos. Le inquietaba la agradable sensación que le procuraba. No era un hombre acostumbrado a sentirse a gusto. A las comodidades sí: una buena cama, un sólido barco, ropas hechas a medida. Pero sentirse a gusto con otra persona era nuevo para él. Y sin embargo no pudo negar la alegría que le causaba encontrarla lo bastante cerca como para que, con un leve movimiento de su cuerpo, estuviera nuevamente hundido dentro de ella. Una manera encantadora de saludar al nuevo día.

—¿Tristan? —Anne se movió contra él—. Tristan, oigo cantar a la alondra. Debes irte.

—Veinte minutos más —obligándose a abrir los ojos, él contempló con una sonrisa el rostro preocupado.

—No. En cualquier momento amanecerá. Ya oigo los carros por las calles.

—Si pudiésemos quedarnos aquí todo el día...

—¡No! —ella le propinó un empujón—. Por favor, date prisa. No debería haberte permitido quedarte. No podemos volver a hacer esto.

—Pero ha merecido la pena —Tristan la besó en los labios antes de saltar de la cama.

Recogió su ropa y se la puso apresuradamente. Anne lo miraba sentada en la cama, las sábanas fuertemente sujetas contra el pecho, los cabellos revueltos. Tenía un aspecto indecoroso. Sentándose en una silla, el capitán empezó a ponerse una bota.

—Ven conmigo.

—¿Qué? —ella lo miró con los ojos abiertos de par en par.

—Ven conmigo. Al barco. Zarparemos al mediodía y viajaremos por el mundo. Te mostraré aguas tan cristalinas que se ve a los peces nadar en el fondo. Te mostraré islas que no han sido contaminadas por la vida moderna y donde todo transcurre a paso de tortuga. Te llevaré a cuevas escondidas donde podrás tomar el sol desnuda.

—¿Y cuánto tiempo durará ese viaje tan idílico? —Anne encogió las piernas y apoyó la barbilla en las rodillas.

—Un año. Dos.

—¿Y después? Cuando regrese, ¿qué haré con mi maltrecha reputación?

Tristan suspiró. Ahí estaba el problema.

—Ningún hombre me querrá —continuó ella—. Mi familia, sin duda, me repudiará. ¿Qué futuro tendré? —sacudió la cabeza—. Quiero una vida decente, Tristan. Con un esposo al que vea todos los días, hijos y un hogar en tierra firme.

—Ser decente no te produjo más que infelicidad. Ser indecorosa... princesa, he visto cómo sonríes después.

—Una cosa es ser indecorosa en la cama. Serlo con mi vida es algo totalmente distinto.

Tristan se calzó la otra bota. Allí jamás sería feliz. En Londres, en esa sociedad, con sus malditas normas. Era muy consciente de que la vida en el mar no era para todo el mundo, y no podía culparla por no desear una vida así. Pero eso no le impedía desearla.

El capitán recogió el resto de su ropa y se encaminó a la ventana. Debería despedirse de ella, para no volver a verla jamás. Sin embargo, lo que surgió de sus labios fue otra cosa:

—¿Qué vas a hacer hoy?

—Unas cuantas visitas por la mañana. Paseo por Hyde Park esta tarde.

—¿A coche, a caballo o a pie?
—Creo que caballo.
—Nunca te he visto montar a caballo —él sonrió.
—¿Sabes montar tú? —Anne le devolvió la sonrisa.
—Soy un lord. Por supuesto que sé.
Y sin más, salió por la ventana. Había creído que una noche más lo saciaría de ella. Y resultaba muy desconcertante comprobar que, antes de que sus pies tocaran tierra, ya la deseaba de nuevo.

—¡Por Dios que me muero de hambre! —anunció minutos después, al entrar en el comedor de su hermano y dirigirse a la mesa lateral, donde se exhibían toda clase de delicadezas. En un barco se sufría carencia de alimentos demasiadas veces. Por mucho que se planificara el viaje, uno no podía garantizar tener el viento a favor o llegar a puerto sin retraso.
—No vas adecuadamente vestido —lo reprendió Sebastian desde el lugar que ocupaba en un extremo de la mesa.
Tristan había tirado el chaleco y la chaqueta en la entrada de la casa.
—¿Te puedes creer que en alguna ocasión he comido sin camisa? —preguntó él mientras se sentaba en una silla tras llenarse un plato con jamón, huevos, pan y un poco de todo lo demás.
Sentada junto a su esposo, y no en el otro extremo de la mesa, Mary se sonrojó. Tristan ya se había dado cuenta de lo juntos que estaban siempre y se negó a reconocer la pequeña punzada de nostalgia que sintió. Qué aburrido debía ser despertar cada mañana con la misma mujer.
—Supongo que a bordo de un barco se hacen algunas cosas que no se hacen en una residencia —Sebastian continuó reprendiéndole—. No eres un buen ejemplo para mi hijo.
—No lo veo por aquí —el pequeñajo tenía apenas un año y, de todos modos, era poco probable que se diera cuenta—. Quizás preferirías que yo tampoco estuviera aquí.

—Por supuesto que te queremos aquí —intervino Mary rápidamente—. Ni se te ocurra pensar lo contrario.

—Pero ahora estás en el mundo civilizado —añadió su hermano gemelo—, y se espera cierto comportamiento.

Tristan cedió. Un maldito chaleco, chaqueta y corbata no merecían una pelea con su hermano.

—De ahora en adelante me vestiré adecuadamente.

—Quizás te ayudaría no pasar toda la noche fuera.

—¿Vas a negarme todos mis placeres? —Tristan soltó una carcajada.

—¿Fue placer o crear problemas lo que te mantuvo fuera?

—Un poco de las dos cosas, para serte sincero —guiñó un ojo hacia Mary, que se ruborizó más que antes, volviéndose su rostro del más puro tono escarlata.

Había pasado muchos años en un convento, protegida de tipos como él. Le divertía provocarla, pero esa mujer tenía su carácter. Ya lo había demostrado con Sebastian. ¡Maldita fuera!, ya lo había demostrado a los doce años cuando les había ayudado a escapar de la torre de Pembrook.

—Por cierto, deberíais comer naranjas. Previene el escorbuto. Os haré llegar algunas.

—Aquí es poco probable que suframos escorbuto.

—No es nada agradable, de modo que no me lo rechacéis.

—¿Alguna vez lo sufriste? —preguntó Mary.

—No, pero he visto a muchos que sí. Me temo que estoy bastante obsesionado con las naranjas. Otras frutas también funcionan, pero las naranjas son mis favoritas.

Como un caballero, hundió el cuchillo en el jamón. Marlow había insistido en que sus hombres no comieran como salvajes. Marlow era toda una contradicción, capaz de ordenar sin titubear que la piel de un hombre le fuera arrancada a latigazos y, a continuación, sujetarle la cabeza a un moribundo para ofrecerle consuelo. Tristan había experimentado tanto su amabilidad como su brutalidad.

—Lady Hermione parecía encantada de volver a verte —observó Mary, sacando a su cuñado de su ensimismamiento.

—No parece haber madurado nada durante mi ausencia.

—No es más que una chica impresionable. Te pido que tengas cuidado con ella.

—Descuida, Mary, mi intención es evitarla como si se tratara de la peste.

—Pues podría ser complicado en los bailes. Y en cualquier otro lugar. Esa mujer parece perseguirte.

—Soy bastante hábil evitando ser capturado.

—Puede que en el mar —intervino Sebastian—. Pero en la sociedad no es tan sencillo. Si su padre piensa siquiera que la has comprometido de algún modo, puede que te encuentres ante el altar.

—Ya he dicho que no tengo ninguna intención de estar cerca de ella.

—¿Y qué dices de lady Anne Hayworth?

Los dedos de Tristan se crisparon en torno al cuchillo mientras cortaba otro trozo de jamón. Su furia estaba a punto de estallar.

—¿Qué pasa con ella, hermano?

—Te vimos bailar con ella anoche —contestó Mary en un tono apaciguador.

—Es una mujer hermosa, y da la casualidad de que me gustan las mujeres hermosas.

—Podría estar en una situación de vulnerabilidad, según tengo entendido. Al parecer acaba de dar por finalizado el duelo tras haber perdido a su prometido en la guerra.

—Sé muy bien cuál es su situación. ¿Qué te pasa? ¿Te has convertido en la santa patrona de las mujeres solteras?

—No le hables en ese tono a mi esposa —espetó Sebastian furioso.

—Intento comprender qué hay detrás de esta maldita inquisición. Soy un hombre adulto, y libre para hacer lo que me venga en gana.

—No si haces daño a otra persona. Esto no es el mar, Tristan. Aquí no mandas tú.

—Por favor, tened un poco de confianza en mí —Tristan se

levantó de un salto—. Sostuve a esa mujer mientras sollozaba sobre los huesos de su maldito prometido. Lo último que querría sería hacerle daño.

Ante las estupefactas miradas que recibió, el capitán se dio media vuelta, encaminándose hacia la puerta, no tanto para escapar de ellos, sino más bien porque temía que sus últimas palabras, que aún resonaban en su cabeza, fueran mentira. Estaba muy capacitado para hacerle daño y lo sabía de sobra. Pero ni siquiera saberlo bastaba para mantenerlo alejado de ella.

Anne acababa de terminar el desayuno y sopesaba la posibilidad de dar un paseo por el jardín cuando fue llamada al estudio de su padre. El hecho de que Jameson ya se encontrara allí, y que tanto su padre como él la aguardaran de pie, no presagiaba nada bueno. Pero iban a descubrir que su estrategia para intimidarla no iba a funcionar. A fin de cuentas, había trepado a lo alto del palo mayor. Dudaba que ninguno de ellos pudiera asegurar nada parecido, aunque tenía pensado mantenerlo en secreto, dado que había llevado puestos unos pantalones para la ocasión. La revelación, sin duda, le provocaría una apoplejía a su padre.

—Jameson me cuenta que viajaste con ese lord de Pembrook.

—Viajé a bordo de su barco. No es lo mismo.

—Pura semántica —rugió Jameson.

—En efecto. Y en estos momentos la semántica es crucial para comprender lo que sucedió realmente.

—¿Y qué fue eso que sucedió? —espetó su padre.

—Viajé desde las costas inglesas hasta Scutari. Visité el cementerio británico. Me despedí de Walter. Iniciamos el viaje de regreso. Sufrimos una tormenta. Vi jugar a los delfines. Oí los lamentos de las ballenas. Y liberé mi pena por el fallecimiento de Walter. Fue un viaje sanador. Ahora estoy preparada para regresar a la vida social.

—Y sin embargo ese hombre te abordó anoche —insistió su padre.

—Sí. Y también lo hizo Chetwyn. Y el duque de Ainsley. Los lores Malvern, Summerly y Churchaven. No entiendo por qué te molesta tanto que lord Tristan hiciera otro tanto.

—No trata bien a las mujeres —observó su hermano sucintamente.

—¿A las mujeres, o a lady Hermione?

Jameson destilaba tanta furia que a Anne le sorprendió que no se convirtiera en una bola de fuego.

—¿Te gusta esa mujer? —insistió ella con dulzura.

—Eres tú quien me preocupa. Tu reputación. Asegurarte un futuro con un esposo e hijos. Estás en una situación delicada, Anne.

—Lo sé, porque soy vieja. No debería olvidar el bastón en mis aposentos, no sea que un día descubra que soy incapaz de dar un paso sin caerme de espaldas.

Estaba bastante segura de que su comentario habría arrancado la sonrisa de Tristan, pero su hermano solo la miró furioso.

—Chetwyn vendrá esta tarde para llevarte a dar un paseo por el parque —anunció su padre.

—¿Disculpa? —Anne se volvió bruscamente y lo miró perpleja.

—Lo mencionó anoche en el club. Espero que te comportes como una futura marquesa.

—Ya tenía planes para esta tarde.

—¿Y cuáles eran? —el hombre mayor enarcó una ceja.

—Montar a solas por el parque —contestó ella, consciente de lo débil que resultaba la excusa.

—Pues ahora podrás hacerlo, pero acompañada por un caballero, y con nuestras bendiciones.

Un caballero que estaría presente cuando Tristan la abordara. ¿Qué podría salir mal?

CAPÍTULO 18

Anne deseaba desesperadamente montar a caballo, pero Chetwyn había ido a buscarla con una calesa. En cuanto entraron en el parque, la yegua color castaño pasó de un suave trote a un agradable paso. La capota de la calesa estaba levantada, permitiendo que el sol los bañara. Anne debería relajarse y disfrutar, pero no podía evitar anticipar la tormenta.

A su lado se sentaba Chetwyn. Habían conversado sobre el tiempo y las flores, pero, en general, a Anne le estaba resultando inexplicablemente complicado mantener una conversación normal. Con Tristan nunca le habían faltado las palabras. Su discurso abarcaba todo el espectro, desde las bromas hasta las palabras serias, pasando por sensualidad, ira, tristeza, y temas más profundos. Se sentía capaz de hablar eternamente con él sin que le faltaran jamás los temas de conversación. Pero con Chetwyn...

—¿Qué clase de cuñada te gustaría tener? —preguntó él de repente.

—¿Disculpa? —ella contempló los cálidos ojos marrones de Chetwyn. Los ojos de Walter.

—Te prometí una lista de potenciales damas para Jameson. Me preguntaba qué criterio tenías a la hora de elegir cuñada.

—Solo que haga feliz a Jameson. Yo no viviré con ella.

—Pero sí la verás de vez en cuando.

—Soy capaz de soportar una compañía desagradable durante un corto período de tiempo.

—¿Incluso si se trata de un esposo?

—No —Anne sonrió—. En ese caso, me gustaría que me resultara agradable todo el tiempo, aunque sospecho que habrá momentos en que se muestre difícil.

—No me imagino a nadie que, habiéndose granjeado tus favores, sea capaz de abusar de su gran suerte. Seguro que querría verte siempre feliz.

Ella se preguntó si el caballero estaría hablando de sí mismo. No deseaba iniciar una conversación sobre la clase de hombre que le gustaría tener por esposo. Temía que las cualificaciones exigidas se acercaran peligrosamente a lo aventurero.

—Jameson y tú sois amigos desde hace tiempo. ¿Sabes si alguna vez ha mostrado alguna inclinación hacia lady Hermione?

—Puede que le resultara fascinante —Chetwyn se aclaró la garganta y contempló el césped.

—¿Hace dos años? ¿Antes del regreso de los lores de Pembrook?

Chetwyn asintió antes de volverse hacia ella.

—Al parecer has llamado la atención de al menos uno de esos lores.

—No fue más que un baile.

—En realidad dos.

—Dos sigue siendo decente.

—Pero él no lo es.

Anne quiso negarlo, pero un caballero como era debido no entraba por la ventana con intenciones de seducir.

—¿Te fascina tanto como fascina a todas las damas?

—No supone ninguna amenaza para ninguno de los otros lores. No tiene intención de quedarse aquí. Tiene un barco. Navega por todo el mundo. El matrimonio con alguien así resultaría muy solitario.

—¿De modo que lo has considerado?

—¡No! —Anne se sintió ruborizar. No había sido su deseo que la conversación fuera por esos derroteros—. Solo pretendía asegurar que sus coqueteos son inofensivos.

—¿Entonces no debo considerarle un contrincante a la hora de recibir tu atención?

El rostro, todo el cuerpo, de Anne subió de temperatura. Debía tener sumo cuidado. ¿Deseaba animarlo? Lo conocía bien. Era amable y de impecables modales. Sospechaba que cumpliría sus votos. No la dejaría jamás llorando, enfadada o disgustada. Quería tranquilizarlo, pero lo que surgió de sus labios fue muy distinto.

—Él no significa nada para mí.

Chetwyn asintió.

—Todavía lo echo de menos, ¿lo sabías?.

Las palabras no tenían ningún sentido para ella, que se limitó a parpadear, porque estaba bastante segura de que no se había referido a Tristan.

—Walter —insistió él, como si hiciera falta la aclaración.

Debería sentirse avergonzada pues, por un segundo, se había olvidado de él.

—Yo también.

—La guerra es algo terrible.

—Pero a veces necesaria —Anne se resistía a creer que Walter hubiera muerto en vano.

—Le pasa factura a un hombre —continuó Chetwyn—. A su familia, a sus seres queridos. En realidad a todo un país. Muchos hombres regresaron con algún miembro amputado, incapaces de trabajar.

—Seguro que trabajarían si la gente les diera una oportunidad.

—Cierto —él sonrió—, pero hasta que alguien les dé esa oportunidad, algunos viven en las cloacas. Yo quiero cambiar eso, Anne. Por Walter. Quiero crear un hogar para soldados donde puedan alojarse hasta que se hayan recuperado.

—¡Oh, Chetwyn! —sin pensar, Anne posó una mano sobre la suya, que descansaba sobre el muslo—. Es una idea maravillosa.

—Estoy organizando un baile —Chetwyn tomó la mano de la joven—, por supuesto con la ayuda de mi madre. Solo invitaremos a unos pocos elegidos, a los que pediremos una contribución económica. No es de muy buen gusto, pero siento la necesidad de hacer algo.

—A mí me parece una postura extremadamente generosa.

—¿Puedo tomarme la libertad de pedir tu consejo en algunos asuntos? —él la miró a los ojos.

—Por supuesto, me encantará colaborar.

—Me temo que hará que todo sea más difícil para ti. Sé que intentas pasar página.

—Pasar página no significa olvidar.

—Mi hermano fue muy afortunado al tenerte en su vida. No creo que recibiera una sola carta suya en la que no te mencionara. Aunque debo admitir que, incluso sin sus afirmaciones, yo ya sabía que eras extraordinaria.

—Eres demasiado amable.

—No lo creas.

Anne intentó imaginarse cómo sería ver su rostro todas las noches, mantener con él la mayoría de sus conversaciones, ser besada por él. Estaba bastante segura de que sería confortable. Agradable incluso. No habría sorpresas. No habría...

Los ojos grises se abrieron desmesuradamente al divisar a Tristan sentado sobre un precioso caballo color ébano que trotaba hacia ella. Su aspecto era tan magnífico como se había imaginado. ¿Había algún escenario posible en el que su figura no dominara todo el espacio? El hermoso parque de repente pareció volverse más pequeño, insignificante. Como si...

—¿Anne?

—Lo siento, estaba distraída —ella se volvió a Chetwyn que la miraba con gesto preocupado.

Y como si su atención se hubiera vuelto de metal y Tristan fuera un imán, la mirada se le desvió de nuevo hacia el capitán.

—Entiendo —murmuró él mientras ordenaba al cochero que detuviera la calesa.

Anne no estuvo segura de si eso era buena o mala señal. Desde luego le facilitaría poder hablar con Tristan, pero también le facilitaría a Tristan el poder hablar, y tenía miedo de lo que pudiera decir, de cómo podría insinuar la existencia de cierta intimidad entre ellos.

Tristan detuvo el caballo del lado de la calesa en el que se sentaba Anne, aun cuando se vio obligado a rodear el vehículo, confirmando su interés por ella. Se quitó el sombrero e hizo una breve inclinación, los ojos azul hielo emitiendo un destello posesivo que ella quiso negar.

—Lady Anne.

Ella deseó encontrarse en el campo para que pudieran salir a galopar por las extensas colinas. Deseó no haber sentido la necesidad de ser amable y aceptar la invitación de Chetwyn. Deseó poder entender la emoción que sentía, que vibraba por todo su cuerpo, simplemente porque Tristan estaba lo bastante cerca para respirar el mismo aire.

—Lord Tristan, qué agradable sorpresa.

¿Qué demonios le sucedía en la voz? Sonaba como un molesto lirón.

—La sorpresa indica que no me esperaba. ¿Acaso no dejé claro que me reuniría con usted en el parque?

Anne dejó de respirar, esperando horrorizada que él revelara el lugar exacto en que habían mantenido esa conversación. Pero, aparentemente, incluso Tristan había comprendido que sería ir demasiado lejos y que destrozaría su reputación. La ira la invadió, ocupando el hueco que, poco a poco, iba dejando libre la preocupación. No estaba dispuesta a permitirle esos jueguecitos en público, donde solo servirían para desatar las lenguas más chismosas.

—Recuerdo que mencioné casualmente durante el baile que tenía pensado salir a montar esta tarde. Esperaba ir sola, pero lord Chetwyn fue lo bastante amable para regalarme el placer de su compañía —ignorando la rigidez de la mandíbula del capitán, ella se volvió hacia su compañero de calesa—. Lord Chetwyn, permítame presentarle a…

—Ya he tenido el gusto —respondió el hombre con evidente amargura en la última palabra.

—Entiendo —Anne nunca le había oído hablar tan sucintamente, y comprendió que estaba igual de descontento que Tristan—. Por supuesto.

La mirada de Tristan se posó en el regazo, no de Anne sino de Chetwyn. Sus manos seguían entrelazadas. Anne quiso soltarse, pero Chetwyn la agarró con tal fuerza que se le empezaron a entumecer los dedos. Retirar la mano sin duda provocaría una escena.

—Un día precioso, ¿verdad? —sugirió ella.

—Se avecina una tormenta —contestó Tristan aunque, sin duda, no hablaba del tiempo.

—¿Le agrada el parque?

Un lado de la boca de Tristan se curvó ligeramente hacia arriba en una sonrisa que a Anne ya le resultaba familiar. Ese hombre era un portento de la seducción. «No lo hagas», quiso suplicarle. «No digas nada que le pueda dar motivos a Chetwyn para creer que somos algo más que meros conocidos».

—Prefiero el mar.

—¿Y cuándo tiene pensado regresar al mar, milord? —preguntó Chetwyn.

—Cuando haya concluido mis asuntos aquí.

Tristan posó la mirada sobre Anne que, para su vergüenza, fue muy consciente del placer que recorría su cuerpo. Ella era su asunto. Aunque, ¿durante cuánto tiempo y con qué propósito? ¿Buscaba solo unas cuantas noches más entre las sábanas? Desde luego nunca le había hecho pensar que deseara algo más de ella. Incluso su sugerencia de que se fuera con él a navegar tenía fecha de caducidad. Un año, dos a lo sumo. Después la devolvería a tierra, una mujer destrozada, porque temía seriamente que durante ese tiempo ella le habría entregado su corazón.

—¿Estoy en lo cierto, milord, al comprender que es dueño de su propio barco? —continuó preguntando Chetwyn.

—En efecto, lo está, señor.

—¿Cómo se llama?

—¿Qué interés tiene en saberlo?

—¿A qué tanto secreto?

—No me gustaría acercarme al muelle una noche y encontrarlo en llamas.

Anne no comprendía el duelo verbal entre ambos, pero estaba segura de una cosa.

—Chetwyn jamás destrozaría su barco. ¿Qué daño hay en revelar el nombre?

—*Revenge* —le aclaró Tristan cuando al fin contestó.

—¿En referencia a la venganza contra su tío? —preguntó el otro hombre.

—A mi juventud perdida.

—Puede que no me crea, milord, pero no le culpo a usted, o a sus hermanos, por el modo en que trataron a su tío. Sinceramente, me parecía un pomposo pedante.

—Milord —Tristan sonrió abiertamente—, mi respeto por usted se ha multiplicado por diez.

El capitán desvió la mirada hacia Anne, que no se había creído las últimas palabras. Deseaba que ambos hombres se llevaran bien, pero tenía la sensación de que en realidad se estaban midiendo, buscando algún punto débil, analizando sus fuerzas. Y ella estaba atrapada en medio.

—Creo que deberíamos continuar —anunció Chetwyn de repente.

—Sí, por supuesto —asintió ella, aunque no deseaba marcharse. Sin embargo, era muy consciente de la proximidad de la tormenta que Tristan había vaticinado.

—¡Milord! ¡Milord Tristan!

De ser un hombre habituado a poner los ojos en blanco, Anne sospechaba que Tristan lo habría hecho en ese momento. Sin embargo, forzó una sonrisa desprovista de los sutiles matices y emociones que solían acompañar a su gesto.

Lady Hermione y lady Victoria detuvieron sus caballos cerca del de Tristan.

—Milord, Tristan, tenía esperanzas de que nuestros pasos se cruzaran hoy —saludó lady Hermione casi sin aliento, haciendo que Anne se preguntara qué había podido ver Jameson en esa frívola jovencita—. Supongo que se acordará de mi muy querida amiga, lady Victoria. Está casada con el segundo hijo del conde de Whitby. Es mi carabina. Nos encantaría que se uniera a nosotras para dar una vuelta por el parque.

—Será un placer acompañar a dos damas tan encantadoras.

Anne desconocía por qué esas palabras le habían disgustado tanto. Ella misma estaba allí con otro hombre. ¿Por qué no iba a poder Tristan dar un paseo con otra dama, o dos?

—Espero volver a verla pronto —Tristan se tocó el sombrero para despedirse de Anne.

Que Dios la ayudara, pues sabía exactamente cuándo y dónde volverían a verse. Aquella noche. En sus aposentos. Pero lo que más la escandalizaba no era saberlo, sino la anticipación que sentía.

Mientras la calesa se alejaba, Tristan se preguntó si Anne sería consciente de lo agradecida que debía estar por la aparición de lady Hermione. Le había faltado muy poco para arrancarla de esa calesa y sentarla sobre el caballo, entre sus muslos, llevándosela lejos, a algún lugar aislado donde poder hacerla suya. Esa mano que sujetaba la del maldito marqués lo había acariciado a primera hora de esa misma mañana. El único consuelo era que, en esos momentos, llevaba puestos los guantes.

No conseguía entender la desbordante ira que sentía. Nunca había sido una persona posesiva, quizás porque nunca había tenido motivos para serlo. Cuando estaba con una mujer, ella era su único objeto de atención, y él, el suyo. No había nada de ese duelo entre hombres. Y, cuando se cansaba de una mujer, la dejaba sin dedicarle ni un pensamiento. El problema era que aún no había perdido el interés por ella. Más bien al contrario.

Con cierto sarcasmo, sintió la necesidad de aclarar sus propios pensamientos. No estaba aburrido de Anne, pero sí mortalmente aburrido de lady Hermione y su incesante parloteo.

—Se parece a una fresa madura. Sinceramente, no debería llevar ese tono de rojo.

Tristan no tenía ni idea de a qué dama se estaría refiriendo, ni por qué debería interesarle a él que se pareciera a una fruta. Lady Victoria los seguía a una prudente distancia. Al parecer,

Hermione deseaba imitar a su amiga y casarse con el segundo hijo de un lord. Y se preguntó cómo reaccionaría al saber que podría casarse con el primogénito. El hermano de Anne no dudaría en aceptarla si ella se le mostrara asequible, en lugar de engancharse a él como si fuera una planta trepadora.

—No le gusta, ¿verdad? —preguntó lady Hermione.

—Las mujeres que parecen frutas nunca me han atraído.

—Me refería a lady Anne Hayworth. Cada vez que nuestros caminos se cruzan lo encuentro hablando con ella.

—Simple coincidencia.

—Me alegra saberlo.

Tristan suspiró y detuvo su caballo. Lady Hermione hizo lo propio de inmediato. Tenía unos enormes y expresivos ojos verdes, y uno no necesitaba preguntarse en qué estaría pensando. Tristan prefería a las mujeres con un toque de misterio. Misterio que a Anne le sobraba.

—Hermione...

—¿Sí, milord?

La anticipación que reflejaba la joven resultaba odiosa. No quería lastimarla, pero tampoco soportaba tenerla siempre cerca, siguiéndolo como un perrillo.

—Es una mujer hermosa, pero no es para mí.

—No lo comprendo —contestó ella con calma.

—Me gusta bailar con usted, pero nunca obtendrá de mí nada más que un vals de vez en cuando.

—¿Me está rechazando? Es lady Anne, ¿verdad? Sí que siente algo por ella. Pero ella no le merece. Ella amaba a otra persona, fue un gran amor. Todo el mundo hablaba de ello. No puede competir con eso. Sin embargo, yo siempre lo he amado.

—Hermione, no puede amarme —Tristan soltó una sonora carcajada antes de contenerse ante la expresión de la joven.

—Pero lo amo, y me duele terriblemente...

—No me conoce y, si lo hiciera, no me amaría. Me atrevo a asegurar que ni siquiera le gustaría.

¿Podrían aplicarse esas mismas palabras a Anne? Porque, desde luego, daba la impresión de que a ella él le gustaba.

—No podrá cambiar mis sentimientos. Ya sé todo lo que necesito saber.

Tristan quiso aconsejarle que se esforzara un poco más. A los hombres les gustaban los desafíos. También quiso confesarle que había matado, robado, apaleado, seducido. No era de los que sentaba la cabeza. Se dirigía allí donde lo llevara el viento. Y en esos momentos, el viento lo llevaba hacia Anne.

—...¿cenar esta noche?

El capitán soltó un gruñido para sus adentros. Lady Hermione había reanudado su cháchara. La miró detenidamente. Sabía sentarse sobre un caballo. Era hermosa. No le iba a costar nada meterla en su cama. Pero no sentía el menor interés por ella.

—Mi familia estaría encantada de que nos acompañara —ella lo miraba esperanzada.

Tristan no deseaba pisotear su orgullo, pero se comportaba como una cría, y no podía permitirle continuar por ese camino. Aprovecharse de las inocentes no era uno de sus pecados.

—Ya tengo planes para esta noche, cariño.

—Pues entonces mañana.

—¿No ha pensado en que mi presencia en la mesa podría cortarle la digestión a su padre?

—Pero yo quiero que esté, y mi padre nunca me niega nada.

Lo cual explicaba su tozudez. Tristan quiso admirar ese rasgo, pero simplemente le irritó.

—Lord Jameson sería una elección mucho más acertada.

—¿Lord Jameson? Es terriblemente aburrido.

—Pero tiene un título. Mucho más impresionante que un segundo hijo.

—Nadie es más impresionante que usted, milord —rio ella con la mirada brillante.

Tristan no pudo evitar devolverle la sonrisa. Dos años atrás había sido una frustrante delicia y, para su vergüenza, no le había importado coquetear con ella para irritar a los nobles que lo miraban a él y a sus hermanos por encima del hombro. Al parecer, el diablillo sentado en su hombro había regresado para cobrarse su deuda.

CAPÍTULO 19

Solo había una cosa peor que contemplar un reloj. Contemplar una ventana.

Sentada en una silla junto a la ventana, Anne sabía que era ridículo desperdiciar su tiempo preguntándose si Tristan aparecería. No le había gustado verlo marcharse al trote con lady Hermione, sobre todo porque era con ella con quien podría haber estado trotando, de no haber aprobado su familia que Chetwyn la escoltara hasta el parque. Quizás en esos momentos estaría colándose en los aposentos de lady Hermione. Se negaba a reconocer las náuseas que la idea le provocaba, pero ahí estaban, atormentándola.

Quería gritar que ese hombre le pertenecía, pero, por supuesto, no era cierto. Ella era poco más que un entretenimiento pasajero. Muy conveniente en el barco. Conveniente en esos momentos, gracias al maldito árbol que crecía junto a la ventana. Debería haber hecho que el jardinero lo talara al regresar del paseo aquella misma tarde. Eso sin duda le haría llegar a Tristan el mensaje de que sus atenciones no eran deseadas.

Pero cuando oyó un sonido y vio una bota aparecer en el alféizar de la ventana, la felicidad que la inundó se burló de su resolución. ¡Maldito fuera! ¿Por qué le alegraban tanto sus visitas?

Tristan sonrió antes de arrancarla de la silla y besarla apasionadamente mientras hundía las manos en sus cabellos. Anne fue vagamente consciente de que las horquillas caían al suelo.

Pero, sobre todo, estaba inmersa en las sensaciones que invocaba el beso. ¿Por qué tenía que ser tan habilidoso haciendo que su cuerpo vibrara sin apenas esforzarse?

Ella deseaba algo más que lo físico. Deseaba significar algo especial para él. Ese hombre empezaba a acercarse a su corazón y eso la aterrorizaba. Interrumpió el beso y se apartó de él.

—Supongo que el siguiente árbol por el que treparás será el de lady Hermione.

—Lo dudo. No hay ningún árbol junto a su ventana.

Con una furia que ni ella se había esperado, le golpeó un hombro con el puño cerrado. Tristan la agarró de la muñeca y la mantuvo muy cerca.

—¿Estás celosa, princesa?

—Desde luego que no.

—Aunque colocara una escalera hasta la ventana, no conseguiría que entrara por ella —Tristan la miró con ternura y le acarició la mejilla.

Anne se detestó por el alivio que sintió. No había ninguna esperanza de poder tener algo con él, aparte de unas cuantas noches haciendo el amor a escondidas. Y ella no era mujer que pudiera pasar mucho tiempo sin echar raíces.

Había aprendido la lección tras la muerte de Walter. Se había sentido completamente perdida.

Y de repente Tristan la estaba besando de nuevo, borrándole los pensamientos antes de que su mente volviera a concentrarse en las sensaciones que ese hombre despertaba en ella. Casi se sentía capaz de imaginarse viviendo así para siempre. Él deslizó la ardiente boca por su cuello.

—No soporto verte con él.

Ella sabía de quién hablaba: Chetwyn. Echando la cabeza hacia atrás, le facilitó el acceso a su sensible cuello.

—Organizó con mi padre el paseo. No pude negarme.

—La próxima vez, niégate —le ordenó él.

Ella se oyó a sí misma murmurar un asentimiento. Si le hubiera pedido el alma en ese preciso instante, se la habría entregado sin dudar. Cuando le mordisqueaba bajo el lóbulo de la oreja, le robaba toda fuerza, voluntad, propósito. Sintió botones aflojarse, el aire enfriarse sobre su húmeda piel, y eso bastó para devolverla a la realidad. Soltándose del abrazo, se apartó de él.

—No podemos hacer esto. Mi padre está aquí, en sus aposentos, al final del pasillo. Esta noche no se encontraba bien.

—Seremos muy discretos —él dio un paso al frente y la miró con ojos traviesos.

¡Qué tentador resultaba! La tentación con forma humana. Anne se obligó a arrastrarse hasta el sofá.

—No, no puedo. No podría relajarme. No podría dejar de pensar en que en cualquier momento podría entrar por esa puerta. Que lo averiguaría —Anne sacudió la cabeza enérgicamente y cruzó los brazos sobre el pecho—. Deberías irte.

—Esta tarde me sentí decepcionado —Tristan miró a su alrededor antes de posar de nuevo la mirada en ella—. Tenía muchas ganas de disfrutar del parque contigo.

—Yo también me sentía decepcionada —ella se hundió en el brazo del sofá—. Desde que nos conocemos, nada de lo que hacemos parece normal. Supongo que podrías quedarte un rato, siempre que no riamos o hablemos en voz muy alta.

—Podemos besarnos en silencio.

—Pero sabes muy bien que eso nos llevará a otras cosas —Anne soltó una risa cargada de amargura—. Empiezo a sentirme como una fulana.

—Yo no te trato como trataría a una fulana —Tristan se acercó y le acarició la mejilla con los ásperos nudillos—. Quiero que lo tengas muy claro.

—Pero tampoco me tratas como si me estuvieras cortejando.

Tristan se apartó, dirigiéndose hacia la ventana. Anne tuvo que hacer acopio de todo el orgullo que le quedaba para no hacerle volver. Sabía que sus palabras habían alcanzado la diana de sus diferencias. Él solo quería el presente. Ella la eternidad.

—¡Maldita sea! No quiero irme —él se detuvo bruscamente—. Durante todo el día no he hecho otra cosa que pensar en estar aquí contigo esta noche. Incluso cuando Hermione parloteaba sobre las cintas de un sombrero —la miró de frente—, mis pensamientos estaban contigo. No estoy preparado para marcharme.

Eso era evidente y Anne se preguntó si estaba mal por su parte alegrarse tanto.

—En el camarote me di cuenta de que tenías un tablero de ajedrez, de modo que supongo que sabes jugar. Es un juego muy tranquilo que no nos delatará.

—¿Ajedrez?

—Con una ligera variación de las reglas.

—¿Quieres que te deje ganar? ¿Quieres que juegue con solo la mitad de mis piezas?

—Tengo la suficiente confianza en mis habilidades para no pedirte algo así, pero sería interesante si, tras ganar una pieza, se nos concediera el privilegio de pedirle algo al otro, y el otro estaría obligado a complacerle.

—¿Por ejemplo? —él lo miró con los ojos entornados.

—Bueno, yo podría pedirte que describieras tu isla favorita.

—Parece bastante inocente.

—Sí, bastante, lo será. Nos dará la oportunidad de conocernos mejor.

—Ya te conozco, princesa.

—¿Mi color preferido? ¿Mi mejor amiga?

—Lila. Lady Fayrehaven.

—¿Cómo...? —ella lo miró boquiabierta.

—Soy bastante observador.

Anne quería desesperadamente saber cosas de él y eso implicaba conseguir que él aceptara jugar con sus reglas.

—¿Quién me dio mi primer beso?

—Acepto tus reglas, pero añado una mía. El que gane podrá exigir una recompensa al otro.

El travieso brillo de sus ojos podría haberle hecho dudar si hubiera perdido alguna vez con sus hermanos. Sospechaba que el capitán iba a sorprenderse al descubrir que se las apañaba muy bien con el tablero de ajedrez.

—Acepto tu regla. Espera aquí. Iré a buscar el tablero de

ajedrez y las piezas —Anne corrió hasta la puerta, se detuvo y se dio media vuelta—. Me alegra mucho que te quedes.

—Ya veremos si opinas lo mismo cuando te haya ganado —la mirada de Tristan se deslizó hasta la cama—, y reclame mi recompensa, con tu padre al final del pasillo o sin él.

Después de dos segundos de duda, ella estuvo a punto de lanzarle una provocación, pero decidió que sería mucho más divertido que aprendiera del modo más duro que no le iba a resultar fácil ganar, suponiendo que se acercara siquiera.

Anne dispuso el tablero sobre la alfombra frente a la chimenea. Durante su ausencia, Tristan había encendido un pequeño fuego para crear una atmósfera más agradable. Las llamas bailaban y crepitaban. Anne había bajado la luz de todas las lámparas y él sospechaba que el juego de ajedrez podría convertirse en un juego de seducción, sobre todo si se salía con la suya. Pensaba que ella lo conocía, pero de haberlo hecho no le habría pedido que se quedara. La deseaba de nuevo y tenía la intención de tomarla antes del amanecer.

Después del tercer movimiento, Anne se comió un peón y lo hizo rodar entre sus dedos.

—¿Cómo conseguiste tu barco?

No era lo que Tristan se esperaba. La pregunta era bastante inocente, y aun así dudó. Nunca hablaba de su vida en el mar, y ya le había revelado a Anne mucho más de lo que le había contado a nadie. La estudió un momento antes de contestar.

—Se lo robé a unos piratas.

—¿En serio? —ella abrió los ojos desmesuradamente y, por un momento, lo miró con inocencia.

Tristan deseó haberla conocido antes de que la tristeza la invadiera. Deseó poder jugar con la seriedad que ella demandaba, pero tenía poca paciencia, quizás porque una gran parte de su vida había sido un juego. Esconderte donde nadie pudiera encontrarte. Ser alguien que nadie pueda reconocer. Enterrarlo todo, no revelar nada. Ser un fantasma.

A lo largo de los años, había inventado relatos sobre su vida. No los había divulgado, pero si alguien preguntaba… y allí estaba ella preguntando. Sin embargo no podía ofrecerle la versión ficticia del capitán Crimson Jack. De modo que le contó la verdad.

—No. Lo gané jugando a las cartas.

—¿Un hombre apostó su barco basándose en la azarosa posibilidad de tener una buena jugada?

—Quería el dinero que había sobre la mesa —Tristan se encogió de hombros.

—¿Hiciste trampas?

—Tendrás que comerte otra pieza para que conteste a eso.

Él vio claramente cómo lo analizaba, el destello de desilusión en los ojos grises, y supo que no tenía nada que ver con su negativa a responder y sí con su deducción de la verdad. Maldito fuera, pues había hecho trampas. Pero también las habían hecho los hombres contra los que había jugado. El encuentro había tenido poco que ver con las cartas y mucho con lo bien que un hombre pudiera manipularlas sin ser descubierto. Y daba la casualidad de que él era muy habilidoso manipulando. ¿Acaso no había conseguido que ella subiera a su barco cuando había decidido no hacerlo?

—Y le cambiaste el nombre por el de *Revenge*.

—Sí —no había sido una pregunta. Además, se sentía magnánimo.

Dos jugadas más tarde, fue él quien se comió un peón de Anne.

—Quítate el corpiño.

—Las reglas son que tienes que hacer una pregunta —ella entornó los bonitos ojos y frunció los carnosos labios que él se moría por besar.

—Esos no son los términos que estableciste. Dijiste que podría pedirte lo que quisiera y que me complacerías.

—Sí, pero… —Anne bufó—. Cualquiera con un mínimo de inteligencia sabría a qué me estaba refiriendo.

—No tengo ningún interés en jugar a un juego de preguntas.

—¿No te interesa nada más aparte de mi cuerpo?

Él se limitó a enarcar una ceja y sonreír a modo de respuesta.

—Lo sé, eres un hombre. Por supuesto que solo te interesa mi cuerpo.

Estaba disgustada con él, pero estuvo al a altura, a pesar de que casi arrancó un botón al hacerlo. Tristan no deseaba conocer detalles sobre ella, era demasiado peligroso, mucho más que acostarse con ella. Crearía un nexo, una intimidad más profunda.

¿A quién demonios creía estar engañando? La intimidad había sido forjada con lágrimas, cuando se había arrodillado junto a ella en el cementerio británico, y lo que le quedaba de corazón casi se había roto en pedazos junto al suyo.

Anne hizo su movimiento, sin comer ninguna pieza y, aunque no era estratégicamente una buena idea, él comió otro peón más.

—Supongo que ahora será el corsé —espetó ella.

Tristan había pensado más bien en un zapato. Dejaría lo mejor para el final. Sin embargo, de sus labios salió algo muy distinto.

—¿Qué le pasó a tu madre?

Anne se habría sorprendido menos si le hubiera confesado que a bordo del barco solía ir vestido de mujer.

—Murió —contestó al fin—. Hace tres años. Gripe. Mi padre le tenía mucho cariño. No sé si la amaba. Se limitó a seguir con su vida.

A Tristan no le agradó el pensamiento que surgió en su cabeza: si un día descubriera que Anne había muerto, no tendría vida con la que seguir porque la desolación de saber que ya no estaba en el mundo le haría derrumbarse. Curiosos sentimientos, únicamente para el presente, únicamente en su presencia. En cuanto hubiera regresado al mar, esos pensamientos lo abandonarían. Necesitaba que se marcharan. ¿Cómo iba a concentrarse en las cartas de navegación, las estrellas, las tormentas, si no dejaba de pensar en ella?

—Creo que por eso perdió la paciencia con mi luto —continuó ella—. Para él debía ser totalmente incomprensible que estuviera triste y melancólica tanto tiempo por alguien con el que ni siquiera me había casado.

—¿Sigues triste y melancólica? —a él no le parecía, pero también era un gran experto en controlar emociones.

—Tendrás que comerte otra pieza si quieres que conteste a eso —Anne sonrió traviesa.

Anne movió el caballo mientras Tristan se preguntaba si no se lo habría contestado ya. ¿Brillarían sus ojos con esos traviesos destellos si siguiera triste por la muerte de su prometido? ¿Estaría en esos momentos allí con él, jugando al ajedrez con habilidad e inteligencia?

Lo estaba divirtiendo, claro que ella siempre lo hacía. Desde el momento en que había entrado en la taberna lo había mantenido en alerta, desafiado, intrigado, le había hecho lamentar por anticipado el momento en que se marcharía. Todo en esa mujer le fascinaba. Le bastaría con quedarse sentada y respirar para que él estuviera feliz de pasar horas contemplándola.

Anne le comió una torre mientras lo contemplaba detenidamente. Los músculos del capitán se tensaron mientras se preguntaba qué prenda le pediría que se quitara. La partida empezaba a ponerse interesante.

—Cuando eras un niño —comenzó ella—, antes de abandonar Pembrook, al pensar en tu futuro, ¿cómo te veías de adulto?

¿Otra maldita pregunta? Tristan ya estaba a punto de desabrocharse los botones.

—Soy el segundo hijo de un noble. No me preocupaba demasiado. Mis opciones eran escasas.

—Pero seguían estando ahí —insistió ella—. ¿Ibas a ser un caballero ocioso? ¿Un clérigo...?

—Hay que creer en Dios para servir a los feligreses.

—¿Cómo puedes no creer? —Anne frunció el ceño—. Con las maravillas que has visto...

—¿Has cambiado de pregunta, princesa?

—No —ella cerró la boca con expresión terca.

Hacía mucho, muchísimo, tiempo que no pensaba en su juventud. Como norma, nunca permitía que sus pensamientos divagaran más allá de aquella noche, la noche de su huida. Se tumbó de lado, apoyándose en un codo para ganar tiempo, para reorganizar sus recuerdos. ¿Qué planes había hecho? A los catorce años debía tener alguna idea sobre lo que le gustaría hacer.

—Nuestra propiedad nos proporciona unos nutridos ingresos. Sin duda parte del motivo por el que nuestro tío la deseaba. Habría gozado de una asignación. Imagino que me parecería bastante a tus hermanos: bebería, jugaría, buscaría mujeres —se encogió de hombros—. Más o menos lo que hago ahora, solo que ahora el dinero me lo gano. Y seguramente despreciaría a todo el que no fuera como yo.

¿Vería en Ratón a un tullido y no el potencial para llegar a lo que podría ser? ¿Miraría a Peterson y vería a un torpe gigantón en lugar de un hombre que le guardaría las espaldas a cualquier precio? ¿Vería solo el mal humor de Jenkins y no a un hombre que ocultaba secretos, igual que él?

—Mis hermanos tienen una visión un tanto reducida del mundo, ¿verdad? —Anne enarcó una ceja—. No era una pregunta, solo era retórica. Pero yo no te veo como ellos.

Él tampoco. Le comió el alfil.

—Quítate el zapato izquierdo.

Al capitán no le gustaba la dirección hacia la que conducían las preguntas. No quería que ella investigara en su alma, en su pasado, en sus remordimientos. No quería verse obligado a pensar en lo que podría haber evitado, en lo que podría haber ganado.

Siguiendo sus órdenes, Anne le arrojó un zapato. Tristan lo atrapó y lo contempló, concentrado en los recuerdos de haber sujetado el pie entre sus manos. Y allí era donde lo deseaba en esos momentos, en lugar de al otro lado del tablero.

—Tienes unos pies muy pequeños. ¿Cómo consigues caminar sobre ellos?

—Solo me has comido una pieza, capitán.

—¿Eso soy esta noche? —preguntó él—. ¿El capitán?

—¿Acaso el capitán y lord Tristan no son lo mismo?

No. Siendo el capitán se sentía cómodo, sabía cuál era su lugar, su papel, su destino. Tenía metas, sueños que poder lograr. Lord Tristan… era como si ya no existiera.

Había asistido al baile únicamente para bailar con una dama en concreto. ¿Los caballeros iban a los bailes porque querían estar allí? Anne hizo un movimiento y Tristan le comió otro peón.

—¿A tus hermanos les gusta asistir a los bailes?

—Creo que simplemente los toleran —como si hubiese comprendido lo que quería preguntarle de verdad, añadió—. Chetwyn parece disfrutar, pero él está buscando esposa.

—¿Será un buen esposo?

Ella dudó, y él supo que intentaba decidir si atenerse a las reglas de una única pregunta por pieza. Al fin se decidió por contestar.

—Sí, creo que sí.

Con osadía, movió la reina. Tristan la ignoró y se comió otro peón. A fin de cuentas, ese era el destino de la pieza: servir de alimento, entretenimiento, sacrificio.

—¿Por qué?

Anne no estaba segura de estar logrando lo que había pretendido al sugerir ese juego. Consciente de no estar preparada para verlo marchar, quizás había esperado averiguar algo más sobre los misterios que rodeaban a ese hombre. Pero su última pregunta la había desconcertado. Comparar a Chetwyn con Tristan era como comparar una rosa con una rugiente tormenta. En ambas había belleza, poder, algo que apreciar. Pero no podía decirse que fueran lo mismo. Ya había vivido la tormenta. ¿Sería capaz de contentarse con la rosa?

—Es amable —contestó tras aclararse la garganta.

—Muchos hombres lo son —Tristan le acarició una mano que descansaba sobre su muslo.

—Me siento a gusto con él. Nunca tengo que medir mis palabras.
—Ni tus actos.
—Una dama siempre debe medir sus actos —Anne apretó el puño y lo alejó de él. Empezaba a sentir calor—. Pero contigo no los mido siempre.
—¿Y lo lamentas?
Ella decidió que odiaba ese estúpido juego, las preguntas que suscitaba. Deseó no haberlo propuesto nunca.
—No —sacudió la cabeza—. No anularía un solo instante, pero tampoco alardearía de ello. Y espero que tú tampoco lo hagas.
—Tus secretos están a salvo conmigo.
—Y los tuyos conmigo —ella movió la reina—. ¿Hay algún secreto que te gustaría compartir conmigo?
—No me ha parecido que hayas comido ninguna pieza.
—Tristan, ¿tienes que tomarte las reglas del juego en sentido literal?
—Bueno, pues sí hay algo que quiero compartir, pero no debes contarlo jamás.
—No lo haré. Ya te lo he prometido. Puedes confiar en mí.
Inclinándose sobre el tablero, Tristan le sujetó el rostro con una mano y le acarició la mejilla con el pulgar, dibujando círculos alrededor de su boca.
—Nadie lo sabe, ni siquiera mis hermanos.
—Cuéntamelo —Anne contempló los ojos azules cargados de seriedad.
Él juntó la mejilla con la de ella y respiró el familiar aroma. Los labios juguetearon con la oreja de Anne.
—Soy muy hábil en ajedrez —susurró—. Jaque mate.
—¿Cómo? ¡No! —Anne lo apartó de un empujón y contempló el tablero. Mientras se inclinaba hacia ella, había movido el alfil. Había ganado.
—Me toca elegir el premio —continuó Tristan—. Reúnete conmigo, a medianoche, en los muelles. Iremos al barco.
—No voy a zarpar…

—El barco permanecerá anclado. Tú, sin embargo, viajarás hasta la tierra del placer.

Anne consideró no cumplir con su parte del trato. Era evidente que había hecho trampas, porque ella no perdía al ajedrez, nunca. Sin embargo, no conseguía determinar cómo lo había hecho. Supuso que distrayéndola.

Con la capucha del abrigo cubriéndole la cabeza, salió al encuentro de la noche. Le había resultado mucho más sencillo de lo esperado, pero no había dado más de seis pasos antes de que Tristan se situara a su lado.

—Creía que íbamos a reunirnos en el muelle.

—Me moría de ganas de estar cerca de ti.

Era un demonio flirteando, y aun así parecía increíblemente sincero. El débil corazón de Anne optó por creer en la sinceridad. Antes de darse cuenta, estaban sentados en un coche cerrado recorriendo las calles. Él estaba sentado a su lado, tomándole la mano. La intimidad le sorprendió. Chetwyn había hecho lo mismo, pero, de algún modo, el gesto del capitán resultaba más profundo, menos casual. Quizás porque sabía muy bien lo que le aguardaba en el barco.

Le sorprendió que no empezara a devorarla dentro del coche, pero tampoco pudo negar la creciente anticipación.

—¿Piensas asistir a otros bailes de la temporada? —preguntó ella.

—Solo si vas tú.

—Eres un seductor.

—Nunca te he dicho nada que no pensara en serio.

Ella intentó divisar su rostro, envuelto en las sombras. No habían encendido la luz dentro del coche, lo que convertía su reunión clandestina en algo mucho más prohibido.

—Supongo que estando contigo aquí y ahora no puedo negar que seamos amantes. ¿Has tenido muchas?

Anne percibió cierta tensión en Tristan, que se había vuelto aún más callado.

—Me parece que eres la primera —contestó al fin.
—¿Tu primera amante? —ella bufó—. Ahora sé que mientes.
Con la mano que no la sujetaba, él le acarició el rostro y Anne agradeció la penumbra. No quería que él viera lo mucho que le dolían sus palabras.
—He estado con muchas mujeres, Anne, no lo he negado nunca. Pero no hubo citas, ni esta innegable convicción de que ninguna otra mujer me complacerá. Si hubieras decidido no venir conmigo esta noche, no habría buscado consuelo en los brazos de otra, porque no me cabe duda de que el encuentro me habría sabido a poco simplemente porque no se trataba de ti. Sé que las palabras suenan bastante triviales. Y falsas. Pero, por el motivo que sea, tú eres la única que me atrae en estos momentos.
En esos momentos. Pero, ¿qué sucedería pasado ese momento? Anne quería preguntarlo. ¿Durante cuántos momentos mantendría su interés? ¿Cuántos antes de que se sintiera colmado y buscara pastos más verdes o, en su caso, aguas más azules? Aun así, inmersa en un mar de dudas, no podía negar lo que sentía.
—Sé que debería sentirme avergonzada por mi comportamiento, pero no consigo lamentarlo.
—De lo cual me siento tremendamente agradecido.
Ella vio su sonrisa en la oscuridad, o quizás solo se la imaginó. Aun así, sabía que estaba allí. A pesar de todo lo que había sufrido, Tristan no había perdido su capacidad para sonreír, y eso formaba parte de su atractivo. No se dedicaba a lloriquear por cómo podría haber sido su vida. En su lugar, avanzaba por el camino que se abría ante él.
Anne se preguntó si sería ese, en parte, el motivo por el que no agradaba a sus hermanos o a los demás lores. No conseguían obligarle a encajar en su mundo, y temían verse inferiores a él si tuvieran que enfrentarse a los mismos desafíos que había vivido. Un niño, más joven que Ratón, metafóricamente arrojado a los tiburones.

Al bajarse del coche, ella intentó imaginarse lo que había sucedido años atrás. Agarrándole fuertemente del brazo mientras avanzaban entre las farolas que iluminaban el muelle, ella quiso saber.

—¿Tuviste miedo?
—¿Disculpa?
—Cuando te hicieron subir a tu primer barco, ¿tuviste miedo?

La luz de las farolas le permitió ver el gesto tenso en el rostro del capitán. Qué diferente habría sido ese rostro con una vida menos aventurera.

—Aterrorizado —confesó él al fin.
—Y aun así te embarcaste.
—Porque quedarme daba más miedo todavía.
—Debiste de sentirte muy solo.
—Eso fue hace mucho tiempo, Anne. No sirve de nada rememorarlo.
—Pero quiero comprenderte.
—Soy tal y como me ves.

Y sin embargo el pasado lo había forjado y ella sospechó que seguía influyéndole.

—Aun así, me gustaría...

De repente, Tristan la apartó a un lado. Anne dio un traspié, aterrizando sobre un montón de cuerda. Horrorizada, contempló a cuatro hombres que se abalanzaban sobre el capitán como perros rabiosos. Por su mente cruzó la idea de gritar, pero temía que solo conseguiría distraer a Tristan de su propósito y llamar la atención sobre sí misma. Miró a su alrededor en busca de un arma, pero no vio nada que pudiera utilizar. Lo único que tenía eran sus puños, dientes y pies. Podría golpear, morder, clavar las uñas, patear, pero quizás no sería más que un estorbo si se metía en la refriega.

Aun así, se preparó para atacar en cuanto viera la oportunidad.

El aire se cargó de gruñidos, golpes y juramentos. Esperaba que Tristan fuera abatido, pero permaneció en pie, lanzando a un hombre por un lado, golpeando la mandíbula de otro con el puño. Una patada en el estómago. Un giro. Un puñetazo. Un paso atrás y otro adelante.

Por Dios santo que incluso cuando peleaba ese hombre era pura poesía en movimiento.

Un hombre huyó, otro se alejó cojeando. Y los otros dos permanecieron tirados sobre el muelle.

Respirando con fuerza, Tristan se arrodilló junto a ella y le acarició la mejilla con ternura.

—¿Estás bien? —preguntó como si hubiera sido ella la que se hubiera peleado.

—Estás sangrando —en la penumbra vio una sombra oscura en el adorado rostro.

—No es nada. ¿Estás herida? ¿Puedes ponerte en pie?

—Estoy bien —aunque al levantarse con la ayuda de Tristan comprendió que no estaba tan bien como creía. Las rodillas le flojeaban y estaba temblando. Sin embargo, y aunque deseaba sentarse de nuevo, se obligó a mantenerse de pie.

Tristan le rodeó la cintura con un brazo y la condujo por el muelle.

—¿Quiénes eran? —consiguió preguntar ella.

—Alborotadores.

—Eso es evidente. Pero ¿qué buscaban?

—Me confundieron con un caballero y pretendían robarnos.

—¿Por qué?

—Lo siento, princesa, no se me ocurrió invitarles a tomar el té para que pudieran explicarnos sus motivos.

Las palabras resultaban hirientes, pero Anne sabía que su impaciencia no tenía nada que ver con ella. Se preguntó si, de no haber estado allí, habría acabado con todos ellos.

Una vez a bordo del barco fueron recibidos por un sorprendido Jenkins.

—Capitán, no lo esperaba esta noche.

—Dobla la guardia, y luego tráenos agua caliente. Nos topamos con unos rufianes que buscaban bronca —Tristan se acercó al marinero y le susurró algo que ella no pudo oír.

—Sí, capitán —Jenkins asintió mecánicamente.
Tristan la condujo escaleras abajo hasta el camarote. En cuanto la puerta se hubo cerrado a sus espaldas, ella se volvió.
—¿Y si te hubieran matado?
—Era poco probable que sucediera —él sonrió.
—No eres invencible.
—No, pero peleo muy bien —Tristan se acercó a la mesa en la que tenía los licores. Sirvió dos generosas copas y le ofreció una.
—Esto aliviará la tensión.
—¿Cómo puedes estar tan tranquilo? —Anne tomó un buen trago, agradecida por el ardor en sus ojos que enmascaró las lágrimas que amenazaban con desbordarse.
—He participado en unas cuantas peleas, Anne. Sé defenderme.

Ante tamaña arrogancia, ella puso los ojos en blanco. Ese hombre no comprendía que...

—Lo hiciste muy bien —añadió él.

—Me quedé sentada como una boba y no te ofrecí mi ayuda —Anne lo fulminó con la mirada.

—La mayoría de las mujeres habría empezado a gritar, a llorar, distrayéndome de mi propósito —le recogió un mechón de cabellos detrás de la oreja—. Pero tú no. Estuviste valiente y estoica.

—Estuve inútil.

—Eso nunca —Tristan la miró a los ojos con admiración y ella se preguntó cómo podía hacerla sentirse valiente cuando había sido todo lo contrario.

El ligero golpe de nudillos en la puerta les hizo separarse de golpe. Tristan abrió y tomó un enorme cuenco de manos de Jenkins antes de despedirle. Dispuso el cuenco sobre la mesa y tomó una toalla.

—Siéntate —le ordenó ella—. Te limpiaré la herida.

Esperaba que él protestara. Sin embargo, el capitán se sentó. Ella acercó una silla y se sentó también. Tras mojar la toalla en el agua caliente, le apartó delicadamente el cabello del rostro y empezó a limpiar el corte. Tristan apenas se movió.

—No parece profundo, pero hay mucha sangre —observó ella.
—Siempre es así con las heridas en la cara.
—¿Has sufrido muchas?
Él se encogió de hombros.
—¿Te peleas a menudo? —Anne presionó la toalla contra la herida con la esperanza de detener la sangre.
—No tanto como en mi juventud. Ya no soy yo el que provoca las peleas, pero tampoco me echo atrás.
—Vives una vida muy peligrosa.
Tristan no contestó. A Walter le había sucedido lo mismo. Antes de que Tristan abandonara Inglaterra iba a tener que dar por finalizada su relación. Ya sería bastante duro esperar su regreso, pero sería insoportable preguntarse si regresaría alguna vez. Podría llevar muerto años para cuando ella lo descubriera.
—¿Por qué elegir esta vida?
—Porque me hace sentir vivo. Nunca sé que aventuras me aguardan más allá del horizonte.
—Pero tu hermano ha reclamado el título. Ya no tienes que ir de un lado a otro.
—Me gusta ir de un lado a otro, princesa.
Apartando su mano, Tristan se levantó de la silla y la atrajo hacia sí.
—Lo sucedido esta noche no es lo habitual. No sé por qué merodeaban por el muelle, aunque he enviado a Jenkins para que hable con los dos que quedaron tirados en el suelo, suponiendo que sigan ahí. Si mi tío siguiera vivo, sospecharía que los había enviado él. Pero murió. Supongo que simplemente estábamos en el lugar equivocado en el momento equivocado. Pero no permitamos que esto nos distraiga de nuestro propósito. Si acaso, debería hacernos apreciar que estamos aquí sanos y salvos.
Tristan cubrió la boca de Anne con la suya. Las imágenes de merodeadores, sangre, peligro, miedo, se disiparon rápidamente, sustituidas por una oleada de placer. Apenas daba crédito a su propia indecencia. Parecía requerir muy poco esfuerzo por

parte de Tristan para que ella ansiara desesperadamente lo que podían compartir.

Con desenfrenada urgencia, las ropas quedaron tiradas en el suelo y ambos cayeron sobre la cama en una febril maraña. Anne no creía que fuera a cansarse jamás de la aterciopelada calidez de la piel del capitán contra la suya. Después de sus encuentros, debería resultarle todo familiar, pero seguía descubriendo algo nuevo cada vez: un pequeño lunar sobre la cadera izquierda, dedos de los pies algo retorcidos, una diminuta cicatriz justo por encima del codo, la piel bronceada por encima de las caderas y blanca como el marfil por debajo.

Su cuerpo hablaba de secreto que, sospechaba, no iba a contarle jamás. Por mucho que insistiera en que el pasado no importaba, si lo creyera de verdad, ¿por qué no hablar de ello? De vez en cuando revelaba algo. Le dibujaba unas pinceladas de lo que había sido su vida y luego se encerraba en sí mismo.

Pero allí, en su cama, mientras hacían el amor, no le ocultaba nada. La tocaba con reverencia, la adoraba, la seducía, la calmaba. Con cada ocasión en que se unían, ella se volvía más osada, explorando cada centímetro de su cuerpo, maravillándose ante las sensaciones. Deslizó las manos sobre él con abandono y se deleitó cuando él hizo lo mismo sobre ella.

Tristan la tumbó boca abajo y le agarró las muñecas, llevándole los brazos por encima de la cabeza antes de apartarle sensualmente los cabellos a un lado.

—Tristan.

—Calla —él le besó la espalda mientras ella respondía con lánguidos suspiros. Luego sintió que le mordisqueaba el trasero.

—¿Sabías que tienes hoyuelos?

—¿Cuando sonrío? No lo creo.

—No, me refiero a aquí —él rio y, soltándole las muñecas, besó un glúteo y después el otro—. Me gustan.

—¿Hay algo del cuerpo femenino que no te guste?

—No hay nada de ti que no me guste.

El capitán se tumbó de espaldas y la deslizó sobre su cuerpo hasta dejarla sentada a horcajadas sobre él. Los rubios cabellos formaban una cortina que los envolvía hasta que solo podían verse el uno al otro. Hundiendo las manos en esos cabellos, él le sujetó la cabeza y la hizo agacharse para besarla apasionadamente. Naranjas y brandy. Jamás volvería a probar ninguna de las dos cosas sin pensar en él. Ácido y sabroso. Seductor.

Como todo en ese hombre.

Tristan le sujetó las caderas, la alzó ligeramente, se acomodó y la hizo descender sobre su masculinidad, llenándola. Ella hundió las uñas en el fuerte torso y contempló los ardientes ojos antes de inclinarse y dibujar círculos con la lengua alrededor de un pezón, mordisqueándolo.

—Eres una bruja —él soltó un prolongado gemido.

Anne jamás había sospechado el poder que tenía. Basculando las caderas, fue su turno de gemir a medida que el núcleo del placer despertaba. Aquello era tan bueno. Tan bueno… La realidad era siempre mejor que el recuerdo. Cada vez que se unían parecía haber algo distinto a la vez anterior. La intensidad hizo que todo su cuerpo se tensara. Siempre se preguntaba cómo era posible sobrevivir a las sensaciones, pero lo era.

Desde su posición por encima de él, tuvo una clara visión de la tensión que atravesaba a Tristan, y eso hizo que su placer aumentara. Tomando sus pechos con las manos ahuecadas, él los masajeó, acariciando los sensibles y endurecidos pezones con los pulgares.

Manteniéndola en la misma posición, el capitán se sentó y la besó en los labios con ansia, explorando, como si no la hubiera besado nunca. Anne hundió las manos en sus cabellos, teniendo cuidado con sus heridas. El masculino torso se frotaba contra sus pechos, aumentando su placer. La almizclada fragancia del sexo los envolvió.

Ambos gritaron, arquearon la espalda, abrazados mientras las sensaciones los desgarraban. Luces de colores se encendieron bajo los párpados de Anne. Al abrir los ojos vio la mandíbula encajada de Tristan, la mirada ardiente. Anne le besó la frente y la barbilla, y él se dejó caer sobre la almohada mientras ella hacía lo propio sobre él.

Y Anne estuvo casi segura de no poder volver a mover un músculo en su vida.

Tumbado con un brazo bajo la nuca, Tristan observaba a Anne moverse por el camarote, tomando un objeto para examinarlo y dejarlo en su sitio antes de pasar al siguiente. Tras casi acabar con él en la cama, ella se había puesto su camisa. Al capitán le encantaba la visión que le daba de las piernas desnudas, unas piernas que le habían apretado las caderas y muslos mientras lo había llevado a desconocidos paraísos.

—¿No pudiste examinar el camarote cuando te alojaste aquí?

—Miré, pero no toqué —ella le dedicó una mirada soñolienta que lo excitó de inmediato.

—¿No tocaste nada? —él enarcó una ceja, incrédulo.

—Tenía la sensación de que estaría invadiendo tu intimidad.

—¿Y ahora no te lo parece?

—Ahora me da igual. Ahora quiero conocerlo todo sobre ti.

—¿No te bastó con tu infernal interrogatorio de anoche?

—Sospecho que no me bastaría ni con una vida entera de interrogatorios —contestó ella distraídamente mientras tomaba el globo terráqueo sin terminar.

Una vida entera. Tristan ni se imaginaba la cantidad de preguntas que esa mujer podría hacerle. Y él seguía sin saber quién le había dado su primer beso. No se lo había preguntado porque, si resultaba no ser su prometido, iba a tener que matar a ese tipo.

—¿Has hecho tú esto? —preguntó Anne—. ¿Para conmemorar tus viajes?

—Sí. No.

—¿Disculpa? —ella volvió bruscamente la cabeza.

—Me has hecho dos preguntas. Las he contestado.

—Estás mostrándote difícil.

—Vuelve a la cama.

—No hasta que me hables del globo, de por qué no quieres dar más detalles.

Él suspiró. ¿Había conocido mujer más tozuda que esa?
—Lo hice para mi hermano. Por algún motivo, parece coleccionarlos.
—¿Keswick?
—No, Rafe, mi hermano pequeño.
—¿Estaba en el baile?
—No, él prefiere… el lado más oscuro de Londres.
—¿Por qué?
—No lo sé —contestó Tristan sin poder ocultar un tono de lamento en su voz.
Con mucho cuidado, Anne dejó el globo en su sitio antes de mirar detenidamente al capitán y sentarse en el borde de la cama. Alargó una mano y la hundió en sus cabellos.
—No me imagino lo horrible que debió ser separarte de tus hermanos. Los míos a menudo me sacan de quicio, pero sé que solo quieren mi bien y que si los necesito siempre estarán ahí. Incluso cuando estaba de luto y no quería venir a Londres, me bastaba con enviar una nota y ellos acudían enseguida.
—No quiero hablar del pasado. Ni del futuro. Solo quiero el presente —él le sujetó la cabeza con ambas manos y la atrajo hacia sí para besarla.
Cuando estaba con ella, el pasado apenas importaba. Podía olvidar lo horrible que había sido separarse de sus hermanos, su familia, todo lo que le era conocido. Desde el momento en que se había alejado cabalgando de Pembrook, había jurado que jamás se quejaría, gimotearía o lloraría por la injusticia de la vida. Había enterrado profundamente cualquier cosa que pudiera hacerle daño, porque tener que abandonar todo lo que amaba casi lo había destrozado. Había levantado un muro para que nadie pudiera volver a tocarlo, a lastimarlo.
Solo rendía cuentas ante sí mismo. Era independiente, fuerte.
Y sin embargo esa pequeña mujer estaba empeñada en encontrar una grieta en el muro. No podía permitir que sucediera. Jamás volvería a ser vulnerable. Jamás volvería a abrirse al dolor. Ella, de entre todas las personas, debería comprender lo fácil que era lastimar un corazón.

Juntos podían compartir la pasión, sus cuerpos, pero aparte de eso no tenía nada que ofrecer.

Casi amanecía cuando Anne se encontró de nuevo en el coche, atravesando las calles de Londres a toda velocidad. Las cortinas estaban echadas para que nadie pudiera verla, pero a sus oídos llegaban los sonidos de la actividad matutina, de la gente que comenzaba un nuevo día. Si la fortuna le sonreía, sus hermanos habrían regresado a casa, bastante afectados por la bebida de la noche.

En cuanto a ella, su estado de aturdimiento se debía al placer. Estaba acurrucada contra Tristan que le rodeaba los hombros con un brazo mientras le acariciaba distraídamente el costado.

—No podemos seguir así —anunció ella con calma.

—Humm —murmuró él—. Esta noche haré que cambies de idea.

—No, Tristan —ella se apartó y lo miró de frente. Apenas se veían sombras y, aun así, estaba lo bastante familiarizada con ese hombre como para percibir su mirada sobre ella—. Esta temporada estoy decidida a encontrar marido, para agradar a mi padre, para cumplir con mi deber. Por eso viajé a Scutari, para despedirme de Walter y aceptar a otro hombre con la conciencia limpia.

—Pues yo diría que lo has conseguido, puesto que me has aceptado de maravilla.

El tono de irritación en la voz del capitán era evidente. Desgraciadamente, ella misma empezaba a sentir un poco de esa irritación. No iba a permitir que él le arrojara a la cara lo que habían compartido.

—Pero ambos sabemos que no hay ninguna seguridad de permanencia en lo nuestro. Sería injusto para cualquier caballero que me cortejara que yo continuara con estos... encuentros, por encantadores que resulten.

—¿Encantadores? Princesa, eres igual de incapaz de mantener tus manos apartadas de mí como lo soy yo de mantener las mías apartadas de ti. Ardiente, tórrido, salvaje sí. Pero «encantador», sugiere una ternura inexistente entre nosotros.

Era evidente que estaba muy enfadado, puesto que la había llamado «Princesa», y no por su nombre. Pero Anne era consciente de que era su orgullo el que hablaba, no algún profundo sentimiento que ella pudiera estar hiriendo con su marcha.

—Por favor, no nos peleemos. Entre nosotros nunca podrá haber nada más de lo que ya hemos compartido.

—Pues yo opino que podría haber mucho más entre nosotros. Solo hemos disfrutado de unas pocas noches cuando podrían ser miles.

—Pero nada permanente. Te aburrirás y levarás ancla...

—Entonces impide que me aburra.

—Contéstame con sinceridad —Anne soltó una carcajada ante lo absurdo de la situación—. Si no perdieras el interés por mí, ¿te quedarías en Inglaterra para siempre?

—No es tan sencillo. Soy el capitán de un barco.

—¿De modo que te marcharás?

—Por supuesto que me marcharé.

—Y por eso no puedo retenerte, aunque te resulte eternamente divertida.

—Necesito el mar —Tristan soltó un juramento—. Solo puedo permanecer en tierra cierto tiempo antes de volverme loco. Pero tú podrías venir conmigo.

—No, no puedo. No soy una aventurera. Quiero una seguridad, hijos, un hogar. Tristan, quiero lo que tú no puedes darme.

—Lo que quieres es lo que te doy en la cama. Te vuelve loca.

—No. Sí. De acuerdo. Lo quiero, pero no podemos tener siempre lo que queremos. A veces debemos negarnos, por difícil que nos resulte. Es lo correcto. Es nuestro deber. Cuando un caballero se interese por mí, debo ser capaz de mirarlo a los ojos, de frente, sin sentir ninguna culpa porque, en cuanto se vaya, me escabulliré al encuentro de otro.

—Pues no te sientas culpable. Los hombres no lo hacen.

—A las mujeres se nos exige un mejor comportamiento. No es justo, pero así son las cosas. No puedo animar a un hombre a que persiga mi afecto cuando se lo estoy dando a otro. Quizás tú seas capaz de separar los sentimientos de las relaciones íntimas, pero yo no.

Era lo más cerca que se atrevía a estar de admitir que empezaba a sentir algo por él. Dado que sus palabras parecían haberlo dejado mudo, supuso que, en efecto, lo que compartía con ella nunca pasaría de lo físico. Por supuesto era algo que ya sospechaba, pero una parte de ella había albergado esperanzas de que pudiera estar equivocada.

Por otra parte, eso facilitaba romper con él. Anne se había reclinado sobre el asiento, no sobre él, y Tristan no había hecho nada por atraerla hacia sí o tomarle la mano. Con cada golpe de los cascos del caballo sobre el suelo ella sentía que aumentaba el abismo entre ellos.

Había sido una distracción para él, el entretenimiento para una noche.

No lamentaría lo que habían compartido, pero eso no significaba que no deseara haber podido tener más.

El coche se detuvo y Tristan se bajó para ayudarle a bajar. Anne se cubrió la cabeza con la capucha rezando para que nadie la hubiera reconocido. El capitán la acompañó casi hasta la casa.

—Ya puedo seguir yo sola —se detuvo ella.

—Anne, quiero volver a verte.

—Ni en mis aposentos ni en tu barco —Anne tragó con dificultad y se volvió hacia él—. A partir de ahora estoy decidida a comportarme con decoro. Si te importo algo, aceptarás mis deseos.

—Nunca me ha gustado una mujer tanto como tú.

—Unas palabras muy poéticas. Ten cuidado. Podría desmayarme.

Los labios de Tristan dibujaron una media sonrisa antes de quedar reducidos a una fina línea.

—Reúnete conmigo en Hyde Park esta tarde. Demos un paseo a caballo, como habíamos planeado antes de la interferencia de Chetwyn.

—Él no era consciente de estar interfiriendo —Anne se moría de ganas de complacerle—. Pero no puedo. Hoy no. Tengo que asistir a una fiesta de jardín —antes de reflexionar, continuó—. Deberías venir.

—Dudo mucho que haya sido invitado.

—Se celebra en casa de lady Fayrehaven, a quien has señalado correctamente como mi mejor amiga. A ella no le importará que te haya invitado yo. Además, no creo que seas la clase de hombre para quien la no recepción de una invitación le impida acudir si quiere. Belgrave Square —ella le indicó la dirección—. A las dos. A no ser, claro está, que tengas miedo.

—¿Y qué podía temer? ¿El ataque de un rosal?

—Entonces acudirás. Espléndido.

Y antes de que pudiera corregir su asunción, ella se volvió y subió las escaleras para entrar en la casa por la entrada de servicio. Era poco probable que el capitán asistiera. Pero siempre le quedaba la esperanza.

CAPÍTULO 20

—¿Qué has hecho? ¿Te has vuelto loca? —preguntó Sarah.
—Dudo mucho que venga —Anne se preguntó si, en efecto, no había perdido la cabeza.
Estaban en la terraza desde donde Sarah podía recibir a sus invitados según fueran llegando.
—Pero si lo hace, Fayrehaven se pondrá completamente furioso.
—Me pregunto si uno puede ponerse solo parcialmente furioso —reflexionó Anne.
—Anne, en serio, creo que no te das cuenta de lo que has hecho.
—Relájate, Sarah. Puede que ya ni siquiera esté aquí. No para de decir que va a zarpar. Puede que ya lo haya hecho —no le extrañaría que lo hubiera hecho para dejar bien claro que no iba a permitir que le obligaran a hacer algo que no deseaba.
—He oído que os abordó a Chetwyn y a ti en el parque.
—¿Hemos sido objeto de chismorreos?
—Al parecer.
—Había quedado con Tristan en el parque —Anne suspiró—, pero mi padre me organizó un paseo con Chetwyn. No se puede culpar a Tristan por acercarse y manifestar su decepción.
—¿Tristan? Qué confianzas. Será mejor que los demás no te oigan referirte así a él.
—¡Oh, Sarah! Nos preocupamos por asuntos tan triviales.

—Sí, bueno, pero esas trivialidades nos llevan a un buen matrimonio. Y hablando de ello, lord Chetwyn acaba de llegar. Y mira cómo sonríe desde que te ha visto. Acompáñame a darle la bienvenida. Estoy bastante segura de que será capaz de quitarte a ese lord Tristan de la cabeza.

Desgraciadamente, Anne lo dudaba.

Lo último que lord Tristan Easton pensaba que haría en su vida era asistir a una fiesta de jardín. Y sin embargo, allí estaba, de pie junto a los rododendros, sintiéndose fuera de su elemento. Prefería cien veces la más feroz de las tormentas en el mar a toda esa etiqueta y comportamientos decorosos.

Se había visto obligado a preguntarle a Mary qué debería vestir para un evento de ese tipo, lo cual le había granjeado una inquisitiva mirada. A punto había estado de hablarle de Anne, de escuchar sus consejos sobre cómo manejar a una mujer complicada, pero ¿qué crimen había cometido Anne? Solo negarle su lecho. Si pensara casarse con ella, la admiraría por algo así. Pero, dadas las circunstancias, se sentía simplemente frustrado, o lo estaría al acabar la noche. De modo que había refrenado su lengua, dejando a Mary en la ignorancia, y vuelto a pedirle consejo sobre la indumentaria. Habiendo pasado una buena parte de su juventud en un convento, no le había servido de gran ayuda y solo le había sugerido que no fuera excesivamente formal.

—Lo que llevarías para ir al parque.

Al menos esa parte la había entendido.

Había llegado tarde porque no estaba seguro de querer asistir. De lo que sí estaba seguro era de querer ver a Anne de nuevo, y ella le había lanzado el maldito desafío, parecido al que él le había lanzado cuando quería animarla a subir al palo mayor. Ella había insinuado que era un cobarde. ¡Que se fuera al infierno! Esa mujer estaba por completo a su altura, nunca se echaba atrás, no conocía a ninguna otra mujer que se comportara de ese modo. Todas sus demás parejas se habían contentado con jugar en la cama. Anne quería jugar en todas partes.

La había visto en cuanto el mayordomo lo había conducido hasta el jardín. Sujetaba un mazo con el que pretendía golpear una bola para que atravesara un arco metálico. Llevaba un vestido de color lila de cuello alto, abotonado hasta la barbilla. Tristan comprendía por qué era su color favorito. Iba muy bien con su pálida piel. El vestido era de manga larga, abombada desde los hombros hasta el codo, para luego estrecharse pegándose a su piel. Las manos iban cubiertas por guantes. También llevaba un pequeño sombrero.

El capitán quiso abordarla y explicarles a los tres caballeros que la rodeaban que él sabía cuál era su aspecto bajo esos botones. Explicarles que conocía la sedosidad de esa piel que ocultaba la ropa. Que le había quitado esos guantes, arrancado el vestido, quitado todo.

Sin siquiera molestarse en mirar a su alrededor, supo que era la dama más hermosa de las allí presentes. Daba igual el aspecto que tuvieran las demás. Para él, esa mujer era exquisita. El modo en que el sol bailaba sobre su rostro, intentando espantar las sombras que dibujaba el sombrero. El modo en que se movía con ágil elegancia. Ya había sido testigo de esa elegancia cuando habían trepado por el palo mayor, y cuando la tenía en su cama. Pero allí, con público, estaba perfecta. Pertenecía a ese ambiente, y él deseó con todas sus fuerzas que no lo hiciera.

Anne propinó a uno de los caballeros, Chetwyn, según pudo reconocer Tristan, una juguetona palmada antes de dirigir su atención a la pelota azul que tenía a sus pies. Tras golpearla ligeramente, la pelota rodó por la verde hierba, golpeó el lado del arco metálico y se detuvo sin atravesarlo. Anne echó la cabeza hacia atrás y rio. El dulce y tintineante sonido llegó hasta los oídos del capitán, como si ella estuviera a su lado. Se la notaba más a gusto en ese jardín de lo que había estado en el baile. Quizás porque aquella noche había supuesto su primera aparición pública desde que hubiera dado por finalizado el luto. Se estaba asentando y para Tristan resultaba evidente que ese era su mundo. La joven se movía con la misma soltura con la que él caminaba a bordo de su barco.

Tras indicarle algo a Chetwyn, el caballero hizo una leve inclinación y se colocó detrás de ella...

Tristan rechinó los dientes y apretó los puños con fuerza mientras soltaba un gruñido. No le había parecido proferirlo muy fuerte, pero ella volvió bruscamente la cabeza en su dirección. Con una dulce sonrisa dirigida a Chetwyn y un intercambio de palabras con los otros dos caballeros, se encaminó, sin soltar el mazo, cruzando el césped, hacia él. El capitán se preguntó si iría a propinarle un golpe por interrumpir su juego.

Pero Anne sonrió resplandeciente, como si se alegrara de veras de verlo, y él sintió una fuerte punzada en el corazón. Haría cualquier cosa por mantener esa sonrisa en el rostro y por eso sintió deseos de marcharse de allí, porque jamás en su vida le había dado tanta importancia a un gesto tan ridículo.

—Has venido —observó ella con dulzura.

—Qué astuta, princesa.

La sonrisa disminuyó y él se hubiera pateado a sí mismo por la brusquedad en su tono. ¿Era posible ser menos agradable? Ella debería golpearle con el mazo. Bien fuerte.

—No estás a gusto —continuó Anne.

—Pareces tener un nutrido grupo de admiradores.

—Entonces lo que estás es celoso.

¿Y por qué iba a estar celoso? Él había disfrutado de algo que ellos no, y volvería a hacerlo si así lo deseaba. Y lo deseaba, maldito fuera. Dos minutos después de despedirse de ella ya deseaba volver a estar con ella. No entendía esa extraña obsesión.

—Creo que venir aquí ha sido un error. Seguramente debería irme.

—¿Ya te has acobardado?

Tristan le dirigió una mirada que solía retraer a los hombres más pendencieros, hombres mucho más fuertes que ella. Pero Anne se limitó a ladear la cabeza, en gesto desafiante.

—Lo que pasa es que no conoces a los demás —razonó con paciencia—. Permíteme presentarte —ella le tomó del brazo.

—¿Vas a llevar ese mazo? —preguntó él.

—Nunca se sabe cuándo podría necesitarlo para golpear una cabeza dura. La tuya, especialmente.

Tristan no pudo reprimir la sonrisa que obligó a ascender a las comisuras de los labios. Los ojos de Anne brillaban burlones y le propinó un empujón con el hombro.

—Me alegra que estés aquí.

Con una repentina e inequívoca certeza, él fue consciente de que bajaría al infierno por esa mujer. Y sin duda era lo que estaba a punto de hacer.

Anne empezó por Chetwyn porque sabía que, al igual que Walter, era un hombre amable por naturaleza y no iba a resultar cortante. De lo que tristemente no le cabía ninguna duda era de que no podía confiar en sus hermanos para resultar agradables. Los dos que habían acudido a la fiesta, Jameson y Stephan, lanzaban dardos con la mirada hacia Tristan. Y teniendo en cuenta la altiva sonrisa y el contoneo del capitán al caminar, sin duda él también se había dado cuenta.

Anne supuso que no podía culparles por mantener las distancias. Ese hombre irradiaba seguridad en sí mismo y la autoridad que desplegaba a su alrededor era evidente. En su presencia, todo y todos, empequeñecían, igual que había sucedido a bordo del barco o en sus aposentos. No es que fuera un gigante, porque no lo era, pero destacaba por encima de todos los demás. Llevaba solo desde los catorce años. No era mayor que Jameson, pero, en cuanto a experiencias, su hermano no tenía ninguna oportunidad de ponerse a su altura.

Hasta ese momento Anne no se había dado cuenta de ello. ¿Qué conversación podría mantener con esos hombres que no le resultara trivial? ¿El tiempo? ¿Ellos, que se quejaban de la más leve llovizna cuando él había sobrevivido a la furia de la naturaleza? ¿Podrían hablarle de unas vacaciones en la costa cuando él seguramente había caminado por costas que ni siquiera aparecían en los mapas?

Sintió el impulso de pedirles a sus hermanos que se situaran a su lado, explicarles que ese hombre era bueno. Pero sus hermanos sin duda la acusarían de ser una soñadora. Y a lo mejor lo era. Lo único cierto era que su corazón había bailado de alegría al verlo junto a los rododendros. Había acudido sin querer hacerlo. De modo que quizás significaba para él algo más que una diversión en la cama.

—Recuerdo a mi padre hablar de una visita que efectuó a Pembrook —observó Chewyn mientras tomaba un sorbo de champán—. Por lo visto se divirtió de lo lindo pescando.

De no haber pasado tanto tiempo junto a Tristan, Anne no habría percibido el sutil sobresalto que apareció en la mirada azul durante un fugaz instante. ¿No esperaba tanta amabilidad por parte de Chetwyn o le había despertado recuerdos de una época más feliz?

—Sí —contestó él al fin—. Tenemos un estanque. Solía estar repleto de peces. Pasaba horas sentado allí con mi padre, esperando a que picaran.

—¿Por eso te gusta tanto vivir rodeado de agua? —preguntó ella en un intento de mantener una conversación equilibrada.

—Adoro el mar porque me proporcionó un oasis de seguridad cuando la mía me fue arrebatada.

Aunque había sido Anne quien había formulado la pregunta, el capitán miró desafiante a Chetwyn, como si esperara que él objetara.

—Nunca me gustó mucho lord David —observó el aludido—. Me parecía muy pagado de sí mismo.

Por segunda vez, Tristan pareció sorprendido, pero, antes de poder responder, Chetwyn continuó.

—Si me disculpan, debo hablar con Fayrehaven. Lady Anne, no crea que he olvidado que tenemos un partido por terminar.

Ella sonrió.

—Me estabas dando tal paliza que esperaba que lo hubieras olvidado.

El hombre le guiñó un ojo y le rozó ligeramente el codo con los dedos.

—Más tarde, querida.

Chetwyn se alejó como si no tuviera una sola preocupación en el mundo y Anne se preguntó si alguna vez estaría Tristan así de relajado. Incluso aquella primera noche, recostado en la silla de la taberna, exudaba un estado de alerta, como si estuviera preparado para entrar en combate en un abrir y cerrar de ojos.

—Se me olvidó preguntarte antes, ¿cómo está tu cabeza?

—Mucho mejor —los ojos azul cielo se iluminaron con un travieso destello y ella temió que fuera a añadir algún comentario obsceno. Sin embargo, las palabras del capitán fueron de lo más inocentes—. ¿Se parecía tu prometido a él?

—¿A Chetwyn? —Anne se sobresaltó ante lo inesperado de la pregunta—. Mucho, sí. A fin de cuentas eran hermanos.

—Yo no me parezco en nada a mis hermanos.

—En el fondo estoy segura que sí. ¿Solíais ir todos a pescar con vuestro padre?

—En efecto. ¡Dios!, hacía años que no pensaba en ello. Mi padre era un hombre enorme, o al menos me lo parecía cuando yo era pequeño. Su presencia empequeñecía todo a su alrededor. Era sincero, fuerte, invencible. Grandioso como Pembrook. Pero en el estanque, yo me sentaba a su lado y... —el capitán tragó nerviosamente.

—¿Y qué? —Anne lo animó a continuar.

—¿Qué te parece si me enseñas a jugar al croquet?

Ella hubiera preferido seguir ahondando en la causa de la melancolía que había empañado la mirada de Tristan. Esperaba que fuera debido a los dulces recuerdos de infancia que siempre se cubrían de cierta tristeza y nostalgia. Ese hombre había perdido tanto... Pero estaba casi segura de que no iba a compartir nada más con ella. Además, lo mejor sería regresar a la fiesta antes de que sus hermanos decidieran intervenir.

—Es muy fácil. Estoy segura de que se te dará bien. Ven conmigo.

Anne recogió dos bolas y empezó a elegir otro mazo.

—Compartiremos el tuyo.

—Necesitas uno con el mango más largo —ella lo miró fijamente.

—Me servirá.

—Pero vas a tener que agacharte…

—Estaré bien, princesa.

—Eres de lo más testarudo —agradecida de que los demás estuvieran mucho más avanzados en el partido, ella se dirigió al primer poste, consciente de las largas zancadas que la seguían—. El objetivo, por supuesto, es completar el circuito y pasar la bola bajo los arcos hasta llegar al siguiente poste. Así.

Anne se colocó y se concentró en alinear el mazo con la bola para darle un pequeño golpe…

De repente sintió los brazos de Tristan rodearla y sus manos cubrir las suyas.

—¿Qué haces? —no le gustó su propia voz, chillona, sin aliento, gélida.

—Aprender a jugar al croquet.

—Deberías estar observando mis movimientos.

—Y son unos movimientos encantadores, pero ¿dónde está la diversión si solo se mira? Es mucho mejor aprender experimentándolo. Así, de este modo, sé exactamente cómo sujetar el mazo, cuánto debería estremecerse mi cuerpo…

—¡Tristan! —exclamó ella en tono brusco.

—Estás temblando, princesa.

—De rabia. Estás montando un espectáculo.

—Anoche no parecía molestarte que yo estuviera detrás de ti.

Y por Dios santo que era cierto que no le había molestado. Ella había estado de rodillas, y él también mientras la penetraba.

—No teníamos público.

—Te deseo, Anne. ¿Dónde podríamos ir para estar unos momentos a solas?

—Vas a arruinar mi reputación. ¿Quién me va a querer después?

—No estoy haciendo nada indecente.

—Estás haciendo todo lo indecente.

—Pensé que el sentido de estos juegos era propiciar una oportunidad para el flirteo.

—Pero no una oportunidad para agarrarse para... —«para ser tan consciente del calor de tu cuerpo, para respirar el aroma a naranjas, para imaginarme esas manos acariciando mi cuerpo»—. Estás yendo demasiado lejos.

—Podría ir mucho más lejos y lo sabes bien. ¿Por qué me invitaste a venir si no era para flirtear?

—Pensé...

—¡Lord Tristan! —llamó lady Hermione.

—¡Por Dios santo! —gruñó él—, esa chica es más pegajosa que una lapa.

Tristan soltó a Anne y dio un paso atrás. Aunque ella era consciente de que debería sentirse aliviada, ¿acaso no le había pedido que la soltara?, lamentaba que ya no la estuviera abrazando. Al girarse para saludar a lady Hermione, vio a Jameson aproximarse, sin duda para rescatarla, lo cual habría sido muy mala idea.

—De haber sabido que estaría aquí, no habría retrasado mi llegada —lady Hermione babeaba, las mejillas encendidas y una sonrisa que le cubría medio rostro.

«Qué mala soy». Normalmente, Anne no pensaba mal de los demás. No era de naturaleza celosa. Desde luego que no. Comprendía que Tristan no era más que un elemento temporal en su vida. Y una no se apegaba a cosas que no tenían permanencia.

—Lady Anne me estaba enseñando a jugar al croquet —aclaró Tristan.

—¿Eso hacía? —lady Hermione miró a Anne de arriba abajo—. No estaba muy segura.

—Hoy está encantadora, lady Hermione —la lisonjeó ella en un intento de apartar la atención de su persona.

—Vaya, pues muchas gracias. El vestido es nuevo. Del color de los ojos de lord Tristan —lady Hermione aleteó las pestañas repetidamente hacia Tristan.

—Sí, yo también tengo ojos y lo veo claramente —asintió ella.

Se sentía de un humor pésimo. No podía reclamar a Tristan como suyo, ¿verdad? Eso no haría más que generar innumerables complicaciones.

Lady Hermione, al parecer, no iba a darse por vencida fácilmente.

—Había pensado, lord Tristan, que me encantaría dar una vuelta por el jardín. ¿Me acompañaría?

—Lady Anne y yo estamos ocupados jugando al croquet.

—Seguro que puede esperar. Con el clima inglés nunca se sabe. Podría empezar a llover en cualquier momento.

El argumento no tenía ningún sentido pues, si empezaba a llover, ¿cómo iban a poder seguir jugando al croquet? Además, en el cielo no se veía ni una sola nube. Hacía un día precioso. Si llovía, Anne se comería el sombrero.

—Por favor, solo una vueltecita rápida.

Anne veía en los ojos del capitán que se estaba debatiendo entre aconsejar a la joven que se lanzara a un estanque infestado de tiburones u ofrecerle su amabilidad. Cuando se volvió hacia ella, no le sorprendió la expresión de pesar, porque había triunfado la amabilidad.

—No importa —le aseguró ella antes de que Tristan pudiera excusarse—. Jameson está por aquí y tengo la firme intención de darle una buena paliza.

Tristan le guiñó el ojo y, sujetando el pequeño mazo con una sola mano, le propinó un golpe a la bola que atravesó limpiamente los dos primeros arcos.

—¡Canalla! Sabías jugar.

—Antes de que me descubrieras —él sonrió—, llevaba observándote el tiempo suficiente como para hacerme una idea —se acercó un poco más a ella—. Después, quizás —susurró.

Anne no pudo hacer más que asentir, segura de que el capitán no se refería a reanudar el partido de croquet.

Intentó suprimir una punzada de envidia cuando Tristan le ofreció su brazo a lady Hermione y la escoltó hacia la rosaleda. Y deseó ocupar el lugar de esa chica. Nadie la censuraría por hablar y reír con él mientras caminaban por el jardín. Sería tan sencillo...

—Qué vergonzoso comportamiento —espetó Jameson mientras se detenía junto a ella.

—Sí, yo opino lo mismo. Lady Hermione parece empeñada en despertar su interés.

—Me refería a ti y ese hombre.

—Ese lord —la sangre de Anne hervía. Colocándose frente a su hermano, que le sacaba una cabeza, lo miró directamente a los ojos—. Es un lord, Jameson, por mucho que desees que no lo fuera.

—Un lord no rodea a una mujer...

—Le estaba enseñando a sujetar el mazo.

—¿Sinceramente esperas que me crea que eres tú la responsable de esta charada? —su hermano la miró boquiabierto.

—Lo único que espero de ti es un comportamiento civilizado. ¿Por qué no le das la oportunidad de demostrar lo que vale? No es culpa suya que lady Hermione corretee tras él como si se hubiera transformado en su sombra. ¿Te parecería mejor que la rechazara, que hiriera su tierno corazón?

—Ella no tiene nada...

—Ella tiene todo que ver con lo que sucede, y lo sabes bien. Como lo sé yo. Y ahora, ¿quieres jugar al croquet o no?

—No me gusta ese hombre.

—Pues es una pena —Anne respiró hondo—. Porque a mí sí.

Reprimiendo el impulso de lanzar, accidentalmente, el mazo contra la espinilla de su hermano, lo sujetó con fuerza y se alejó.

—Es muy atractivo, ¿verdad? —dijo Sarah.

Anne estaba sentada con ella junto a una pequeña mesa redonda, tomando té con bollitos. Aunque debería disfrutar de la compañía de los demás invitados, solo tenía ojos para Tristan, que jugaba al croquet con lady Hermione.

—No me había fijado.

—Pues claro que te has fijado, tonta. Supongo que el duque sería igualmente atractivo de no ser por las cicatrices que le deforman el rostro.

—¿Por qué no lo invitaste?

—¿A lord Tristan? Es bastante obvio, diría yo.

—No, a Keswick —ella miró fijamente a su amiga.

—Bueno —Sarah pareció descubrir un repentino interés en su taza de té—, en realidad apenas lo conozco, ni a su esposa tampoco.

—¿Y cómo van a ser conocidos si todo el mundo los ignora?

—¿Y qué quieres que haga? —Sarah miró indignada a su amiga.

—Hazle una visita a la duquesa.

—¿Y si está el duque también?

—No va a morder —Anne sonrió.

—Da bastante miedo.

—En el baile, su esposa me pareció locamente enamorada de él, ¿cómo sería posible de ser eso cierto?

—Podríamos ir las dos juntas.

—Me parece una idea magnífica —la sonrisa de Anne se ensanchó.

—No la he invitado, ¿sabes? —Sarah devolvió la vista a los invitados.

—¿A quién?

—A lady Hermione. Es una charlatana, desquicia a Fayrehaven. Una de sus amigas debe haberle avisado de la presencia de lord Tristan. Se está poniendo bastante en ridículo.

—Me da pena. Él no sentará la cabeza. No renunciará al mar.

—Por ella no, pero quizás lo haga por ti.

—No seas ridícula —Anne se volvió bruscamente hacia su amiga.

—¡Anne! —bufó Sarah—. No me habría extrañado si te hubiera cargado sobre el hombro como si fueras un saco y te hubiera sacado de aquí. Es evidente que ese hombre está fascinado por ti.

—Es un juego, Sarah, nada más que un juego.

Por mucho que le hubiera gustado que fuera otra cosa.

Con gesto taciturno, Tristan permanecía sentado a solas en el estudio de Sebastian, bebiendo lentamente el extraordinario whisky de su hermano y contemplando el retrato sobre la chimenea. Era tarde. La casa estaba en silencio. Debería acercarse al club de Rafe a divertirse un poco, pero ya había jugado bastante por ese día.

En cuanto lady Hermione le había enganchado, había sido imposible deshacerse de ella. No quería hacerle daño, pero empezaba a convertirse en todo un fastidio. Aunque tampoco había prestado mucha atención a su parloteo. Su mente, en cambio, había divagado hacia una perezosa tarde en la que había ido de pesca con su padre. Se había sentido feliz. Eso era lo que había sido incapaz de confesarle a Anne. De pie junto a su padre, había conocido el contento. Un mes después huía para salvar su vida, y no había vuelto a experimentar ese contento hasta que se había encontrado en la cubierta de su barco, con Anne de pie a su lado.

¿Qué tenía esa mujer que la hacía diferente de cualquier otra?

La puerta del estudio se abrió y Tristan vio entrar a su hermano gemelo con la confianza del duque que era. Hubo un tiempo en que Sebastian era el espejo en el que se contemplaba, pero se habían vuelto muy diferentes, y no tenía que ver necesariamente con las cicatrices que surcaban tanto su piel como la de él.

Su hermano había sentado la cabeza, con esposa y un hijo. Tenía sus propiedades. De nuevo estaba en posesión de sus títulos. Estaba donde estaría de no haber sido obligado a dejarlo todo atrás. Y sin embargo no era lo mismo. De repente se le ocurrió que Mary y Sebastian deberían haber acudido a esa maldita y aburrida fiesta de jardín.

—Estuviste muy callado durante la cena —Sebastian se sirvió una generosa copa de whisky antes de sentarse frente a Tristan.

—¿Te ha enviado Mary para que me sonsaques información?

—Está preocupada.

—Esta tarde asistí a una fiesta en casa de Fayrehaven. Croquet, pastitas que apenas satisfarían a un crío, mucho menos a un hombre, y nada más fuerte que el champán.

—¿Estás cortejando a lady Hermione? —Sebastian enarcó una ceja.

—¡Por Dios, no! ¿Me ves tú con semejante niñata?

Sebastian lo miró detenidamente y al capitán le inquietó sentir que, incluso con un solo ojo, veía todo más claro que él mismo.

—Pero hay alguien. ¿Quieres hablar de ella?

—No —Tristan sacudió la cabeza.

Lo que había entre Anne y él debía quedar entre ellos y, si bien sabía que su hermano no iba a chismorrear, no se sentía preparado para verbalizar sus pensamientos en lo que a ella respectaba. No era capaz de aclararlos. Debería haber regresado al mar, y aun así permanecía en el deprimente Londres.

—Sea quien sea, ¿es el motivo de tus prolongados silencios durante la cena?

—No, yo… hablé con lord Chetwyn un rato esta tarde. Mencionó que su padre había ido a pescar a Pembrook. Lo había olvidado, la pesca —y su padre guiando sus manos, enseñándole a cebar el anzuelo, a lanzar el sedal.

—El estanque sigue ahí —Sebastian esbozó una sonrisa del lado de su rostro libre de cicatrices—, los peces siguen siendo abundantes. Deberías hacernos una visita, pero que dure más de lo que se tarda en enterrar a un muerto. Mary está muy contenta con la nueva residencia.

Dos años atrás había cruzado Pembrook, camino de las ruinas de la abadía donde se suponía debía reunirse con sus hermanos para empezar la reconquista de sus derechos de nacimiento. Después, había regresado para enterrar a su tío en el cementerio de la iglesia del pueblo. No había sentido ningún deseo de quedarse. Pembrook ya no era lo que llamaría su hogar.

—¿Derribaste la vieja? Con los muros almenados y las torres, era más un castillo que una mansión.

—No. Mi idea era derribarla, pero Mary me convenció de que seguía teniendo un sentido. Es muy sabia, mi Mary, y tengo cierta tendencia a seguir sus consejos.

—También es testaruda. Sospecho que te haría arrepentirte si no le hicieras caso.

—Sí, lo haría —Sebastian rio.

—Mary debería haber estado en esa maldita fiesta hoy —Tristan apuró su copa.

—Con el tiempo llegará la aceptación —Sebastian asintió—. ¿Cuánto tiempo tienes previsto quedarte?

—Hasta que haya concluido mis asuntos.

—¿Tus asuntos con la dama sin nombre?

—Todavía no me he cansado de ella.

—Eso, desde luego, es toda una alabanza de sus cualidades.

A Tristan no le pasó desapercibido el sarcasmo en la voz de su hermano, aunque no se sintió ofendido. Sospechaba que se refería más a sus propias carencias.

—Pues sí, Keswick, nunca había tenido problemas para abandonar a una mujer, lo cual, me temo, no dice gran cosa de mi carácter.

—¿La amas?

—Para amar hace falta un corazón. La admiro. Desde luego la deseo. Incluso le tengo cariño. Pero el amor y yo somos extraños, y sospecho que siempre será así.

—El problema con el amor, hermano, es que no siempre es lo bastante educado como para anunciarse. Simplemente se instala y toma posesión de su residencia sin molestarse en ser invitado. Yo amaba a Mary desde hacía años, pero hasta que no temí perderla no comprendí lo mucho que significaba para mí. Sin ella, no soy más que la cáscara. Renunciaría a todo por ella: títulos, propiedades, mi vida entera.

—Yo jamás renunciaré al mar.

—Entonces procura no lastimar el corazón de esa dama.

—Es muy práctica. No se hace ninguna ilusión con respecto a nosotros y sospecho que al finalizar la temporada se convertirá en la esposa de alguien.

—Pero no la tuya.

Tristan sacudió la cabeza y deseó tener más whisky.

—No, la mía jamás.

CAPÍTULO 21

Anne se preguntó si invitar a Tristan a la fiesta de jardín no habría sido un error. Al día siguiente le había enviado dos docenas de rosas, acompañadas de una nota sin firmar: *Tenías razón. Gracias.*

¿Razón en qué, por el amor de Dios? ¿En que disfrutara de la fiesta del jardín? ¿En que no podían continuar con sus encuentros amorosos?

Había pasado una semana sin haberlo visto. Anne intentó habituarse a la vida que había esperado vivir: visitas por las mañanas, bailes, cenas, cortejos. Pero todo le resultaba muy trivial, como si fuera ajena a todo aquello. Se obligó a seguir adelante como si no hubiera cambiado nada desde aquella noche tormentosa cuando había entrado en la taberna del puerto. Su padre y sus hermanos no notaron nada.

Incluso Chetwyn parecía incapaz de detectar las diferencias en ella. La visitaba a menudo, casi todas las tardes. Y aquella tarde no había sido ninguna excepción. Habían abandonado la calesa y paseaban por el parque, admirando las flores y la vegetación. Anne no se imaginaba a Tristan deteniéndose para admirar una rosa o aspirar una fragancia.

Otros dos caballeros habían manifestado su interés por ella, pero no se sentía tan a gusto con ninguno de ellos como lo estaba con Chetwyn. Era un hombre solícito y su compañía le resultaba cómoda, como unos zapatos viejos. Anne hizo una mueca ante la imagen de sus pensamientos. Ese hombre era mucho más que eso. Era agradable, encantador, bueno. Nunca hablaba mal de nadie. Nunca intentaba aprovecharse de su compañía. No la intentaba arrinconar en un lugar oscuro para darle un beso. No sugería con voz ronca que quizás debería dejar su ventana abierta.

La hacía sonreír, sonrojarse. Le leía poesía, pero, sobre todo, hablaba del baile que su madre celebraría en honor de Walter.

—Me ha alegrado ver a mi madre ocupada en algo que no fuera llorar. Walter y ella estaban muy unidos, lo sabes —observó mientras paseaban por Regent's park. Habían tomado la costumbre de visitar distintos parques y ella se preguntaba si no sería, en parte, para evitar volverse a encontrar con Tristan.

Consideró la posibilidad de decirle que ya no tenía que preocuparse por Tristan, pero sería una tácita admisión de que había habido algo entre ellos, y no estaba segura de cómo se lo tomaría Chetwyn. No había oído ningún rumor sobre el capitán y lady Hermione, por lo que se preguntó si Tristan no se habría hecho a la mar. Intentaba con todas sus fuerzas no pensar en él, pero siempre estaba allí, acechándola en sus recuerdos.

Si algo había aprendido en los últimos tiempos era que los recuerdos se borraban, llevándose con ellos la alegría o la pena asociada. Solo tenía que tener paciencia y pronto todos sus recuerdos girarían en torno a Chetwyn.

—No me imagino siquiera el dolor de perder a un hijo —asintió ella con calma.

Tenían la costumbre de hablar casi en susurros, como si nada de lo que se dijeran pudiera ser compartido por otros, como si fuera un secreto. Creaba cierto aire de intimidad, pero, conocedora de la verdadera intimidad, sabía que su costumbre llevaba aparejada cierta carga de falsedad. Supuso que algún día dejaría de ser así. Si él continuaba con el cortejo. Si le pedía su mano alguna vez.

Tan solo esperaba que, si al final se casaban, en la noche de bodas, cuando su esposo descubriera que no estaba… intacta, creyera su versión de que se había entregado a Walter la víspera de su partida a la guerra, y con suerte la perdonaría por tan abominable comportamiento.

—Casi la destrozó —asintió Chetwyn—. Hasta llegó a decir que preferiría que hubiera muerto yo.

—¡No, Chetwyn! —Anne le dio un apretón en el brazo—. No lo decía en serio. El dolor hablaba por su boca.

—Eso me dije a mí mismo. Ojalá mi padre estuviera vivo. A veces tengo la sensación de ser un fraude llevando el título de marqués.

Hacía diez años de la muerte de su padre. Debería haberse acostumbrado, pero Anne comprendió que para alguien tan joven no debía haber sido nada fácil. Walter tendría veinticinco años y Chetwyn tres años más. La misma edad que Tristan. No se imaginaba a Tristan lamentándose por sus responsabilidades. Claro que su vida había sido muy diferente. No había comparación posible entre ambos.

—Eres un marqués extraordinario —le aseguró ella.

—Puede que mi madre deje de machacarme cuando cumpla con mi deber de tomar esposa.

Anne se quedó sin aire y Chetwyn hizo una mueca.

—Lo siento. Estoy aquí contigo porque me apetece, porque me agrada tu compañía.

—Los padres dan mucha lata, ¿verdad? Mi padre está desesperado por que me busque un esposo. Pero es algo para toda la vida y no creo que la decisión deba tomarse precipitadamente.

—Cierto —él suspiró—. El baile, hablaba del baile. ¿Puedo confesarte algo?

—Por supuesto.

—Mi madre y yo discutimos esta mañana. Yo opino que deberíamos invitar al duque de Keswick. Luchó en Crimea. Me parece lo apropiado.

—Pero tu madre no está de acuerdo.

—En absoluto. Sé que resulta un poco brusco, pero se comportó de manera ejemplar en el último baile al que asistió. Pensé que quizás podría hablarnos sobre la necesidad de no olvidar a quienes lucharon y regresaron con secuelas.

—Opino que sería una maravillosa ayuda para el proyecto que tienes pensado desarrollar.

—Estoy de acuerdo —Chetwyn sonrió—. Si pudieras ayudarme a convencer a mi madre...

—¿Qué te parecería si hago algo más que eso?

—¿Qué se te ha ocurrido?

—Tú no deberías invitarle.

—Pero acabas de decir...

—Yo lo invitaré. Así tu madre no podrá enfadarse contigo.

—No, pero se enfadará contigo.

—Pero yo no vivo con ella.

—Pero podrías en un futuro... —con el rostro color escarlata, Chetwyn la miró y le tomó las manos. El corazón de Anne latía como los tambores de un regimiento—. Debes saber que mi interés por ti va más allá de la poesía y los paseos por el parque.

Con la boca muy seca, ella asintió.

—Si mi interés no es bien recibido, no tienes más que decirlo y te dejaré en paz.

Tan correcto, tan malditamente correcto. Chetwyn jamás la haría enfadar, seguramente no lucharía por ella. Pero ella quería algo más y, mientras lo pensaba, un hombre surgió en su mente: Tristan. Y con él miles de noches solitarias. Con Chetwyn no conocería la soledad. Probablemente tampoco conocería la pasión, aunque quizás ya había tenido bastante para toda la vida. Su tía opinaba que el amor era una rareza, y Anne lo había tenido durante un corto tiempo. Sin duda la pasión que había conocido era una rareza aún mayor, pero el precio a pagar por conservarla era demasiado alto.

—Tus atenciones son bien recibidas, Chetwyn.

Sonriente, él se llevó una mano enguantada a los labios y le besó los nudillos.

—Me has hecho muy feliz, Anne, y haré todo lo que esté en mi poder para que tú seas igualmente feliz.

—Pero primero deberás agradar a tu madre.

—Sí, desde luego —Chetwyn rio—. Al menos hasta que

pueda trasladarla a la casa del campo —ambos reanudaron la marcha—. En cuanto a invitar a Keswick...

Habiendo vivido una buena parte de su juventud en las calles de Londres, Rafe Easton había desarrollado un agudo instinto a la hora de juzgar a los hombres. No todas las manos tendidas eran inofensivas. No todas las sonrisas llevaban a la risa. No todas las amistades eran sinceras.

Y por eso, de pie en el balcón de su casa de apuestas, contemplando a su hermano lanzar los dados, supo que Tristan estaba de un humor especialmente pésimo. Cierto que sonreía con facilidad y bromeaba, pero no era más que una pantomima, una que, Rafe estaba seguro, siempre representaba en Londres. Aquella noche, no obstante, había una dureza especial. Tristan no estaba disfrutando del papel que se había asignado a sí mismo.

A Rafe en realidad no podía importarle menos la felicidad de su hermano, pero los ánimos se estaban caldeando y lo último que quería era tener que ocuparse de una trifulca en su establecimiento. Había trabajado mucho para llegar hasta donde había llegado, había hecho sacrificios, había hecho cosas que hubiera preferido no tener que hacer.

De modo que no iba a permitir que uno de los hermanos que lo habían dejado abandonado en el hospicio mancillara lo que había logrado.

—Mick, dile a mi hermano que quiero hablar con él.

—Sí, señor —el joven, de pie a su lado, se apresuró a cumplir la orden.

Sus empleados eran leales, pero aun así no les quitaba la vista de encima. Jamás había revelado su condición de lord. Poco después de que él y sus hermanos hubieran regresado a la vida social, había sido reconocido por algunos de los miembros de su club, pero dado que se mantenía en la sombra, muchos dejaron de asociarlo con Pembrook. Con el tiempo, todo volvió a ser igual, como si su vida no hubiera cambiado.

Observó a Mick mientras se acercaba a Tristan, se inclinaba y le susurraba al oído. Tristan se detuvo en mitad de un lanzamiento y levantó la vista hacia el balcón. Sus miradas chocaron y Rafe supo que el desafío en los ojos de su hermano era idéntico al que él mismo le estaba lanzando. Ya no era el hermano pequeño. Había dejado de serlo desde el instante en que lo habían abandonado cruelmente. Desde aquella noche no había vuelto a lloriquear. No, desde aquella noche había dejado de sentir.

No podía decirse lo mismo de Tristan. Él parecía estar sintiendo en exceso.

Tristan lanzó los dados y se apartó de la mesa sin siquiera comprobar lo que había salido. Mick recogió las ganancias que a Tristan, evidentemente, le traían sin cuidado.

Rafe se retiró a su despacho, lamentando el hecho de que sabía que lo que Tristan necesitaba era un hermano a su lado, pero él hacía mucho tiempo que había dejado de ser hermano de nadie.

¡Qué desfachatez tenía Rafe! Haciéndolo llamar como si fuera un miembro más del club que podía ser llamado al orden porque estaba jugando demasiado arriesgadamente, bebiendo demasiado y soltando juramentos en voz demasiado elevada. Por supuesto no pagaba la cuota anual, de modo que supuso que, técnicamente, no era miembro del club, pero Rafe jamás le había negado los placeres de su casa de apuestas. Tristan retorció las manos y apreció lo bien que quedaría su puño estampado contra el rostro de su hermanito.

Entró en el despacho en el momento en que Rafe llenaba dos vasos con whisky y dio un impulso a uno de los dos, que se deslizó sobre la mesa hasta detenerse en el otro extremo. Rafe se sentó y brindó en silencio antes de vaciar su copa de un trago.

Tristan supuso que podría considerarse una invitación.

—¿Para qué coleccionas esos malditos globos? —preguntó.

—¿Por qué te comportas como si alguien te hubiera robado tu juguete preferido? —Rafe encajó la mandíbula y se sirvió otra copa.

—Fuiste tú, ¿verdad? —Tristan se acercó a la mesa—. Cuando éramos niños, fuiste tú el que me robó el caballito de madera.

Su padre se lo había comprado en una feria. Era precioso, pintado de negro, con una pequeña silla de cuero. Tristan lo llevaba siempre en un bolsillo. Incluso había dormido con esa estúpida cosa hasta cumplir los ocho años.

—Por supuesto que fui yo —contestó Rafe sin rastro de remordimiento.

—¡Bastardo! ¿Todavía lo tienes? —después de su marcha de Pembrook no había echado nada en falta, y no entendía por qué, de repente, quería ese maldito caballo. Pero así era.

—No, lo siento, muchacho, pero se quedó junto con mis sueños de infancia —Rafe hizo una mueca y volvió a vaciar su copa.

Tristan comprendió que había revelado más de lo que había pretendido. Los tres hermanos apenas compartían detalles de los caminos que habían recorrido después de aquella horrible noche, como si no desearan agobiar a los otros dos. Él seguía amando a sus hermanos, les deseaba lo mejor, pero apenas los conocía. Y ellos apenas lo conocían a él. Y así quería que siguiera siendo. Le hacía sentirse más... seguro. No esperaba que le desearan ningún mal, pero no le gustaba sentirse vulnerable. Hablar del pasado siempre le hacía sentir como si tuviera nuevamente catorce años y se estuviera enfrentando a sus demonios. Apenas se atrevía a reconocer lo que le había revelado a Anne.

¡Cómo la echaba de menos! Ella, por supuesto, había estado en lo cierto. No podía seguir entrando por su ventana cuando ella buscaba la clase de vida que quería tan desesperadamente. La fiesta en el jardín de Fayrehaven le había abierto los ojos.

Se sentó en la silla, tomó la copa y, tras observar detenidamente el líquido color ámbar, devolvió la atención a su hermano.

—Debiste pasarlo mal cuando nos marchamos.
—No le veo el sentido a discutir lo que ya no se puede cambiar.
—Sebastian ha perdido medio rostro. Mi espalda fue despedazada en más de una ocasión. ¿Qué cicatrices portas tú?
—Ninguna que te interese, pero no toleraré que crees problemas en mi establecimiento.

¿No lo toleraría? Tristan se preguntó cómo pensaba Rafe impedirle hacer lo que le diera la maldita gana.

—Estaba lanzando dados.
—Estabas buscando pelea.
—¿Y me la vas a ofrecer?
—Si quieres. Tengo una sala de boxeo.

Tristan apuró la copa, se deleitó con el calor y estudió a su hermano. No se había fijado en lo ancho de hombros que era Rafe, o en lo grandes y fuertes que parecían ser sus manos. Normalmente lo veía con la nariz hundida en los libros de cuentas, como un ratón de biblioteca. Sí recordaba cómo Rafe, gravemente herido, había hecho huir a unos rufianes cuando los hermanos desembarcaron en Londres.

—Te ganaría —el capitán sonrió—, con facilidad. Y después tendrías otro motivo más para odiarme.

—¿Quién es esa mujer que te está causando tantos problemas esta noche? —Rafe se encogió de hombros y volvió a llenar las dos copas.

—¿Qué te hace pensar que se trata de una mujer? —Tristan no pudo disimular la expresión de sorpresa con la que miró a su hermano.

—Porque si fuera un hombre, lo habrías arreglado a puñetazos. Pero una mujer debe ser tratada con un poco más de delicadeza.

—Esa dama no es asunto tuyo —Tristan no podía objetar nada a las palabras de Rafe.

—Haz lo que quieras. Pero no causes ningún problema en mi local —Rafe abrió un libro de cuentas y empezó a analizar los ingresos.

Tristan continuó bebiendo whisky. No tenía ninguna necesidad de hablar de su vida privada. No necesitaba que nadie lo ayudara a aclararla.

—Lady Anne Hayworth —se oyó a sí mismo balbucear mientras desearía darse de latigazos en la lengua.

—¿La hija del conde de Blackwood? —Rafe levantó la vista.

—Sí.

—¿No pagó por un pasaje en tu barco?

—Lo hizo —una y otra vez.

Ese era parte del problema. Habiendo saboreado el pago, no estaba dispuesto a vivir sin él. Pero había llegado el momento, estaba seguro. Ella había intentado llevárselo a su mundo, pero allí encajaba como un zorro rodeado de podencos.

—Entonces quieres más de ella.

Lo quería todo. No soportaba la idea de Chetwyn, de ningún hombre, deslizando sus manos por su piel, hundiéndose dentro de ella.

¡Maldito fuera! Una furia posesiva que le era desconocida se adueñó de él.

—Lord Chetwyn está interesado en ella —no le ayudaba mucho haberla visto con el maldito duque en el parque aquella misma tarde.

Anne parecía feliz, le había sonreído. Había reído. Le había enganchado el brazo como si se tratara de una planta trepadora. Y malditos fueran, que se pudrieran en el infierno, pues hacían buena pareja. Apropiada. Chetwyn era todo lo que él no. La gente les abordaba, hablaba con ellos. No se apartaban con gesto desconfiado, sin saber qué esperar, como hacían con él.

—¿Y quieres casarte con ella?

—¡Por Dios que no! —Tristan fue incapaz de reprimir su alarma. ¿De dónde había sacado su hermano esa idea?—. El matrimonio no es para mí.

—Entonces solo quieres acostarte con ella.

Cuando se trataba de acostarse con Anne, la palabra «solo», no valía. Esa mujer le proporcionaba más placer, más... alegría de la que había conocido jamás.

—No me gusta que Chetwyn ande husmeando a su alrededor.

Lo cual no era justo para ella si le gustaba ese tipo, pero, a fin de cuentas, la vida no era justa.

—Supongamos que pudieras raptar a Chetwyn y arrojarlo al mar.

—No creas que no lo he considerado. Pero alguien ocuparía su lugar esa misma tarde. Es una mujer hermosa. Encantadora. Alegre. Tiene sus propias ideas y no se amilana fácilmente. Cuando se enfada, por Dios, es algo digno de ver.

—Estás enamorado de ella.

—¿Qué? Por supuesto que no. Simplemente la encuentro interesante y a mí me gustan las cosas interesantes —el amor, desde luego, no era una emoción con la que estuviera familiarizado.

El amor debilitaba a los hombres. Había amado a su madre, y había muerto de parto. Había amado a su padre, y había muerto. Había amado a su tío, y el muy canalla les había encerrado en la torre. No, el amor no era para él.

Rafe contemplaba con atención el contenido de su copa, nuevamente llena. Tristan seguía sin poder creerse que ese hombre, tan seguro de sí mismo, sentado ante él, fuera el niño llorón que había conocido de pequeño. Siendo el menor, había sido mimado y consentido. Pero en esos momentos no quedaba nada de blandura en él. «¿Qué caminos te ha tocado transitar, hermano?».

De no estar más interesado en solventar el dilema planteado con Anne, podría haber intentado emborrachar a Rafe y preguntarle sobre su pasado. Sin embargo, se limitó a observarlo. Había adoptado una actitud reflexiva.

—El arma más poderosa entre la aristocracia —anunció al fin su hermano pequeño— es el chismorreo.

Tristan era muy consciente de ello, pues el chismorreo había forzado a Sebastian a casarse con Mary.

—Ya te he dicho que no deseo casarme con ella.

—Y no tienes por qué hacerlo. Pero tengo la sensación de

que pretendes lograr que ni Chetwyn ni ningún otro caballero tampoco lo haga.

Esa mujer le importaba demasiado para hacerle tanto daño, para exponerla al escarnio público y no casarse con ella. Sin embargo, en el caso de Sebastian y Mary, las cosas habían salido bastante bien. Anne siempre lo esperaría. Quizás incluso lograría que empezara a añorar el regreso a Inglaterra.

La idea empezó a echar raíces. Tristan la deseaba, y jamás se había negado un capricho a sí mismo. Sabía que ella también lo deseaba. Sería injusto que se casara con Chetwyn cuando soñaba con otro. Le estaría haciendo un favor a Chetwyn.

Y lo cierto era que a ella también. Solo hacía falta que Anne lo comprendiera.

CAPÍTULO 22

Al final, fue el propio Chetwyn quien entregó la invitación para Keswick. Anne supuso que se trataría de un pequeño gesto de rebeldía, o quizás intentaba que ella apreciara su hombría.

—Las damas suelen preferir caballeros con agallas —había bromeado ella durante uno de los paseos por el parque.

De modo que seguramente intentaba impresionarla, de presionar en su demanda.

—Chetwyn y tú sois la comidilla —observó Sarah en un rincón del salón de baile de la residencia de Chetwyn—. Me gusta ese hombre.

—A mi familia también.

Su padre y sus hermanos no podrían estar más contentos con todas las atenciones que recibía de Chetwyn. Cantaban sus alabanzas a todo el que se cruzaba en su camino. La sensación era muy parecida a protagonizar una obra teatral, aunque no podía culparles por ello.

Chetwyn era de su clase. Había asistido a las mismas escuelas, era miembro de los mismos clubes, compartía los mismos intereses. No se lanzaba a un mar infestado de tiburones para salvarle la vida a un crío.

Había viajado por Europa y Egipto. Y deseaba, algún día, viajar por América, quizás después de casarse. En los últimos tiempos hablaba a menudo de un futuro que incluyera a una dama, y ella sabía muy bien a quién tenía en mente. Ella era la dama. Anne intentaba visualizar un futuro con Chetwyn, pero parecía incapaz de ver más allá de los paseos por el parque, los bailes y el teatro.

—¿A ti te gusta? —preguntó Sarah.

—Es agradable, sí. En realidad más que agradable. Me hace sonreír.

—¿Pero te hace reír?

—¿Qué clase de pregunta es esa? —ella se volvió hacia su amiga.

—Una pregunta extraña sin duda, pero he descubierto que para ser verdaderamente feliz hay que reír. Fayrehaven me hace reír en ocasiones.

—Estoy segura de haberme reído con Chetwyn —aunque no conseguía recordar el momento exacto en que lo había hecho. No realmente. Una pequeña risa, supuso. ¿Estaba siendo injusta con él por desear más?

—¿Y qué hay de lord Tristan? ¿Lo has visto últimamente?

—No. Le dije que no podíamos continuar como antes. Creo que se tomó mis palabras al pie de la letra

Más de lo que a ella le habría gustado, para ser exacta. No había pretendido insinuar que no deseaba volver a verlo jamás. Pero no podía limitarse a ser una amante conveniente.

—¿Y cómo era? —preguntó Sarah.

—¿Disculpa?

—¿Cómo era antes?

—Bueno, ya sabes, pasar el rato aquí y allá, sabiendo que no podía ser permanente. Sabiendo que un viento fuerte y favorable lo llevaría de regreso al mar.

—¿Lo echas de menos?

Terriblemente, aunque intentaba no obsesionarse con ello porque no deseaba sucumbir a la desesperación. Debía dedicar la temporada a agradar a su padre y encontrar esposo.

—Apenas pienso en él.

—Mentirosa. Yo estoy casada y pienso en él. Es un hombre impresionante.

—Sarah, no me estás ayudando.

—Lo siento. Opino que lo que hacen Chetwyn y su madre por los soldados es maravilloso.

Cambio de tema. Gracias a Dios.

—Sí, son muy generosos —Anne sospechaba que no eran más que los comienzos de los esfuerzos de Chetwyn.

Era de naturaleza amable y siempre buscaba protegerla. Sería un excelente marido. Y, si fuera el suyo, ella se esforzaría por ser una esposa excepcional. Sin embargo, ¿debería tener que esforzarse? ¿No debería surgir naturalmente?

La orquesta tocó una nota, en el salón se hizo el silencio y, con la ayuda de su hijo, lady Chetwyn se subió a una tarima. Sus cabellos se habían vuelto completamente blancos desde la muerte de su hijo. Se empezaron a oír unos murmullos y la mujer dio unas cuantas palmadas para reclamar de nuevo silencio.

—Como todos saben, atender a nuestros soldados es algo que llevo en mi corazón. Pero hacen falta fondos para asegurar que quienes no pueden aún trabajar, reciban todos los cuidados necesarios. Les debemos un alojamiento, comida y cariño. Les debemos nuestra eterna gratitud por ir allá donde nosotros no deseábamos ir. Espero que no se ofendan por cómo queremos comenzar este baile. Piensen que todo se hace con las mejores intenciones. Por favor, que las damas solteras den un paso al frente.

—Esa eres tú —Sarah golpeó el hombro de su amiga con un abanico.

—¿Sabes de qué va esto? —preguntó Anne.

—No, pero pensaba que tú sí lo sabrías. Tú eres la que pasa tiempo con Chetwyn.

—Ha sido muy discreto con sus planes.

Ese fue el momento elegido por Chetwyn para llamar su atención. Le guiñó un ojo y se giró bruscamente hacia la tarima. Anne tenía la extraña sensación en la boca del estómago de que no le iba a gustar aquello.

—Adelante. Vamos —insistió Sarah.

Anne se acercó a regañadientes al lugar que ocupaban otras damas, todas sonrientes y riendo nerviosamente.

—¿Sabes lo que han planeado? —susurró una de ellas.

Anne negó con la cabeza.

—He oído que va a ser escandaloso —dijo alguien en un susurro.

Anne jamás asociaría la palabra «escándalo» con Chetwyn.

—El primer baile de cada una de las damas será para el mejor postor —anunció la marquesa.

Un par de damas soltó un gritito nervioso. Anne deseó haberse quedado junto a Sarah hasta que vio la expresión satisfecha de Chetwyn. Basculaba el cuerpo hacia delante y hacia atrás sobre los talones, la mirada fija en ella, una dulce sonrisa dibujada en sus labios. Ella empezó a sospechar que el pequeño espectáculo tenía más que ver con reclamarla que con recaudar fondos para construir un hogar para los soldados. Hacía tiempo que esperaba algo así, pero no había previsto que fuera tan público. Sin embargo, se dispuso a tomárselo con deportividad.

El resto de las damas solteras subieron a la tarima. Se sucedieron sonrojos y unas pocas pujas, como si los asistentes no se sintieran demasiado cómodos con el procedimiento. Lady Teresa era la que había recibido la puja más elevada hasta entonces: veinticinco libras.

Anne fue el nombre anunciado por lady Chetwyn en cuarto lugar. Con las mejillas ardiendo, la joven subió a la tarima e intentó controlar la extraña sensación que le producía ser el blanco de todas las miradas. Su padre, por supuesto, no se encontraba allí, pero sí había visto a un sonriente Jameson que propinaba codazos a Chetwyn, sin duda para animarlo. De repente todo estuvo claro. Al finalizar la temporada, se encontraría prometida, y casada antes de finalizar el año. Jamás volvería a sentirse sola. Y eso era lo que deseaba.

—Lady Anne Hayworth, caballeros. ¿Qué ofrecen por ser el primero en bailar con esta encantadora dama? —mientras la marquesa hablaba, miraba sonriente hacia su hijo.

—Cincuenta libras —Anne lo vio levantar dos dedos.

Entre los invitados se oyeron exclamaciones camufladas. La

sonrisa de su madre se hizo más amplia, no tanto por la sorprendente cifra, sino porque esperaba que animara a los demás caballeros a ser más generosos. O quizás porque su hijo estaba dejando bien claro lo mucho que valoraba a lady Anne Hayworth. Y considerando las cifras que se habían barajado hasta el momento, nadie más iba a osar...

—Cien libras.

Al reconocer la voz, todo el aire escapó de los pulmones de Anne. ¿Qué estaba haciendo allí? Sin duda, Chetwyn no lo había invitado. Los asistentes al baile se apartaron para revelar a Tristan, indolentemente apoyado en una columna de mármol blanco. Aunque vestido como un caballero, parecía más arrogante que de costumbre, más peligroso. Y, aunque pareciera imposible, en las dos semanas que habían pasado sin verlo, se había vuelto más atractivo. Anne había empezado a pensar que había abandonado Inglaterra, y estaba decidida a no llorar su ausencia, sino a seguir adelante. Pero allí estaba.

Anne sentía la boca tan seca que le parecía haber tragado serrín.

—Ciento cincuenta —exclamó un desafiante Chetwyn.

—Doscientas.

Las exclamaciones de sorpresa se sucedieron por todo el salón. Alguien aplaudió. Jameson parecía a punto de cometer un asesinato. Chetwyn encajó la mandíbula.

—Doscientas cincuenta.

Anne miró a Tristan y le suplicó con la mirada.

«Por favor no sigas pujando. Deja que Chetwyn disfrute de este momento», pero una de dos, o Tristan no sabía interpretar su mirada, o le daba igual.

—Cinco*.

—Doscientos sesenta —anunció Chetwyn.

—Disculpe, milord, por no haber sido claro —la voz del capitán atronó en todas direcciones. Anne sospechaba que el dominio que ejercía sobre la audiencia se había forjado en nu-

---

* N. del E: De *five*, en inglés «cinco», pero también la primera palabra del cardinal *five hundred*: «quinientos»..

merosas tormentas—. No estaba pujando por doscientas cincuenta y cinco, sino por quinientas.

«Que esto pare ya, por Dios, que no siga». Anne percibió la duda en la mirada de Chetwyn, que se irguió.

—Seiscientos.

—Mil —respondió Tristan sin dudar. No era un hombre acostumbrado a perder, y ella sabía que no tenía ninguna intención de hacerlo aquella noche.

Chetwyn hizo una leve inclinación de cabeza y dio un paso atrás. El corazón de Anne lloró por él. Quiso saltar de la tarima, correr hasta él, asegurarle que todo iba bien, que ella le pertenecía. Pero el deber la obligó a quedarse allí arriba y soportar la humillación de sentir todas las miradas cargadas de especulación sobre su persona. Primero había sido la fiesta del jardín y después eso. Su reputación sin duda iba a quedar hecha trizas.

—Bueno, señor —anunció lady Chetwyn con una sonrisa forzada—, desde luego su generosidad será muy apreciada. Y, a continuación, tenemos a lady Hermione.

Si las miradas matasen, la que le dirigió lady Hermione a Anne al cruzarse ambas sin duda la habría enviado a la tumba.

En unas pocas zancadas, Tristan recorrió la distancia que los separaba y ofreció su mano a Anne para que bajara de la tarima. La vergüenza que sentía ante Chetwyn le hizo ignorar el gesto y se dirigió a una zona más tranquila del salón, cerca de la pared, donde aguardar el final de las pujas y el comienzo de la música. Tristan se colocó junto a ella.

—Lo has humillado a propósito —le espetó ella en voz baja.

—Te aseguro que no fue mi intención. Yo solo quería bailar contigo.

—¿Mil libras?

—Por una buena causa. No pretenderás echármelo en cara.

Quizás no. Si hubiera pensado que sus intenciones eran honorables en lugar de un medio para conseguir algo que deseaba... Si Chetwyn no hubiera tenido esa expresión de decepción, de derrota.

—Uno no siempre puede tener lo que desea, sobre todo cuando lastima a los demás —le reprendió ella.

—Confía en mí, princesa, he pasado una buena parte de mi vida sin aquello que deseaba. Si tengo la oportunidad de tomar algo, lo tomo. Además, se trata solo de un baile. Él puede reservar el siguiente, y no le costará un centavo.

Anne vio a Jameson alejarse de la tarima con lady Hermione. De modo que su hermano había pujado por ella. Se preguntó por qué cantidad. Desde luego no la desorbitante cifra de mil libras.

—Creía que habías entendido que mi propósito esta temporada era encontrar marido.

—Y por eso me he mantenido al margen, pero, maldita sea, te echaba de menos.

Anne hubiera jurado que había percibido nostalgia en la voz del capitán, una nostalgia que igualaría la suya si pronunciara las mismas palabras. Pues ella también lo había echado de menos. Terriblemente. Pero admitirlo no serviría más que para prolongar la inevitable separación.

—No sabía que estuvieras invitado.

—Mi hermano y su esposa lo están. Yo me pegué a ellos. ¿Hay alguna norma que me lo impida?

Chetwyn sin duda estaría en esos momentos lamentando no haber sido más preciso con la invitación. Anne se alegraba de que al final hubiera sido él quien la hubiera entregado. De lo contrario, podría pensar que ella había invitado a Tristan.

—Pensé que quizás habrías abandonado Inglaterra.

—Todavía no —él sonrió—. Creo que es evidente.

—¿Qué estás haciendo aquí, Tristan?

—Ya te lo he dicho. Te echaba de menos. Quería bailar contigo.

—¿Y hacía falta llamar tanto la atención?

—Me iré, si así lo deseas, y que él se quede con su maldito baile.

—El hogar para soldados necesita esas mil libras.

—Seguirá teniéndolas. Yo pago mis deudas. Dime que me marche y me marcharé.

Anne cerró los ojos y respiró profundamente. Al abrirlos de nuevo, se encontró con la atenta mirada del capitán. La mirada azul se detuvo en sus labios antes de regresar a sus ojos. Ella vio reflejado un deseo igualado por el suyo propio.

—Supongo que debería sentirme halagada por el elevado precio que has pagado por bailar conmigo.

—La mayoría de las mujeres lo estaría, creo yo. Pero hace mucho que me di cuenta de que tú no eres como la mayoría de las mujeres.

—La gente nos mira.

—Quizás porque la música comienza —Tristan le ofreció su brazo—. ¿Te acompaño hasta la pista de baile o hasta Chetwyn?

—Hasta Chetwyn.

Un destello de irritación surcó el rostro de Tristan antes de desaparecer.

—Como gustes.

Anne posó una mano sobre su brazo y él se volvió hacia el rincón donde Chetwyn hablaba con su madre. Iba a hacerlo. Iba a entregarla a otro hombre.

—A la pista de baile, maldito seas —susurró ella.

—Dime que también me has echado de menos —le pidió él cuando comenzaron a bailar.

—Terriblemente —no debería admitirlo, pero lo hizo.

Tristan sonrió y su mirada le prometió que no estaría sola esa noche.

—No pongas esa cara de engreído. Solo reafirma la opinión de lo difícil que es mantener una relación contigo.

—¿Y cuando estamos juntos no merece la pena?

—¡Qué arrogante eres! —Anne rio.

—Solo si aseguro ser lo que no soy. ¿Qué ves en él?

—¿En quién? ¿Chetwyn?

—A mí me resulta bastante anodino —Tristan asintió.

—No lo conoces. Es un hombre de muchas facetas. Trabaja para mejorar la vida de los menos afortunados.

—Bueno, pues eso le convierte en un santo, ¿no?

—No te burles de él. Al menos hace algo.

—Y tú lo admiras por ello.

—En efecto. Mucho.

—Deberíamos seguir hablando de esto. Reúnete conmigo en el jardín dentro de tres bailes.

Mirando a su alrededor, Anne vio a su hermano bailando con lady Hermione. Ambos los miraban a ellos dos, no el uno al otro. Le sorprendió que no chocaran contra nadie.

—Ahora que mis hermanos saben que estás aquí, te van a estar vigilando de cerca.

—Entonces me aseguraré de salir por la puerta principal.

—Se te dan muy bien esos juegos. No quiero ni saber cuántas veces has jugado a esto.

—Para mí tú no eres un juego.

—Entonces, ¿qué soy, Tristan?

—No lo sé. Solo sé que deseo desesperadamente zarpar, pero mi barco permanece anclado y estoy donde menos me apetece estar.

—Pareces muy infeliz —ella no pudo evitar sonreír.

—En realidad fastidiado. Estoy acostumbrado a ir donde me plazca, cuando quiero. Pero aquí sigo, debatiéndome en un mar de dudas. De modo que reúnete conmigo en el jardín. ¿O prefieres que me cuele por tu ventana esta noche?

«Ambas cosas», pensó Anne. ¿Qué demonios le sucedía? Prolongar su relación solo podía provocarle más dolor.

—Tras el tercer baile contando a partir del siguiente —se oyó decir a sí misma.

—¿Por qué pujaste por ella y no por mí?

Tristan se encontraba en el pasillo, camino de la puerta y se detuvo ante la femenina voz.

—Hermione —suspiró profundamente y se volvió hacia ella.

La desilusión reflejada en los ojos de la joven bastó para que lamentara no ser el hombre que ella desearía que fuera.

—Te avisé de la celebración de esta velada porque deseaba

que vinieras y pujaras por mí. Lady Chetwyn ya había avisado a mi madre de lo que tenía planeado.

Y él había acudido al baile con la esperanza de encontrar a Anne. No tanto para reclamarla como suya, sino más bien para asegurarse de que nadie más lo hiciera. Por eso había permanecido entre las sombras hasta estar seguro de que estuviera allí. De no haberla visto, se habría marchado discretamente.

—Lord Jameson pujó por ti.

—Treinta libras, no mil. ¿Mil libras por ella? ¿Por qué?

Esa era la pregunta, ¿verdad? Una pregunta que ni él mismo era capaz de contestar.

—Te amo —lady Hermione se acercó un poco más, los ojos anegados en lágrimas.

—No puedes amarme, Hermione. No me conoces.

—Haría cualquier cosa por ti.

«Entonces déjame en paz».

—Pues encuentra tu felicidad con otro. Dentro de poco zarparé, y solo Dios sabe cuándo regresaré. Ibas a pasar muchas noches solitarias.

¿Por qué utilizaba con ella el mismo argumento que siempre rechazaba cuando era Anne quien lo exponía?

—Me da igual. Te esperaré, igual que he hecho durante estos dos años.

—No quiero herirte, Hermione. Eres una chica encantadora, pero no eres para mí.

—¿Y lady Anne sí lo es? No lo entiendo. Ni siquiera es guapa.

—¿Dices que no es guapa? Es la mujer más hermosa que he visto en mi vida.

—Su nariz es demasiado pequeña y los labios demasiado carnosos.

—Regresa al baile, querida —Tristan sacudió la cabeza y rio—, y flirtea con otro. Con lord Jameson, si eres lista, pero yo no soy para ti.

Antes que continuar discutiendo con ella, el capitán se dio

media vuelta y salió de la residencia. No quería ser cruel, pero no se le ocurría otro modo de hacer llegar su mensaje.

No habían especificado un lugar concreto del jardín para la reunión, pero Anne estaba bastante segura de que cuanto más lejos de la casa, mejor. No dudó ni por un instante que Tristan la encontraría, estuviera donde estuviera. Ni siquiera se planteó de dónde sacaba tanta confianza en él. Ni quería reconocer lo mucho que deseaba ese pequeño encuentro.

Las dos semanas que habían pasado desde la última vez que lo había visto le habían generado un profundo deseo. Bailar con él aquella noche, reunirse con él en esos momentos, estaba sirviendo para reavivar una llama que había intentado apagar. Tristan tenía que dejarla. No podían seguir manteniendo una relación. Porque solo complicaba más las cosas. Seguir adelante era una amenaza para su fuerza de voluntad. Había superado lo de Walter, y en esos momentos debía hacer lo mismo con Tristan.

Pero, cuando un musculoso brazo la agarró por la cintura y la llevó hasta el rincón más oscuro del jardín, cuando una deliciosa boca cubrió la suya, cuando su propio cuerpo se aplastó contra las familiares formas, ella se dejó ir sin emitir siquiera una leve protesta. Era maravilloso sentirse envolver en la familiar fragancia, saborearlo, recibir sus caricias, sentir esas manos tomar sus pechos, oír los gruñidos mezclados con suspiros.

—¡Maldita sea, cuánto te he echado de menos! —exclamó él con voz ronca mientras deslizaba los labios por el delicado cuello hasta el escote, donde los dulces pechos aguardaban sus labios.

Anne sintió una oleada de calor inundarla. ¿Por qué tenía tan poco control cuando él estaba cerca? ¿Por qué se moría por algo que nunca podría tener del todo? No deseaba renunciar a momentos apasionados como ese, pero serían demasiado escasos y espaciados. La soledad era una amarga compañera. No la abrazaría en las noches frías. No la consolaría en sus momentos de tristeza. No celebraría con ella los momentos dignos de ser recordados.

En cuanto Tristan había abandonado el salón de baile, Chetwyn había ocupado su lugar, hablado con ella, bailado con ella, ofreciéndole un refresco. Estaría allí hasta que ella se marchara, y no tenía nada que ver con el hecho de que fuera su casa. Lo importante era que siempre estaría cerca. Anne jamás necesitaría preguntarse dónde estaba, siempre lo sabría. Nunca tendría que preocuparse por si se había enzarzado en una pelea con unos rufianes, o si estaba luchando contra una tempestad que podría partir el barco en dos. Con Tristan su vida sería una continua incertidumbre.

Ya lo había vivido con Walter. Sabía lo duro que era no saber. La hacía envejecer. Mataba su espíritu. La dejaba en un estado de perpetuo lamento.

—Chetwyn me está cortejando.

Tristan se paró en seco, los labios pegados a la garganta de Anne, una mano sujetándole el trasero, la otra un pecho. El bulto bajo los pantalones empujaba contra su vientre. Oyó claramente la respiración agitada mezclada con la quietud de la noche.

—¿Vas a casarte con él? —preguntó él secamente.

—A lo mejor, si me lo pide. No lo sé.

—Pero podemos tener esta noche.

—No. Una vez que me haya decidido, no sería justo para él que me desviara del camino trazado. Ni siquiera por otra noche más contigo.

Aunque él apenas la soltó, Anne dio un traspié. No se había dado cuenta de hasta qué punto se había estado apoyando contra él.

—Y sin embargo, aquí estás, en el jardín, conmigo.

—Para explicarte...

Tristan la tomó por la cintura, la atrajo hacia sí y volvió a tomar posesión de sus labios. Anne oyó un gemido y fue consciente de que surgía de ella mientras sus lenguas se encontraban. Le rodeó el cuello con los brazos y hundió las manos en los negros cabellos. Su cuerpo intentaba pegarse más a él.

—No puedes resistirte a mí —afirmó el capitán.
Fue la nota de triunfo en la voz lo que la hizo apartarse. ¡Sinvergüenza arrogante! Era su debilidad. Anne quiso gritar. Quiso golpearle el torso con los puños. Quiso explicarle que tenía el poder de destruirla.
—No puedo negar que exista una atracción y que eres extremadamente habilidoso a la hora de dar placer, pero mi futuro está con Chetwyn.
—Concédeme esta noche, Anne. Concédenos esta noche. En el barco.
Aunque sabía qué respuesta debía darle, Anne sucumbió.
—Acudiré al muelle después de que mis hermanos me hayan llevado a casa. Si estás allí...
—Allí estaré.

CAPÍTULO 23

No permanecieron en el puerto. Tristan ordenó que el barco fuera fondeado en el mar. No lejos. Lo suficiente para que el viento revolviera los cabellos de Anne, de pie en cubierta, lo suficiente para que todas las estrellas fueran visibles. Lo suficiente para poder oír una ballena a lo lejos.

Anne entendía perfectamente la pasión del capitán por el mar, pero no desearía vivir su vida compitiendo con una amante que siempre tendría prioridad en su corazón. Ni podía culparle por ello cuando esa amante siempre había estado ahí para él. Siempre que Tristan había necesitado un lugar al que huir, el mar le había proporcionado cobijo.

Tristan estaba colocado a su espalda, las piernas separadas, abrazándola mientras el barco se balanceaba, las velas enrolladas, esperando el momento de regresar a puerto.

—Entiendo por qué te gusta esto —observó ella con calma.

—Creo que tú también lo amas.

—Me gusta. Es muy diferente.

—Nunca había compartido esto con una dama.

—Y yo he compartido contigo más de lo que he compartido con nadie —Anne se volvió hacia él sin soltarse del abrazo.

—¿Y lo lamentas?

—Ni una pizca.

Anne se puso de puntillas y besó a Tristan con la desesperación, el deseo, y también el amor que sentía por él. Jamás pronunciaría las palabras que podrían mantenerlo a su lado porque ese hombre le importaba demasiado para negarle el mar.

O quizás temiera que su amor no bastara para conservarlo a su lado.

No importaba. Lo que sentía no podía ser compartido o examinado. Disfrutarían de esa noche, y después lo guardaría bajo siete llaves.

Fuertemente abrazados, se encaminaron hacia el camarote. No era su ideal de hogar, pero era el hogar de Tristan, y ella se alegraba de que la hubiera llevado nuevamente allí.

Y ya no tuvo más tiempo para reflexionar, porque la boca del capitán cubrió la suya y sus manos se movieron ágiles para quitarle toda la ropa. Ella se sentía igual de ansiosa, y agradecida de que él solo llevara pantalones, camisa y botas. Lo tendría desnudo en un abrir y cerrar de ojos.

—No llevas corsé —observó él mientras le arrancaba el vestido.

—No.

—Buena chica.

—Si te atreves a darme una palmadita en la cabeza...

—No es en tu cabeza donde pretendo dar palmaditas.

Ella rio y sus ropas quedaron esparcidas por el suelo mientras ambos caían sobre la cama. Anne se negaba a admitir que solo conseguía dormir profundamente cuando lo hacía acurrucada contra ese hombre. Quizás, sin embargo, se debiera a que solo tras yacer con él se dormía saciada.

Le hubieran gustado unos preliminares largos y lentos, pero llevaban separados demasiado tiempo para hacer algo remotamente tranquilo. Parecía como si ninguno de los dos tuviera bastante del otro.

La lengua de Tristan giraba y bailaba con la suya. Arqueando la espalda, ella deslizó las manos por el familiar cuerpo. No quería pensar en lo bien que se sentía cuando ese fornido cuerpo descendía sobre el suyo. Deseaba perderse en las sensaciones que él hacía despertar a la vida.

Cada trozo de piel que Tristan abandonaba para pasar al siguiente lloraba por la pérdida, pero él no dejó ni un centímetro sin acariciar. Desde la cabeza hasta los pies, la acarició y saboreó, la besó y mordisqueó, la chupó y lamió.

Y ella hizo lo mismo con una osadía que la sorprendió a sí misma. Ese hombre la pertenecía, completa y absolutamente. Al menos por esa noche. Llegaría un día en que se marcharía, y ella lo dejaría marchar sin lágrimas, sin montar una escena. Agradecida por lo que habían compartido aquella noche.

Y después se acomodaría en su papel de decorosa dama. Pero aquella noche tenía la intención de comportarse sin ningún decoro.

—Me toca —ella lo empujó hasta hacerle tumbarse de espaldas.
—¿Qué es esto? —preguntó él casi sin aliento.
—Ya verás.

Tristan hundió las manos en los cabellos de Anne y la atrajo hacia sí para besarla. Ella se lo permitió, le permitió ejercer el control durante un breve instante. Como si tuviera elección. Disfrutaba demasiado con sus besos para renunciar a uno. Sentada a horcajadas sobre él, permitió que sus labios se encontraran. Pero al interrumpir el beso para tomar aire, empezó a deslizarse hacia abajo, besando el cuello de Tristan, saboreando la salada humedad que ya empezaba a cubrir su cuerpo.

Anne se deslizó hacia abajo, dibujando un rastro con la lengua por el fuerte torso.

—¿Adónde vas, cariño?
—De aventura —ella alzó la vista hacia él.

Tristan contempló el fuego en los ojos grises y se sorprendió de que no le hubiera prendido fuego con él. Aunque ya estaba lo bastante ardiente como para no necesitar ninguna ayuda por su parte.

Desde el principio la había deseado, pero nada le había preparado para la urgencia y el deseo que lo impulsaba aquella noche. Quizás porque sabía lo que ella le ofrecía, quizás porque se le había negado durante tanto tiempo.

O quizás porque sabía que no volvería a tenerla.

Tristan había decidido que sería la última vez, y odiaba la idea casi tanto como odiaba permanecer en Inglaterra. De ser encadenado a tierra.

Le había sorprendido que ella no objetara a que levaran anclas y se dirigieran a mar abierto. Su intención había sido la de navegar toda la noche, de mantenerla a su lado hasta verse harto. Aunque ella creyera que no deseaba ver mundo, él sabía que sí quería hacerlo. ¿Cómo no iba a querer? Sobre todo si implicaba dormir en sus brazos todas las noches.

Pero ella confiaba en él. Creía que era mejor hombre de lo que era, un hombre que mantenía las promesas, aunque le perjudicaran. Había contado con que su desorbitante puja le proporcionaría suficientes rumores para desanimar a Chetwyn, pero de repente comprendía el egoísmo de su acción. No podría tenerla para siempre. Era un bastardo por negarle la oportunidad de vivir la clase de vida con la que ella soñaba.

Y sin embargo, Anne parecía no comprender el completo canalla que era, porque instalada entre sus piernas, seguía bajando. El aliento escapó de sus pulmones, los puños se apretaron contra las sábanas.

—¡Anne! —exclamó con voz ronca.

Una vez más, ella levantó la vista y él leyó triunfo en su mirada. El triunfo fue sustituido por descaro antes de que ella volviera a agacharse sobre…

Tristan arqueó la espalda al sentir su masculinidad envuelta en la ardiente boca.

—¡Jesús! —él hundió una mano en los cabellos de Anne mientras con la otra seguía aferrándose a la cama.

Hundiendo la cabeza en la almohada, él la observó hacer su magia. Solo había una cosa mejor que aquello, hundirse dentro de ella. Y quiso suplicarle que nunca le hiciera algo así a otro hombre. Se volvería loco si la imaginara así con otro.

Debería ordenar que izaran las velas, ordenar poner rumbo al rincón más lejano del mundo. Debería conservarla a su lado.

Pero ella lo odiaría y esa dulce boca jamás volvería a hacerle esas travesuras.

El placer y el dolor lo atravesaron al mismo tiempo. Placer surgido de los enérgicos movimientos, dolor porque no se merecía lo que ella tan voluntariamente le entregaba. Pues había querido negarle un futuro con otro hombre.

Y sabía que debía dejarla marchar.

—Anne —inclinándose hacia ella, la atrajo hacia sí hasta tenerla sentada a horcajadas sobre él. Y se hundió en su interior antes de reclamar su boca en otro beso. Nadie le había dado tanto como esa mujer. En un breve espacio de tiempo, ella se lo había dado todo.

Anne cabalgó sobre Tristan como si su vida dependiera de ello. Y él sabía que la suya así lo hacía. Irguiéndose, ella deslizó las manos por su torso mientras sus caderas basculaban al mismo ritmo que las suyas. Tristan le tomó los pechos con las manos ahuecadas, acarició y masajeó...

Echando la cabeza hacia atrás, los suspiros de ambos se entremezclaron antes de que ella empezara a gritar.

Su cuerpo se deshizo en espasmos sobre el suyo y el capitán sintió un feroz placer atravesarlo, despedazar su mundo, saciándolo y destrozándolo mientras ella se dejaba caer sobre él. No quiso preguntarse de dónde sacó las fuerzas para abrazarla fuertemente contra él. Era un bastardo egoísta, pues no deseaba dejarla marchar.

Pero al escuchar su respiración relajarse mientras se quedaba dormida, supo que los minutos pasaban y que pronto, muy pronto, ya no formaría parte de su vida.

Nunca más podría abrazarla, conocer la felicidad que le proporcionaba.

Él llevaba demasiado tiempo recorriendo su camino para cambiar de rumbo. Y, por desgracia, ese camino no la incluía a ella.

Abrazada por Tristan, Anne se detuvo en la zona más oscura del jardín. No sabía por qué, pero había pensado que navegarían lejos de Inglaterra y no hacia sus costas. Y a lo mejor ni siquiera habría objetado. Cuando estaba con él, perdida en la nebulosa del placer, parecía perder todo sentido común.

Pero en esos momentos el sentido común había regresado a su mente. Tenía miles de cosas que decirle, pero solo unas pocas tenían verdadera importancia.

—Ya no más. Se acabaron los encuentros a medianoche. La ventana de mis aposentos permanecerá cerrada. Jamás volveré a poner un pie en tu barco, pero, si asistes a algún baile, podrás invitarme a bailar.

—Puede que lo haga. Y aún no hemos disfrutado del paseo por Hyde Park.

—Es verdad.

Echándose hacia atrás, ella lo miró a los ojos. Deseaba poder esperar al amanecer y la luz que le proporcionaría, pero, cuanto más se demorara, más probabilidades había de que su familia descubriera lo indecoroso de su comportamiento.

—Buenas noches, Tristan.

Y antes de que él pudiera contestar, se alejó de él y corrió por el sendero del jardín, negándose a admitir la decepción que la embargaba porque él no la había vuelto a tomar entre sus brazos.

CAPÍTULO 24

Anne recordaba claramente la felicidad que la había embargado cuando Walter le había pedido su mano. Pero cuando Chetwyn hizo lo propio, la sensación fue de adentrarse en un camino de terreno inestable. Sin embargo, sentada en el salón, con él arrodillado a sus pies, una mirada de inquietud, como si esperara su rechazo, no pudo contestar otra cosa.

—Sí, por supuesto, será un honor para mí convertirme en tu esposa.

¿Honor? ¡Por Dios! Sonaba tan trillado y aburrido.

Chetwyn se llevó la mano de Anne a sus cálidos labios, unos labios que pronto le besarían otras partes del cuerpo. Sería agradable, sin duda, y sería feliz.

—Hoy me has convertido en el hombre más feliz de todo Londres.

—Yo misma no podría estar más encantada.

¿Encantada? ¿Pero, qué le sucedía? Jamás estaría sola. Habían pasado dos días desde la última vez que había visto a Tristan y sus pensamientos regresaban constantemente a él. Cuanto antes se convirtiera en una mujer casada, antes tendría otras distracciones.

Oyó un portazo y a su hermano Jameson gritar.

—Algo sucede ahí arriba.

«Ese hombre acaba de declararse, ¿y tú te preocupas por la llegada de tu hermano?».

—Lo siento —se excusó de inmediato mientras devolvía su atención a Chetwyn—. Ha sido muy poco considerado por mi parte.

—No te disculpes. Desde luego parecía estar muy alterado. ¿Anunciamos la buena noticia a tu familia? Quizás eso logre que mejore su humor.

—Sí, por supuesto.

«Sonríe», se ordenó a sí misma. «Esto era lo que querías que sucediera».

Chetwyn la ayudó a levantarse ofreciéndole un brazo.

—No me gustaría tener que esperar mucho tiempo.

—No veo ningún motivo para hacerlo. Creo que la buena sociedad comprenderá que una mujer que ha llevado luto durante dos años esté ansiosa por retomar su vida.

—Eso opino yo exactamente —ambos se volvieron hacia el pasillo—. Sé que hay cosas que organizar. El vestido de boda, el ajuar. Quizás mañana podrías avanzarme una fecha aproximada.

—Esta tarde visitaré a Sarah. Dado que ella ya ha celebrado una boda, podrá ayudarme a determinar el tiempo que necesitaré.

—Maravilloso.

¿Podía ser menos emotiva la conversación? Habían llegado al estudio de su padre del que surgían voces airadas.

—Jameson parece estar en forma —observó Chetwyn.

—Desde luego.

—Quizás deberíamos esperar...

—Creo que no. A mi familia le vendrá bien recibir una buena noticia.

El sirviente abrió la puerta y ellos hicieron su entrada. Jameson, que paseaba de un lado a otro, se detuvo bruscamente. Su padre estaba sentado ante el escritorio, con el ceño fruncido. Los demás hermanos estaban de pie y ninguno parecía contento.

—¿Va todo bien? —preguntó Anne.

Una pregunta estúpida ante la obviedad de que algo iba mal.

Jameson parecía estar a punto de atravesar la pared de un puñetazo, o peor que la pared, el rostro de alguien.

—Yo diría que no —rugió Jameson—. Es ese bribón de lord Tristan.

El corazón de Anne se aceleró de tal forma que le sorprendió que no desplazara a Chetwyn quien, no obstante, sí se apartó de su lado.

—¿Qué sucede con él? —insistió ella.

Jameson soltó un soplido y miró a Chetwyn como si él tuviera la culpa.

—Después del baile de beneficencia, lord Tristan Easton se marchó con lady Hermione. Pasó la noche con ella. Regresó a su casa con los cabellos revueltos y el vestido roto. Pero se niega a casarse con ella. Cuando me enfrenté a él, aseguró que ella mentía.

«¡Claro que mentía!», Anne reprimió las palabras, porque no podía hacerle eso al pobre e ingenuo Chetwyn.

—Es una pena que esos rufianes que contrataste no hicieran un mejor trabajo poniéndole en su sitio —murmuró Stephan.

Ella sintió que el suelo se movía bajo sus pies.

—¿Tú contrataste a los rufianes que lo atacaron en los muelles?

—Debían hacerle llegar el mensaje de que se mantuviera alejado de ti —Jameson se irguió—. Supongo que estás al corriente porque él te lo contó.

Anne descubrió a Chetwyn mirándola muy atentamente y se preguntó hasta qué punto sospecharía.

—Perdóname, Chetwyn —susurró antes de volverse hacia un hermano que, de repente, no le agradaba en absoluto—. No le hizo falta contármelo. Yo estaba allí. En los muelles. Estaba con él cuando los cuatro atacaron.

—¡Por Dios bendito! —exclamó Edward mientras los ojos de Stephan parecían a punto de salirse de las órbitas y la boca de Phillip colgaba abierta. El rostro de su padre se volvió de color escarlata.

—Anne... —empezó Jameson que bullía de indignación.

—También puedo asegurarte —lo interrumpió ella— que no estuvo con lady Hermione después del baile. Estuvo conmigo. Hasta el amanecer. ¿No te lo contó?

Con expresión horrorizada, Jameson sacudió la cabeza. Abrió la boca. La volvió a cerrar.

—Entonces, al final va a resultar que es un caballero, puesto que ha intentado preservar mi reputación.

—¡Por todos los santos! —rugió su padre como si al fin hubiera encontrado su voz—. Pero Chetwyn...

—Sí, Chetwyn —asintió Anne volviéndose hacia él—. Lo siento muchísimo. ¿Hacemos como que nunca preguntaste y yo nunca acepté?

—¿Se casará lord Tristan contigo? —preguntó Chetwyn.

—Lo dudo —ella estuvo a punto de soltar una carcajada.

—Ya te digo yo que lo hará —aseguró Stephan.

«No», pensó Anne, «ya te digo yo que no lo hará».

—¿Ella miente? —rugió Sebastian.

—Miente —repitió Tristan por tercera vez.

Sentada en un sillón, Mary contemplaba la trifulca entre los dos hermanos.

—Te advertí que tuvieras cuidado con ella, que esto sucedería —insistió Sebastian.

—Me aseguré de que ella no abandonara el baile conmigo. ¿Qué mas podía hacer? —Tristan se dejó caer en una silla y rio—. No tengo la culpa de que esté mintiendo.

—Si no estabas con ella, ¿con quién entonces?

—Eso, hermano, no es asunto tuyo.

Confirmadas sus sospechas de que había estado con alguien, Mary enseguida supuso quién sería la dama en cuestión.

—Va a ser el asunto del que hablará todo Londres.

—No es el maldito asunto de nadie. Pero, si quieres saberlo, estuve a bordo de mi barco. Mis hombres me respaldarán. Después del baile sentía claustrofobia y me fui a navegar un rato.

—¿Únicamente tus hombres pueden respaldarte?

Mary ocultó su sorpresa. Al parecer su esposo había captado la situación mejor de lo que ella había supuesto. Sabía que había otra dama implicada.

—Solo mis hombres.

—Dudo mucho que sean testigos fiables. La gente pensará que los has sobornado para que mientan por ti. Lady Hermione pertenece a una familia poderosa, por no mencionar que son mucho más apreciados que nosotros.

—Hablaré con ella.

—No estoy seguro de que sea buena idea.

—No voy a casarme con ella.

—No estoy seguro de que tengas elección.

—Ya fui obligado en una ocasión a hacer algo que no deseaba hacer. No volverá a suceder.

Mary percibió la palidez que asomó al rostro de su esposo.

—No tuve elección. Tenía que alejarte de Inglaterra. Eras el segundo en la línea de sucesión.

—No te estoy culpando. Culpo al tío. Pero no me casaré con lady Hermione. Puedo hablar con ella, o puedo levar anclas esta misma noche.

—Si te marchas, nunca podrás regresar.

—Y dime, hermano, ¿para qué demonios iba yo a querer regresar?

Mary observó a Tristan salir furioso de la estancia mientras su esposo se dejaba caer en un sillón. Al parecer los sentimientos de culpa por lo sucedido aquella noche aún no habían sido superados. Y así seguiría siendo hasta que los tres hermanos hubieran encontrado la felicidad.

—¿No me dijiste en una ocasión que debíamos permitirle elegir su propio camino? —ella se levantó y, arrodillándose ante su marido, le tomó las manos.

—Pero está perdido, Mary. Lo he visto claramente, y lleva así desde los catorce años. Quizás casarse con esa mocosa lo ayudaría a centrarse.

—No cuando está enamorado de otra.

—¿Sabes quién estaba en el barco con él? —Sebastian miró a su esposa con atención.

—No lo sé, pero tengo una idea bastante buena.

—Entonces, ¿por qué no lo anuncia y se casa con ella?

—Porque, igual que él no quiere verse visto obligado, amor mío, sospecho que no quiere obligarla a ella.

—Eso no tiene ningún sentido.

—Encontrará su camino.

—A los catorce años —Sebastian suspiró—, pensé que volveríamos a ocupar nuestro lugar con facilidad. Deberíamos haber permanecido juntos.

—Tomaste la mejor decisión posible en ese momento.

—No vas a consentir que me sienta culpable por todo esto, ¿verdad?

—No. Vamos arriba y te distraeré un poco.

El duque se puso de pie, tomó a su esposa y la besó. Ella nunca se cansaría de los besos de ese hombre, nunca se cansaría de...

Un golpe de nudillos en la puerta acabó con los preliminares amorosos.

—Excelencia —el mayordomo entró en el estudio—, los lores Blackwood y Jameson desean hablar con usted.

—Entiendo —Sebastian intercambió una mirada con su esposa—. Te apuesto algo a que la dama del barco era lady Anne Hayworth.

Ella sonrió con dulzura y sacudió la cabeza. No iba a apostar nada, pues esa era la persona de quien había sospechado todo el tiempo.

Dadas las circunstancias, Tristan supuso que debería haber entrado por la puerta principal. Los hermanos de Anne no se alegrarían de verlo, pero dado que ya se habían enfrentado a él en casa de Sebastian aquella misma tarde, anunciándole que iba a casarse con su hermana, esperaba que le permitieran hablar con ella en el salón. Sin embargo, sentía la apremiante necesidad de verla sin que nadie lo supiera.

De modo que allí estaba, posado en el alféizar de su ventana, observándola. Estaba sentada en el sofá frente a la chimenea. A pesar de la cálida temperatura, el fuego estaba encendido, y no pudo evitar preguntarse si revelar su relación le había provocado una sensación de frío. Pero lo que más le impactó fue la soledad que parecía emanar de su persona. ¿Cuántas veces le había hablado de las solitarias noches que le aguardarían si él permanecía en su vida? Hasta ese momento no estaba seguro de haber comprendido el pleno significado del precio que esa mujer debería pagar por permanecer a su lado.

Se deslizó dentro de los aposentos y se acercó a la chimenea. Anne apenas movió un músculo. Simplemente levantó la vista del fuego y la posó en sus ojos.

—¿Por qué les contaste que estabas conmigo? —preguntó él con calma.

—Porque pensaron que eras un hombre sin honor —ella sacudió la cabeza, parecía perdida—. Ella mentía, pero todo Londres la creería antes que a ti. Supongo que mi padre y mis hermanos fueron a verte.

—Lo hicieron.

—¿Les dijiste que se fueran al infierno?

—No —aunque le hubiera gustado—, les dije que me casaría contigo si era eso lo que tú querías.

—¿Cuántas damas reciben dos proposiciones de matrimonio el mismo día? —Anne soltó una amarga carcajada—. Aunque la tuya no resulta tan encantadora como la de Chetwyn.

—¿Te lo pidió? —algo oscuro y posesivo se clavó en su corazón.

—Sí, justo antes de que descubriéramos el lío que lady Hermione estaba armando.

—¿Y qué le contestaste?

—Acepté, y luego me disculpé por no ser una dama.

A Tristan le empezó a doler una mano y comprendió que se agarraba con tal fuerza a la repisa de la chimenea que corría el riesgo de cortarse con ella.

—¿Querías casarte con él? —continuó preguntando mientras aflojaba la mano.

—Eso ya es irrelevante. No me habría aceptado. Además, se merece a alguien impecable.

—¿Pero tú querías casarte con él?

—No quiero estar sola. Ya he sufrido eso durante dos años. Y Chetwyn es amable y generoso. Habría sido un marido ejemplar. La vida habría sido buena, creo, aunque... —Anne le obsequió con una tímida sonrisa y posó la mirada en la mano que, de nuevo, se aferraba a la repisa—. Puedes relajarte. Tampoco voy a casarme contigo.

—¿Por qué no? —curiosamente, las palabras de Anne solo consiguieron hacer aumentar la tensión que sentía.

—¿Me amas?

—¿Te ama Chetwyn?

—Esa no es la cuestión —ella se puso de pie y se reunió con él frente al fuego. Los ojos grises reflejaban una profunda tristeza—. Es evidente que tu vida está en el mar. La mía está aquí. Si sigo soltera, puedo elegir.

—Elegir un amante sin remordimientos —cada amarga palabra pareció una puñalada.

—¿Me negarías el derecho a buscar consuelo en otro?

Tristan le acarició una mejilla, pero ella se negó a apaciguarse.

—¿Puedes prometerme que no buscarás consuelo en otras mujeres cuando pases meses lejos de casa?

Su hogar estaba en el mar, y allí pasaría la mayor parte del tiempo.

—Estarás en lugares exóticos, ¿no sentirás la tentación de ceder? ¿Qué serían nuestros votos matrimoniales sino una farsa?

—¿Y si te quedas embarazada?

—Si no estoy contigo, no será tuyo, ¿verdad? ¿Quién sabe? Con el tiempo puede que conozca a un hombre capaz de perdonarme mis pecados.

Y mientras tanto estaría sola, sentada en un sofá, contemplando las llamas de un chisporroteante fuego.

—Nunca quise causarte dolor —Tristan se frotó la comisura de los labios con el pulgar.

—Lo sé. Aun así, las consecuencias involuntarias, por molestas que resulten, deben ser consideradas.

—Tu familia no estará contenta si no me caso contigo.

—Mi familia no estará contenta aunque me case contigo —ella sonrió con tristeza—. No les gustas, lo cual me parece una lástima. No aprecian el hombre que eres.

¿Un canalla? Había destrozado su reputación. No podía ofrecerle lo que se merecía. Un hogar, un esposo, hijos. Permanencia. Una vida sin soledad. Pero, ante el más leve pensamiento de no regresar al mar, rompía a sudar. Si no hubiera conocido otra cosa...

—¿Te enviarán lejos de aquí?

—Lo haré yo misma. Sigo teniendo el dinero de Walter. Seré una dama independiente económicamente —Anne le acarició la barbilla—. Estaré bien, pero debes dejarme marchar.

—No permaneceré eternamente lejos de Inglaterra.

—Pero, cuando regreses, no deberás buscarme. Sería injusto para los dos, reunirnos y separarnos continuamente. Es demasiado duro, Tristan, es malditamente duro.

—No me marcharé hasta no estar seguro de que no esperas un hijo.

—No lo espero. Mi periodo comenzó esta mañana, una bendición. No habría aceptado la proposición de Chetwyn de no ser así.

Tristan no comprendía por qué se sentía tan desolado al saber que ella no esperaba un hijo suyo. Él no quería hijos. Su vida no estaba adaptada para ello. Era una persona sin ataduras, libre para hacer lo que quisiera. Y lo que quería era marcharse, regresar al mar.

—Nunca te olvidaré —le aseguró mientras agachaba la cabeza para disfrutar de un último beso.

Ella, por supuesto, tenía razón. Abandonarla era una de las cosas más difíciles que había hecho en su vida. Pero ella nunca sería feliz a bordo de su barco, y él no lo sería lejos del mar.

Anne tampoco sería feliz esperando eternamente su regreso. Por maravillosos que fueran los reencuentros, siempre permanecería la amarga consciencia de que deberían terminar.

Con la ayuda de Rafe, Tristan averiguó cuál era el club preferido de Chetwyn, el Dodger's Drawing Room. Con una recomendación escrita de su hermano, le fue permitida la entrada a ese recinto sagrado para caballeros. Y con unas cuantas monedas depositadas en las manos adecuadas, enseguida localizó a Chetwyn en el salón de fumadores, sentado en un mullido sillón cerca de la chimenea. Fumaba un puro y bebía brandy, y estaba flanqueado por los cuatro hermanos de Anne. Sin duda lo estaban consolando. En realidad, Tristan agradeció su presencia, así se aseguraba de que ellos también oyeran lo que tenía que decir.

Sintió las miradas posadas sobre él. Siempre había dado la impresión de disfrutar siendo el centro de atención, pero lo cierto era que lo aborrecía. Quizás fuera a consecuencia de la atención que sus hermanos y él habían recibido por parte de su tío. Mientras tiritaba en la torre, había deseado ser invisible, que su tío lo ignorara, ser insignificante. Quizás por eso odiaba Londres, donde hasta el más mínimo aspecto de una persona era diseccionado y comentado. Anne disfrutaba con esa vida y él no podía esperar para alejarse de ella.

Los hermanos de Anne se acercaron amenazadores mientras Chetwyn apenas lo contempló con curiosidad. Ese hombre siempre parecía estar observando, viendo cosas que Tristan hubiera deseado que no viera.

—Caballeros —el capitán se detuvo frente a Chetwyn.

—No ha ido a ver a mi hermana —espetó Jameson.

—En realidad, acabo de despedirme de ella.

—¡Bastardo! —uno de los hermanos más jóvenes saltó con los puños apretados.

—Chetwyn —Tristan lo ignoró—, creo que debería saber que no voy a casarme con Anne porque no sucedió nada entre nosotros...

—Ella dijo...
—Dijo que estaba conmigo —él interrumpió a Jameson—. Cierto. En mi barco. Sobre la cubierta, apreciando el olor a mar con los cabellos revoloteando al viento. Hice todo lo que pude para convencerla de que se lo pasaría mucho mejor en mi camarote, pero no consintió. Simplemente le apetecía navegar un rato. Según ella, allí fuera hay menos preocupaciones. Como caballero, juro que no sucedió nada indecoroso, desde luego nada que exija que ella pase el resto de su vida encadenada a un rufián como yo. No voy a renunciar al mar, ni siquiera por ella —se encogió de hombros—. Lo cual iba a convertir su vida en una muy solitaria.

—¿Intentó seducirla? —Chetwyn se puso lentamente en pie.

—Por supuesto. Pero es muy dura su Anne —Tristan estuvo a punto de ahogarse con sus últimas palabras.

—Creo que esta conversación debería continuar en el callejón —intervino Jameson, que destilaba una profunda ira.

—Sí, creo que sí —contestó Tristan sin apartar la mirada de Chetwyn.

La conversación resultó muy breve, unos cuantos juramentos proferidos mientras los puños impactaban. Tristan no dudó de que el más brutal de todos los golpes lo recibió de Jameson, no tanto por Anne, sino por lady Hermione.

Abandonaron al capitán encogido en el suelo, el rostro magullado y un par de costillas rotas. Cuando Rafe lo movió, gimió.

—¿Te ha gustado el espectáculo? —le preguntó a su hermano pequeño a través de unos labios hinchados mientras escupía un diente.

—No tanto como pensé. ¿Cómo sabías que iban a darte una paliza?

—Es lo que yo haría si tuviera una hermana y un canalla la tratara como yo traté a Anne. Ayúdame a levantarme.

Dolorido y con mucha dificultad, consiguió ponerse en pie. No fue capaz de enderezarse, y ni siquiera estaba seguro de poder caminar.

—Me proporcionaron esperanza —Rafe se deslizó bajo un brazo de Tristan para sujetarlo.
—¿Qué? —él miró a su hermano a través de sus ojos hinchados.
—Los globos terráqueos. Los coleccionaba porque me proporcionaban la esperanza de que ahí fuera hubiera algún lugar mejor de aquel en el que yo me encontraba.
—Pero hay algunos nuevos. Los sigues coleccionando.

Rafe no respondió mientras ayudaba a Tristan a arrastrarse hasta el carruaje. El capitán no pudo evitar preguntarse si el pequeño de los Easton seguía buscando ese lugar mejor. Y se le ocurrió que no eran tan distintos los dos. ¿No era ese el motivo por el que volvía una y otra vez al mar? Seguía buscando aquello que había perdido.

CAPÍTULO 25

Anne aguardaba de pie en el enorme recibidor a que el mayordomo informara a Tristan de que tenía una visita. La residencia de Londres era digna de un duque. Jamás había estado allí, pero le habían contado que había sido allí, durante la celebración de un baile, donde Tristan y sus hermanos habían hecho su gran regreso a la sociedad de Londres.

No era una cotilla, pero, si bien sabía que debería aguardar donde el mayordomo la había dejado, se sintió atraída hacia el retrato de dos niños que colgaba sobre una mesa adornada con flores. Lo chicos no tendrían más de doce años. Eran de la misma altura, misma constitución y rasgos idénticos, y aun así eran increíblemente diferentes. Estaban de pie, espalda con espalda, mirando al frente. Uno de ellos, tremendamente serio, el otro con un brillo travieso en la mirada y una incipiente sonrisa.

—¿Es capaz de distinguirlos? —preguntó una dulce voz.

—Excelencia —Anne se dio la vuelta e hizo una reverencia—, le pido disculpas. No pretendía husmear...

—No sea boba, no habría colgado ahí el retrato si no quisiera que fuera visto —la mujer llevaba un vestido de color verde claro que daba más fulgor a sus cabellos rojos y sueltos. Sin embargo, los ojos, color esmeralda, hablaban de una profunda sabiduría—. Quería que la gente que viniera a esta casa los viera como fueron, que quizás comprendieran cómo les había cambiado la vida. Durante un tiempo creímos que el retrato había sido destruido, pero hace poco un sirviente lo encontró oculto tras unos muebles en un ático. Solo lleva ahí colgado un par de semanas. Pero estoy divagando. No ha contestado a mi pregunta, lady Anne. ¿Es capaz de distinguirlos?

—El de la izquierda es lord Tristan —Anne se mordisqueó el labio mientras estudiaba de nuevo el retrato.

—Hay muy pocos capaces de reconocer las diferencias entre ellos. Yo jamás lo entendí. Para mí era fácil distinguirlos, claro que seguramente se debía a que amaba a Sebastian.

Anne se volvió bruscamente y su mirada chocó con la los inteligentes ojos de la duquesa. Ella no amaba a Tristan.

—Opino que el artista logró captar la traviesa naturaleza de lord Tristan. Eso es todo.

—Es cierto que llevaba un diablillo dentro. Aún lo lleva, la verdad, pero ya no es tan inocente como solía ser.

—¿No nos sucede a todos al hacernos mayores?

—Supongo. Tengo entendido que ha venido a ver a lord Tristan, pero, desgraciadamente, no se encuentra aquí.

—¿Y sabe cuándo regresará?

—Tengo entendido que zarparon anoche —la duquesa negó con la cabeza—. Mi esposo fue a despedirlo al muelle.

—Entiendo. Podría tardar años en regresar.

—Sospecho que así será —Mary estudió a Anne, que empezó a preguntarse qué estaría revelando su rostro—. ¿Le apetece tomar un té en el jardín?

—Me encantaría —quizás, solo quizás, conseguiría así hacer desaparecer una parte de su melancolía.

Siguió a la duquesa por la casa hasta el jardín y deseó que Sarah y ella hubieran acudido allí de visita, tal y como habían pensado hacer.

Siguiendo las indicaciones de la anfitriona, Anne se sentó ante la mesa cubierta por un mantel de encaje. El jardín era una explosión de color y fragancia.

—Su jardinero posee mucho talento.

—Se lo robé a mi padre, pero ¿realmente desea hablar de mis rosas?

Anne dejó la taza a un lado. La duquesa esperó pacientemente, mirándola con expresión acogedora. En otras circunstancias, podrían haber llegado a ser amigas.

—No estoy segura de qué hago aquí realmente —ella soltó una pequeña risa nerviosa—. Tengo entendido que Tristan anunció en el club de mi hermano que nuestra relación había sido bastante inocente. Para cortar de raíz posibles chismorreos, lord Chetwyn y yo nos casaremos dentro de dos semanas. Pensé que lord Tristan debería saber que todo está de nuevo en su sitio.

—¿Y lo está? —preguntó la duquesa.

Anne asintió, porque la palabra se negaba a salir de su boca. Si todo estaba en su sitio, ¿por qué se sentía tan triste?

—Él necesita el mar... lord Tristan.

—No estoy segura de que sepa lo que necesita.

—Me contó que usted lo rescató.

—Tampoco estoy segura de eso. Les ayudé, a él y a sus hermanos, a escapar, pero eso no es exactamente rescatar, ¿no?

—Fue muy valiente.

—¿Por abrir una puerta? Yo no diría tanto. Ellos lo fueron mucho más por cabalgar en pos de lo desconocido.

Hacía que su intervención pareciera insignificante, pero Anne no lo entendía así. Daba la sensación de que todos los miembros de esa familia intentaban tomarse a la ligera un suceso que había cambiado la vida de todos ellos.

—Debería venir a Pembrook alguna vez —sugirió la duquesa—. Creo que la ayudaría a comprender mejor a lord Tristan. El Pembrook original era un castillo, con mazmorras donde la gente era torturada, y una torre donde los prisioneros aguardaban su destino. Después de casarnos, Keswick dedicó muchas horas a golpear los muros de la torre con una maza, en un intento de destruirla. Pero sigue en pie. Decidió dejarla por si sus hermanos necesitaban colaborar en su destrucción. Sin embargo, ellos no han regresado desde que enterraron a su tío.

—¿Cree que su intención era matarlos, tal y como opinan ellos?

—Sin duda alguna. Le oí planear sus muertes. Intento imaginarme lo aterrador que debió ser para ellos estar en esa torre, sin luz, calor, consuelo. Esperando. Esperando para ser asesinados por la sangre de su sangre. Uno pensaría que, habiendo vivido la misma experiencia en la torre, serían muy parecidos. Les moldeó, eso no se puede negar. Pero fue lo que les sucedió después de abandonar la torre lo que les ha convertido en los hombres que son ahora.

Anne no pudo evitar preguntarse si Tristan necesitaba el mar porque seguía intentando escapar del horror de lo que habían averiguado en esa torre: que alguien a quien habían amado les iba a matar, que los hermanos a los que amaba le serían arrancados de su vida, que solo podía confiar en sí mismo.

Y quiso llorar por el niño que había sido cuando el artista había pintado ese retrato. Quiso llorar por el hombre que, empezaba a comprender, jamás regresaría a casa porque su hogar le había sido arrebatado siendo un niño, y ya no sabía cómo encontrarlo.

Era poco después de la medianoche cuando Tristan detuvo su caballo cerca de Pembrook. La luna brillaba en el cielo y, a lo lejos, se distinguía la silueta de la mansión que Sebastian había hecho levantar sobre la colina. Aún no había estado allí, y se preguntó si lo sentiría como un hogar. Lo dudaba.

Su hogar siempre había sido ese lúgubre castillo que lanzaba su sombra sobre él.

Dos días antes había atracado en el puerto desde el que había escapado siendo un aterrado niño, solo en el mundo, huyendo para salvar la vida. Había regresado a Pembrook en dos ocasiones, pero en ninguna de ellas había llegado por mar. Era un hombre, y no le temía a nada, pero no le había gustado la sensación de atracar el barco en el mismo puerto desde el que había zarpado. Aun así había dado la orden y observado desde el alcázar cómo el *Revenge* se deslizaba silenciosamente a su posición. Muchas de sus mejores habilidades como capitán las había aprendido de Marlow.

Pero nadie le había enseñado a ser un lord. No tanto enseñado, sino más bien recordado. Su padre, desde luego, le había inculcado determinado comportamiento. Apretó un puño enguantado contra su pecho, contrito ante el recuerdo de su padre. Todos los recuerdos habían sido borrados, hasta hacía poco. No había tenido mucho tiempo para hacer nada más que sobrevivir y buscar venganza.

Que Dios lo perdonara, pues lo cierto era que al principio se había sentido molesto con Sebastian porque se había ocupado él solo de su tío en el momento de su muerte. A Tristan se le había negado cualquier satisfacción en ello. Para cuando se enteró por Sebastian, y acudió a Pembrook junto a Rafe, el muy puerco ya estaba frío y encerrado en el ataúd. Doce años planeando una venganza que le había sido arrebatada.

Con cada golpe del látigo contra su espalda había deseado la muerte de su tío. Con cada tormenta, cada punzada de hambre cuando la comida escaseaba, con cada ausencia de viento, con cada milla que lo separaba de sus hermanos y le producía una sensación de inmensa soledad...

Hundiendo la mano en el bolsillo, acarició el guante de cabritilla que se había apropiado la noche en que había conocido a Anne, reconoció que ese había sido el motivo por el que se había sentido aliviado de que ella no hubiera querido casarse con él, el motivo por el que no había intentado convencerla. Comprendía su soledad. No había querido reconocerlo, pero la comprendía. Conocía su sentido abstracto, el dolor que producía. La dejaría y la olvidaría. Seguiría con su vida. No amaría, porque el amor le ataba a uno. El amor y todo lo que le rodeaba lo aterrorizaba.

Se bajó del caballo y lo ató a un pequeño arbusto antes de entrar en el patio abandonado. Sabía que Sebastian tenía planes para derribar la torre, pero aún no los había llevado a cabo. Estaba demasiado ocupado haciendo feliz a su esposa. El amor alteraba el devenir de un hombre. Era tan impredecible como una tormenta.

Caminó hacia la torre. De niño le había parecido malditamente alta. Incluso en esos momentos se sintió empequeñecer. Agarró el pestillo con fuerza y abrió la puerta, oyó el odioso chirrido de los goznes. Aquella noche habían chillado cuando el esbirro de su tío les había escoltado hasta la torre.

—No luchamos —susurró. Habían acudido como confiados corderitos. Solo una vez que la puerta se hubo cerrado con llave se dieron cuenta de que algo iba mal.

¿Por qué iban a sospechar? Nadie les había hecho daño jamás. Eran los lores de Pembrook, idolatrados y protegidos por su padre.

En la penumbra, Tristan descolgó la antorcha de la pared y la encendió con las cerillas que llevaba en un bolsillo. Las sombras danzaron a su alrededor. Empezó a subir las escaleras. La vieja madera crujió. Todo olía a moho y a falta de uso.

Al fin llegó. La habitación. La pesada puerta de madera estaba abierta de par en par. En su interior estaba la pequeña mesa con los dos taburetes, uno de ellos volcado. Estuvo a punto de colocarlo bien, pero algo llamó su atención, el enorme agujero a un lado de la habitación. Dejó la antorcha sobre la mesa y examinó lo que quedaba del muro.

Sebastian le había contado que había golpeado ese muro con una maza, que allí había descargado su ira. Y había sido por ese agujero por el que su tío al fin había caído para morir.

—Maldito seas —rugió con voz ronca—. ¡Maldito seas! Robaste todo lo que tenía importancia. Los títulos y las propiedades me traen sin cuidado. Me robaste a mis hermanos. Me robaste la oportunidad de convertirme en la clase de hombre que se contenta con vivir en un lugar, en la clase de hombre merecedor de Anne hasta el día de su muerte.

Vio la maza en un rincón, la levantó y la estampó contra el muro.

—¡Maldito seas! Me convertiste en lo que soy. Mis necesidades, mis deseos, siempre van por delante. Alrededor de mi corazón hay un grueso muro. Grueso...

De nuevo golpeó la pared.

—Formidable.

Otro golpe.

—Fuerte.

Un trozo del muro se estremeció antes de precipitarse al vacío. Respirando con dificultad, el capitán contempló su obra. Podía derribar ese muro. Había sido lo bastante sólido para retenerlos cuando eran niños, pero ya no era lo bastante fuerte para lastimarlo.

Cayendo de rodillas, hizo lo que había deseado hacer aquella terrible noche, pero había temido que, una vez comenzara, no sería capaz de parar.

Lloró.

Por el niño que había sido.

Por el hombre que era.

Por el lord en que le hubiera gustado convertirse.

Y gritó porque, al final, su tío había ganado. Había destruido a lord Tristan Easton. Y el capitán Crimson Jack no sabía cómo encontrarlo de nuevo.

CAPÍTULO 26

Faltaban dos horas para la boda, pero de pie frente al espejo de cuerpo entero, con el vestido de satén, encaje y perlas, Anne no sentía ninguna ilusión. Le gustaba Chetwyn, desde luego. Casarse con él sería lo adecuado. Ella sería adecuada. Se ajustó el velo que partía de una guirnalda de flores de naranjo y deseó haber elegido otra flor porque las naranjas siempre le recordaban a Tristan. Y en ese día no quería pensar en él. No quería pensar en él nunca jamás.

Alrededor de su dedo enrollaba la tira de cuero que él había utilizado para atar sus propios cabellos y en una ocasión los de ella. Tendría que deshacerse de la cinta, pero sabía muy bien que iba a devolverla al joyero antes de partir hacia la iglesia.

—Está preciosa, milady —exclamó Martha—. Lord Chetwyn es un hombre muy afortunado.

—Soy yo la afortunada —las palabras eran adecuadas para la ocasión. Entonces, ¿por qué le ardían los ojos?—. Y creo que serás feliz sirviendo en casa de Chetwyn.

—Eh...

Anne se volvió hacia su doncella, que la contemplaba con el ceño fruncido, tanto que le sorprendió que la mujer no gritara de dolor.

—¿Eh...?

—Iba a comunicárselo después de la boda —Martha suspiró.

—¿Comunicarme el qué?

—El señor Peterson me ha pedido que me case con él —la doncella sonrió—, y he aceptado.

—Eso es maravilloso —Anne tomó las manos de Martha—. Enhorabuena. Aunque no entiendo por qué eso hace que temas trabajar en casa de Chetwyn.

—No temo ir a la casa de Chetwyn, es que no iré con usted. Iba a presentarle mi renuncia.

Anne le soltó las manos y dejó escapar un bufido.

—Eso es una estupidez. Tardará años en regresar...

—No —le interrumpió Martha—, regresó anoche. Dijo que me echaba demasiado de menos y que el capitán había ordenado que el barco diera media vuelta.

—¿Están en el puerto? —el corazón de Anne se estrelló contra las costillas.

—Sí, señora —la doncella asintió.

La mirada de Anne se desvió automáticamente hasta la ventana. ¿Qué esperaba, por el amor de Dios? ¿Ver a Tristan trepar hasta sus aposentos?

—Pero vuelven a zarpar esta tarde —continuó Martha—, aunque sin el señor Peterson. Ha renunciado al mar. Va a trabajar en una empresa naviera o algo así. Ha ahorrado dinero para comprarnos una casa. Ya no tendré que seguir trabajando.

—¡Oh, Martha! Cuánto me alegro por ti.

—Yo también me alegro —la sonrisa de la joven se hizo más amplia—. Jamás pensé que encontraría el amor. Es un buen hombre.

—No me cabe duda.

Un golpe de nudillos en la puerta interrumpió la conversación y Martha corrió a abrir. Tenso y visiblemente molesto, Jameson estaba de pie junto a Chetwyn.

—Déjanos, Martha —ordenó el primero.

Martha le dirigió una furtiva mirada a su señora antes salir corriendo por el pasillo.

—Chetwyn desea hablar contigo antes de la boda. No es la costumbre, pero le he concedido permiso para hacerlo. Sin embargo, la puerta deberá permanecer abier...

Chetwyn entró en los aposentos de Anne y cerró la puerta de un portazo en la cara de Jameson. Anne se tapó la boca con una mano para reprimir una carcajada. Se imaginaba la expresión sorprendida de su hermano. Nunca había visto a su prometido tan resuelto, y le resultó un poco desconcertante comprobar lo mucho que la excitaba.

Chetwyn se acercó a la chimenea, levantó un brazo y lo apoyó sobre la repisa antes de contemplar el hogar vacío.

—Desearía haberme pasado antes por el estudio de tu padre para tomarme una copa.

—Tengo algo de brandy.

—¿En serio? —él se volvió y sonrió.

—Sí. ¿Te apetece un poco?

—No, supongo que no —Chetwyn sacudió la cabeza—. Anne, deberías saber que te trataré con amabilidad.

—Jamás lo he dudado.

—Nunca te faltará de nada. Estoy convencido y creo, de todo corazón, que puedo proporcionarte una vida acomodada. Pero me atrevería a decir que te mereces más.

—No te entiendo.

—Creo que lord Tristan es un asqueroso bastardo —continuó él—, pero no se me ha escapado el modo en que te mira y, sobre todo, he visto cómo lo miras tú.

—¿Y cómo nos miramos, milord? —se atrevió ella a preguntar.

—Como si fuerais las dos únicas personas en el mundo —Chetwyn se volvió hacia ella—. ¿Tú me amas, Anne?

Ella no quería contestar. No quería herirle, pero tampoco podía empezar su nueva vida con una mentira.

—Yo tampoco te amo —continuó él como si hubiera recibido una respuesta—. Te pedí que te casaras conmigo por la carta de Walter. Pero he llegado a la desafortunada conclusión, en el momento menos oportuno, de que esa carta no basta para construir sobre ella un matrimonio.

—¿La carta de Walter?

Chetwyn hundió la mano en un bolsillo y sacó una hoja amarilla y arrugada.

—Estaba enfermo cuando la escribió. Sospecho que sabía que iba a morir. Me pidió que me asegurara de que fueras feliz, y yo pensé que la mejor manera de hacerlo sería convirtiéndote en mi esposa. Pensé que le debía al menos eso. Yo le obligué a alistarse, a buscar su propio camino. Nuestras arcas estaban casi vacías, y no quería concederle una asignación. Cuando declaramos la guerra a Rusia le aconsejé que comprara su libertad. Casarse contigo le proporcionaría una dote, con eso le bastaría. Pero él no deseaba ser visto como un cobarde. La culpa de que esté muerto es mía.

—No, Chetwyn —Anne sintió pena por ese hombre y posó una mano en su mejilla. Todavía no se había puesto los guantes y se alegró de poder proporcionarle una cálida caricia como consuelo—. De niño siempre le gustó jugar a los soldados, y tú lo sabes. Nada de lo que le hubieras dicho le habría disuadido de hacer lo que hizo. Estaba decidido. No puedes considerarte responsable. Todos debemos tomar nuestras propias decisiones, y vivir con ellas.

—¿Es eso lo que estamos haciendo ahora, Anne? ¿Tomar decisiones con las que vamos a tener que vivir?

—¿Te estás echando atrás? —preguntó ella, medio en broma, medio en serio, sin saber muy bien qué respuesta preferiría oír.

—Le dimos una paliza.

—¿A quién? ¿A Walter?

—No. A lord Tristan.

El estómago de Anne se encogió y ella se apartó de su prometido.

—La noche que vino al club —le explicó Chetwyn—. Después de contarnos que había intentado seducirte, pero que no había pasado nada. Lo acompañamos a la calle y le dimos una paliza. Bastante fuerte, en realidad. Ni siquiera levantó una mano para detenernos.

—No, jamás lo haría.

—Pensé que sería mejor luchador, que se habría defendido.

—Desde luego podría haberlo hecho si hubiera querido. Lo vi deshacerse de los rufianes a los que el idiota de mi hermano contrató. Apenas se le arrugó la ropa.

—¿Entonces por qué no se resistió?
—Sospecho que porque creía merecerse la paliza. O quizás no quería hacer daño a las personas que me importan. Más bien lo segundo —aseguró tras reflexionar sobre ello.
—¿Tú lo amas, Anne?
—Eso no importa —luchando contra unas ardientes lágrimas, ella sacudió la cabeza—. Su hogar está en el mar. ¿Qué clase de vida sería esa para una dama?
—Si incluye el amor, yo diría que sería una vida que merecería la pena vivir.
—¡Oh Chetwyn! —un sollozo escapó de los labios de Anne mientras él la abrazaba con fuerza.

Su prometido olía a especias, pero ella soñaba con el aroma a naranjas.

—Juré que honraría la petición de Walter y me aseguraría tu felicidad, pero no creo que tu felicidad esté conmigo.
—Según mi doncella, su barco zarpa hoy.
—Pues opino que deberías contarle lo que sientes antes de que se vaya. Mi carruaje está en la entrada, por si necesitas ir a algún sitio.
—Mi padre y mis hermanos me vigilan como halcones.
—Les convenceré para que se reúnan conmigo en el estudio para brindar por mi felicidad.

Anne se apartó ligeramente y estudió los sólidos rasgos de Chetwyn. Con el tiempo, creía muy posible que podría haber llegado a amarlo.

—Espero que algún día encuentres a una mujer que te merezca.
—Mientras tanto, mi querida Anne, ya es hora de que el fantasma de Walter deje de atormentarnos, ¿no crees?
—Desde luego —Anne soltó una carcajada y se secó las lágrimas de las mejillas.

Tristan leyó las palabras por tercera y última vez. Nunca había sido un hombre indeciso y no iba a empezar a serlo en ese momento. Sabía lo que quería y, si bien no estaba seguro de poder conseguirlo, si al menos no lo intentaba, viviría lamentándolo el resto de su vida.

Con un profundo suspiro, hundió la pluma en el tintero y escribió su nombre en el lugar indicado. Soltó la pluma sobre el escritorio y se dirigió hacia la puerta.

—¿Ya está? ¿Así sin más? —preguntó Jenkins.

—Tengo que acudir a una iglesia —Tristan se detuvo y miró hacia atrás.

—Buena suerte, capitán.

Iba a necesitar mucho más que suerte. Tristan corrió escaleras arriba y salió a la cubierta. Su idea era bajar de ese barco lo antes posible, pero necesitaba un momento más. Solo un momento.

Se acercó a la barandilla y agarró con fuerza la madera, tan familiar, que se había desgastado con los años.

—¡Tristan! ¡Tristan!

Bruscamente se volvió hacia los muelles y vio a Anne, vestida de novia, el velo ondulando tras ella, correr por las combadas planchas de madera, esquivando a los hombres que trabajaban en el puerto. El corazón se le encogió y amenazó con detener sus latidos. ¿Qué demonios estaba haciendo allí?

—¡Anne!

—¡Tristan! —ella empezó a agitar frenéticamente un brazo en el aire, como si él no la hubiera visto.

Pero ni la más densa de las nieblas le habría impedido verla. Y, desde luego, nada podría mantenerlo apartado de esa mujer. De un salto aterrizó en el muelle y corrió, tomándola en sus brazos.

—Anne.

¡Qué bien sentía abrazarla de nuevo! Era casi como si hubiera llegado a su hogar.

—Me voy contigo —le informó ella sin soltarlo—. Me da igual que no sea apropiado. Me da igual si arruino mi reputación y nadie me quiere después de que te hayas hartado de mí...

Tristan le tapó la boca con un dedo para impedirle que siguiera soltando palabras sin sentido.

—¿Y por qué, en el nombre de Dios, iba a hartarme de ti alguna vez?

—Porque no soy una dama respetable. Porque me he acostado contigo sin habernos casado. Sé que eso me convierte en la clase de mujer que un hombre no quiere tener a su lado para siempre. Pero me da igual. Me da igual que nunca te cases conmigo, me da igual si vivo en pecado y mi familia me repudia. Viajaré contigo por todo el mundo. Nadaré desnuda en las lagunas, y...

—Tú no sabes nadar.

—Aprenderé. Pero, por favor, llévame contigo al otro lado del mundo.

—No puedo, cariño.

En la mirada de Anne apareció la desolación del rechazo y Tristan quiso matarse allí mismo por las palabras que había dicho, y por las que había callado.

—He vendido mi barco, Anne.

—¿Por qué has hecho eso? —ella parpadeó con expresión aturdida.

—Para que no pudieras tener la menor duda de que estaba decidido a vivir mi vida en tierra. Me dirigía a la iglesia para avergonzarte delante de todo Londres. Iba a irrumpir en el santuario, arrodillarme ante el altar y pedirte que te convirtieras en mi esposa antes de que tuvieras la oportunidad de intercambiar los votos con Chetwyn.

—¿En serio ibas a hacer eso? —Anne sonreía resplandeciente.

—Te amo, Anne, tanto que me aterroriza. Pero más aún me aterroriza la vida sin ti. No necesito el mar. Solo te necesito a ti. Encontraremos una bonita casa aquí en Londres, y otra en el campo, y seré un caballero del que puedas sentirte orgullosa.

—¡Amor mío! —las lágrimas inundaban los ojos grises—. Ya estoy orgullosa de ti. Y ya eres un caballero, un hombre bueno, a pesar de los golpes que has sufrido en tu vida. Te amo, Tristan. No quería amarte. Intenté jamás amar de nuevo porque las posibilidades de sufrir son demasiado grandes, pero también lo son las de ser feliz. Contigo soy feliz. Con Chetwyn, solo habría vivido cómoda. Me da igual si vivimos en Londres o en el campo, o en una cabaña junto al mar. Lo único que me importa es estar en tus brazos.

—Ahí, amor mío, es donde siempre vas a estar.

CAPÍTULO 27

Chetwyn estaba de pie a un lado de la sacristía. Le había dicho a Anne que esperaría unos quince minutos antes de anunciar a los invitados que no habría boda, por si acaso lord Tristan le hubiera roto el corazón y ella siguiera con la idea de casarse con él.

—No me puedo creer que la hayas enviado a su encuentro —gruñó Jameson.

Estaba al lado de Chetwyn mientras que el padre de Anne aguardaba junto a la ventana. Él tampoco parecía contento con Chetwyn en esos momentos.

—Ella lo ama, y tú lo sabes. Me atrevería a asegurar que lo ama más de lo que amaba a Walter.

—No es un lord adecuado.

—Sospecho que su padre, de estar vivo, no estaría de acuerdo contigo.

Jameson soltó un bufido.

Chetwyn oyó jaleo en la puerta de la iglesia y se asomó. Anne entraba con lord Tristan a su lado. Detrás de ellos iban el duque y la duquesa de Keswick y lord Rafe Easton. Respirando hondo, se dirigió hacia ellos para recibirlos.

—Bueno, pues parece que ya puedo anunciar que no se celebrará ninguna boda hoy.

—No hace falta —contestó lord Tristan—. He obtenido una licencia especial.

Chetwyn se esforzó por no mostrar su impresión. Sabía que era imposible obtener ese permiso en un día, de modo que, al parecer, lord Tristan había planeado desde hacía tiempo la boda con Anne.

—¡Descarado hijo de perra! ¿Y si ella hubiera dicho que no?

—Pero no lo hice —intervino Anne mientras lo besaba en la mejilla—. Gracias, Chetwyn.

Jamás la había visto tan hermosa. Sus ojos reflejaban una felicidad que, estaba seguro, no hallaría en su mirada de estar a punto de casarse con él.

—No hay de qué.

—Milord —Tristan se volvió hacia el padre de Anne, lord Blackwood—. Sé que tenerme en su familia seguramente es lo último que desearía, pero adoro a Anne con todo mi corazón. Nunca le faltará nada que esté en mi poder proporcionarle. Pero lo que no puedo darle es su bendición. Esa debe venir de usted. Espero que se la conceda.

—¿Estás convencida de esto, Anne? —lord Blackwood se acercó a su hija.

—Lo amo, padre. Con o sin tu bendición voy a pasar el resto de mi vida con él. Sería mucho más fácil si me la concedieras.

—Entonces, que Dios me perdone, porque la tienes.

—Gracias —con lágrimas en los ojos, Anne se abrazó a su padre.

—Lord Jameson —continuó Tristan.

—No conseguirá mi bendición.

—No soy tan estúpido como para pedirla, pero he pensado que si lady Hermione estuviera aquí...

—Lo está.

—Quizás podría asegurarse de que no arme ningún escándalo.

—De acuerdo, pero lo hago solo por Anne —Jameson cuadró los hombros.

Chetwyn se preguntó si Jameson sería consciente de que también lo estaba haciendo por él mismo.

—Una cosa, Chetwyn. Me preguntaba si podría colocarse a mi lado —le propuso lord Tristan.

Chetwyn no habría parecido más sorprendido si le hubiera pedido que se casara con él.

—Pero sin duda su hermano...

—Si me hiciera el honor, creo que ayudaría a suavizar las cosas con Anne y el escándalo que hemos desatado. También quisiera pedirle otra cosa.

Mientras Chetwyn escuchaba al novio, no pudo evitar pensar que Walter les estaría sonriendo de aprobación desde las alturas.

Lady Hermione contemplaba estupefacta a Tristan de pie ante el altar, un poco por detrás de Chetwyn y se preguntó qué sucedería. Daba igual. Lo importante era que lord Tristan había regresado y que, sin duda, acudiría al banquete. Podía perdonarle el haberse marchado y aprovecharía para convencerle de que ella era perfecta para él.

No le había sido fácil acudir a la iglesia, soportar las miradas, pero había querido presenciar la boda de lady Anne, ver cómo su némesis dejaba de suponer una amenaza. Sin duda lord Tristan estaba junto a lord Chetwyn como símbolo de que se alegraba de que esa dama ya no estuviera disponible para él. Pues esa mujer también había mentido, como ella, al asegurar que habían mantenido una relación, cuando lo único que había hecho era subir a bordo de su barco.

Quizás aquella misma tarde, lord Tristan podría llevarla a bordo de ese mismo barco. Navegarían por todo el mundo, aunque ella se mareaba terriblemente incluso en una barquita de remos. Pero un barco sería diferente. El barco de Tristan sería diferente. Quizás incluso se besarían. No era justo que jamás le hubiera intentado siquiera robar un beso.

La repentina aparición de lord Jameson en el banco a su lado la sacó de su ensoñación.

La música de órgano inundó la iglesia y todos los asistentes se pusieron en pie en el momento en que lady Anne avanzaba por el pasillo del brazo de su padre. Al llegar al altar, lord Tristan dio un paso al frente y se colocó junto a la novia.

—¡No! —exclamó lady Hermione en un susurro mientras intentaba pasar por delante de lord Jameson.

—Deja que mi hermana disfrute de su momento.

Hermione se volvió bruscamente hacia lord Jameson. Los ojos con los que se encontró la miraban con piedad, pero no con tristeza. Por ella. Sintió ganas de llorar. Si no lo impedía, lord Tristan estaría para siempre fuera de su alcance. Y de repente comprendió que siempre lo había estado, pero ella había sido demasiado estúpida para reconocerlo.

Todo el mundo se sentó y lady Hermione se dejó caer en el banco.

—Durante la recepción en casa de mi padre habrá una fiesta —lord Jameson se inclinó hacia ella y le susurró al oído—. Quizás me honrarías con el primer baile...

Ella lo miró, lo miró realmente por primera vez. ¿No le había aconsejado lord Tristan que lord Jameson era para ella? ¿No había pujado por ella en ese horrible baile de beneficencia cuando nadie más lo había hecho?

En respuesta a la sugerencia, ella le tomó la mano. Jameson sonrió tímidamente antes de devolver su atención a la ceremonia.

Algo en su interior cambió y vio a ese hombre de manera totalmente distinta. Era muchísimo más atractivo que lord Tristan. Más refinado. Y algún día sería conde. Lord Tristan, bueno, siempre sería el hijo segundo.

También comprendió otra cosa. Lord Jameson siempre había estado cuando lo había necesitado. ¿Cómo había podido pasarlo por alto? Había sido una mocosa estúpida.

Anne vio a Tristan rodear a Chetwyn para colocarse junto a ella frente al altar. El favor que le había pedido a Chetwyn era que se mantuviera en el puesto del novio hasta que ella llegara al altar. Temía que si era él quien ocupaba ese lugar desde el principio, los chismorreos deslucirían la entrada de la novia en la iglesia.

Y basándose en los sonidos de respiraciones ahogadas, murmullos y susurros, comprendió que él había estado en lo cierto. Se imaginó que las mayores protestas habrían surgido de lady Hermione, pero Jameson se encontraba junto a ella y evitaría que arruinara el momento, aunque tuviera que sacar a esa mujer de la iglesia.

Pero Anne enseguida dejó de pensar en lady Hermione, o en los invitados sentados en los bancos. Toda su atención quedó centrada en el fuerte y atractivo hombre de pie frente a ella. No entendía cómo había podido pensar en casarse con otro que no fuera él, que podría haber sido feliz si él zarpaba para navegar por el mundo sin ella.

Lo amaba muchísimo, con su alma torturada incluida. Ambos eran seres rotos, pero, de algún modo, esas grietas y fisuras les permitían encajar a la perfección.

Tristan la miró a los ojos con tal intensidad que ella sintió como si le hubiera llegado al alma. A su manera, totalmente inapropiada, había conseguido hacerlo todo bien. Había pedido la bendición de su padre. Había incluido a Chetwyn para que no se sintiera totalmente desplazado...

Mientras a su alrededor resonaban palabras de amor y devoción, Anne contempló a Chetwyn, que le sonrió, guiñándole un ojo. Esperaba que alguna vez encontrara a una mujer digna de él. Y se alegraba de que no le reprochara que ella no fuera esa mujer. Era una persona increíblemente buena y siempre le estaría agradecida.

Al intercambiar los votos con Tristan, supo que Chetwyn estaba en lo cierto: estaba a punto de comenzar una vida maravillosa.

La luna teñía el mar de plata mientras Anne, de pie en la cubierta del *Revenge*, disfrutaba del abrazo de Tristan. Era el lugar perfecto para pasar su primera noche juntos como marido y mujer. Había contratado a Jenkins para que los llevara a Yorkshire, donde tenían pensado alojarse en la nueva residencia de su hermano en Pembrook, mientras buscaban una casa para ellos dos.

Anne no recordaba haber sido jamás tan feliz.

—¿No has tenido ya bastante mar, amor mío? —Tristan le besó la nuca.

—¿En serio vas a ser capaz de mantenerte alejado de esto? —ella se recostó contra su esposo.

—Un poco tarde para hacerse esa pregunta ahora.

—Tristan, lo digo en serio.

—Estaba convencido de que era viajar, explorar, la aventura, lo que adoraba. Pero me he dado cuenta de que estaba perdido, pensaba que el mar era mi hogar, pero al fin he comprendido que mi hogar está contigo.

—Bonitas palabras, Tristan, pero no es una respuesta —ella se volvió y se acurrucó entre sus brazos.

—Puede que de vez en cuando sienta la necesidad de regresar al mar, pero no a la otra punta del mundo. Quizás podríamos comprar un barco más pequeño. Navegaremos alrededor de Gran Bretaña. Disfrutaremos de un picnic en alguna isla. Siempre que te tenga a ti, me contentaré con un pedazo de mar.

—Siempre me tendrás.

Poniéndose de puntillas, Anne se apretó contra Tristan y lo besó. No entendía cómo había podido pensar que no soportaría la soledad si se casaba con él. Unos segundos con ese hombre eran preferibles a nada en absoluto. Siempre sentiría un cariño especial hacia Chetwyn por obligarla a enfrentarse a ese hecho. Walter le había enseñado que la vida era corta y que te la podían arrebatar en cualquier momento. Chetwyn le había mostrado que no bastaba con conformarse. Tristan le había revelado que el amor se basaba en elecciones, sacrificios y pasión. Una pasión que no estaba limitada al dormitorio.

Había amado a Walter. Absolutamente. Pero lo que sentía por Tristan iba más allá de cualquier cosa que hubiera experimentado jamás.

Mientras el capitán deslizaba su boca sobre la de ella, Anne oyó el lejano lamento de una ballena. Sin embargo, no le pareció un sonido tan solitario como en otras ocasiones. Quizás porque su alma y su corazón se habían llenado de amor por ese hombre que la abrazaba como si ella fuera su ancla, su puerto.

Él la tomó en sus brazos y ella apoyó la cabeza en su hombro. La recepción que había ofrecido su padre tras la ceremonia había estado llena de curiosos. Y, si bien había habido cierta tensión en el aire, pues Anne no estaba segura de si sus hermanos acabarían por aceptar a Tristan alguna vez, se había sentido demasiado feliz para que le importara.

El primero en alzar su copa para brindar por ellos había sido el duque de Keswick.

—Por mi hermano y la encantadora dama que nos lo ha traído a casa.

Palabras sencillas, pero que, sospechaba ella, encerraban mucho más. Tristan ya había regresado hacía dos años, pero sin dejar de sentirse a la deriva. Ambos habían perdido su ancla, y habían estado navegando sin rumbo.

Pero su vida de nuevo había adquirido un propósito, y sus pies caminaban firmes. Ella, también, estaba en casa.

Tras encerrarse en el camarote, se tomaron su tiempo para desnudarse el uno al otro, para construir una anticipación hasta el momento en que de nuevo se unirían tras lo que había parecido una eternidad. Su esposo lucía nuevas cicatrices, una pequeña sobre la ceja izquierda, otra diminuta en la barbilla, sin duda regalos de sus hermanos. Con ternura, le acarició las heridas.

—No deberías haberles dejado pegarte —le censuró.

—Pensé que no te gustaría que les diera una paliza. Además, me lo merecía —él le tomó el rostro entre las manos ahuecadas—. Te había hecho daño, Anne. Jamás volveré a hacerte daño.

Sus labios se fundieron y ella no pudo evitar pensar que disfrutaría de su sabor, su calor, su pasión, durante el resto de su vida. Siempre que lo quisiera. Él estaría allí. Pero aunque sabía que no habría noches solitarias sin él, sentía una gran urgencia por disfrutar de aquella noche.

Fue ella la que aumentó la pasión del beso. Ella la que acarició. Ella la que les guio hasta la cama.

Cuando sintió el peso de Tristan sobre ella, lo abrazó con fuerza. Feliz. Gloriosamente feliz. ¿En serio había pensado que podría vivir el resto de su vida sin aquello, sin él?

«Qué tonta».

—¿Eh? —murmuró él mientras deslizaba la lengua por su oreja.

Anne no se había dado cuenta de que había manifestado sus pensamientos en voz alta.

—Estaba pensando en lo tonta que había sido al creer que podría conformarme con otro que no fueras tú.

Tristan se incorporó y la miró a los ojos, recordándole a Anne aquella primera noche. Los ojos azul hielo reflejaban una ternura que no habían manifestado entonces. Desde luego ahí seguía el diablillo, siempre estaría. Sabía que era una característica de su juventud, algo que su tío no había podido destruir, algo que los latigazos no habían podido amainar, algo que la sociedad no había podido domar. Anne deseó que no hubiera sufrido ninguna de las penurias que habían plagado su vida, pero también era consciente de que esas penurias lo habían llevado hasta ella. Ese hombre increíble al que tanto amaba.

—Me alegra que recuperaras el sentido común —anunció él.

—¿Yo? ¿Sentido común? —ella soltó una carcajada—. Tú vendiste el barco.

—Yo también me alegro de haber recuperado mi sentido común. Por Dios cuánto te amo, Anne. Mi vida habría sido miserablemente solitaria si no te hubieras casado conmigo.

—¿Y cómo iba a negarme a casarme contigo si te amo desesperadamente? Amo todo lo que eres, el lord y el capitán. Ambos estáis entrelazados. Puede que los consideres diferentes aspectos de tu persona, pero no lo son. Ni siquiera cuando te conocía solo como capitán. Siempre pensé que había cierta nobleza en ti, en tu porte. Cuando descubrí que eras un lord, no dejé de ver al valeroso y autoritario capitán. Y no hay que olvidar al travieso diablillo que eres.

—¿Travieso en el buen sentido?
—Desde luego en el buen sentido —ella sonrió—. Y ahora, amor mío, sé muy travieso.
—Solo si te unes a mí en las travesuras.
Y lo hizo. Con entusiasmo. Tocando, acariciando, saboreando.

Se exploraron el uno al otro como si fuera su primera vez, como si acabaran de llegar a una isla desierta y estuvieran abriéndose paso con cautela. Y mezclado con todo ello, la familiaridad de saber que ya habían estado allí.

Cuando al fin se unieron, ella estuvo a punto de gritar ante la maravillosa sensación. Ese hombre le pertenecía, absolutamente, completamente. Y ella le pertenecía.

Cuando el placer la invadió, sí gritó. Gritó su nombre, y oyó su propio nombre pronunciado a través de los dientes apretados de su esposo. Sus voces se mezclaron, se convirtieron en una, al igual que sus cuerpos.

Tumbándose de lado, él la atrajo hacia sí y la abrazó con fuerza.

—Ya no estoy perdido, Anne —susurró Tristan—. Tras catorce años de vagar por el mundo, al fin he encontrado mi hogar. Tú eres mi puerto seguro.

—Y tú el mío, mi amor.

Anne no pretendía creer que su vida estaría libre de tormentas, pero capearían el temporal, porque se tendrían el uno al otro.

Siempre.

EPÍLOGO

Frente a la costa de Yorkshire
Algunos años más tarde

—¡Mami, mira! ¡Estoy pilotando el *Princess* yo sola!

Anne levantó la vista de su hija de dos años, sentada en su regazo, y la dirigió hacia la otra niña, de seis, de pie ante el timón, escoltada por su padre, que le guiaba las manos. El robusto barco, con las velas hinchadas al viento, se deslizó sin dificultad por el agua. Al menos una vez a la semana, Tristan se llevaba a la familia a navegar.

—Ya lo veo, cariño. Lo estás haciendo muy bien.

—Cuando sea mayor, seré capitán de barco.

—No me cabe la menor duda.

Tristan soltó una carcajada antes de hacerle una señal a Ratón, que respondía cada vez más al nombre de Martin, para que vigilara a su hija mayor. Cruzó la cubierta y tomó en brazos a su hija de cuatro años que jugaba con los bloques de madera que él le había tallado.

—Tú serás la siguiente en pilotar, princesa.

—¡Papá! Yo soy la princesa —protestó su hija mayor.

—Todas sois mis princesas —le aseguró él antes de sentarse en una silla junto a Anne—. Pero tú eres mi favorita —susurró al oído de su esposa.

—Que no te oigan decir eso —Anne rio—, o tendrás que hacer frente a un motín.

Habían comprado una bonita casa junto al mar, y cada noche se dormían arrullados por el sonido de las olas que se estrellaban en la costa. Al poco de haber comprado el barco, Tristan solía salir a menudo a pasar el día en el mar. Pero con los años, sus escapadas solitarias se habían reducido. Trabajaba como diseñador de barcos, y el señor Peterson supervisaba a los obreros que los construían. Después los vendían por una considerable suma. El Princess había sido el primero. Bajo cubierta, las comodidades rivalizaban con muchas casas.

Una o dos veces al año, solían viajar a algún puerto lejano. Sus tres hijas veían otras partes del mundo y no temían a nada. Anne sospechaba que llegaría el día en que desafiarían a cualquier joven que deseara cortejarlas.

Por supuesto que ese joven debería ser lo bastante valiente para enfrentarse primero a su padre. Tristan iba a ser mucho peor de lo que habían sido sus propios hermanos a la hora de proteger a sus princesas.

—¿Por qué no dejamos a las niñas con las niñeras y nos vamos abajo? —sugirió él.

—¿En serio vas a dejar a tu hija al timón?

—Ratón la guiará. No permitirá que nada les suceda.

—Es casi como un hermano mayor, ¿verdad? —Tristan lo había contratado para ocuparse del barco, para mantenerlo en perfecto estado.

Vivía en una cabaña muy cerca de ellos y, para haber sido un niño tildado de inútil, llevaba una buena vida. Y ya de mayor, sabía encandilar a las damas. Un talento que, Anne sabía, había aprendido de Tristan.

—Parece que el mar ya no te llama como antes —observó ella.

—No. Una hora de vez en cuando me basta.

—¿Nunca echas de menos la vida aventurera que llevabas?

Tristan la abrazó antes de mirarla con esos ojos azul claro que amaba desde hacía tiempo.

—Tú eres la única aventura que necesito —le aseguró él antes de agacharse para tomar los jugosos labios y arrastrarla con la marea del amor.

www.ingramcontent.com/pod-product-compliance
Lightning Source LLC
LaVergne TN
LVHW030341070526
838199LV00067B/6395